자은향 장편소설

# 악당들에게 키워지는 중입니다

## 2

## 악당들에게 키워지는 중입니다 2

**1판 1쇄 펴냄**  2024년 5월 31일

**지은이**  자은향
**펴낸이**  하진석
**펴낸곳**  아르누보
**주 소**  서울시 마포구 독막로3길 51
**전 화**  02-518-3919
**ISBN**  979-11-91212-39-6(세트)
              979-11-91212-41-9  04810

* 이 책 내용의 전부나 일부를 이용하려면 반드시 저작권자와 아르누보의 서면 동의를 받아야 합니다.
* 책값은 뒤표지에 있습니다.
* 잘못된 책은 구입하신 곳에서 바꾸어 드립니다.

악당들에게
키워지는
중입니다

## IV

"에이리이이이인!"

울상인 얼굴로 뛰어온 여주인공이 힘껏 끌어안는 바람에 나도 모르게 휘청거리다 함께 바닥에 주저앉고 말았다.

"어, 언냐……?"

"허어엉, 갑자기 없어졌다고 해서 놀랐어. 저 인간…… 아니 외삼촌은 얼마나 성질을 부리던지…….''

훌쩍거리는 울음소리에 나는 어색하게 웃으며 여주인공의 등을 토닥였다.

"언냐, 보구 시퍼써."

"나도오오! 나도! 나도오!"

여주인공이 흥분해서 콧김을 훅훅 뿜으며 내 말에 격하게 맞장구쳤다.

"으아, 진짜 맨날 아저씨들만 상대하다가 네가 있으니까 너무 살 것 같아."

"어……?"

이게 정말 여주인공의 발언이란 말인가? 이미 서로 굉장히 깊이 친해져서 '여주인공이 최고!'라면서 해롱해롱한 상태여야 하는 게 아닌가?

'리하르트나 루실리온과는 성인이 되어서나 만났지…….'

어린 시절의 스토리는 대부분 공작가에서 예쁨을 받는 흐름이었으니까.

"그, 오, 오라버니들 이써짜나……?"

"오라버니? 아, 그 연구실 구석에 처박힌 사회 부적응자랑 검술에 미친놈?"

"……어?"

"하, 귀여운 너랑은 너무 달라……. 걔네는 그냥 귀찮지. 귀여움이라곤 조금도 없어선…… 하, 역시 귀여운 게 최고야."

여주인공 샤르네가 한참이나 내 뺨을 만지작거리더니 일어나 내게 손을 내밀었다.

"미안해. 너무 반가워서 그만. 다시 만나니 너무 좋다."

여주인공이 나를 일으키더니 품에 꼭 끌어안았다.

"무사히 돌아와 줘서 고마워."

"……응."

그 간지러운 인사말에 나는 어색하게 웃었다. 샤르네가 포옹을 풀기 전 아주 작은 목소리로 귓가에 속닥거렸다.

"할아버지도 너 엄청 기다렸어."

그건 좀 무서운데. 벼르고 있었다는 말 같잖아.

"파이팅!"

뭐가 파이팅인데. 사람 불안하게 해 놓고 저렇게 도망을 가다니. 후다닥 멀어지는 여주인공을 보다가 나는 침을 꿀꺽 삼키며 고개를 돌려 앞을 보았다. 언제부터인지 미르엘 공작이 굳은 표정으로 나를 바라보고 있었다.

"아, 안녕하세여⋯⋯. 하라부지."

일단 웃어 보자. 나는 활짝 웃으며 어색하게 인사를 건넸다. 갑작스러운 부름에 조금 당황하긴 했지만 한 번쯤은 만나야 한다고 생각해서 오기는 했는데⋯⋯.

'괜히 왔나?'

역시 에르노 에탐의 품에 안겨서 오는 게 좋았을지도 모른다.

"너!"

"네!"

"감히 내 질문에 대답도 안 하고 그렇게 도망을 가느냐?!"

"가, 가고 시퍼서 그런 게 아닌데⋯⋯."

하지만 너무 무서웠고 속으로 소원을 빌었더니 갑자기 다른 곳에 와 있었던 것뿐이었다.

"그래, 가출해서 속 썩이니 좋더냐? 아니면 아니라고 말하면 되지 뭐하러 도망을 가서는 그런 고생을 해? 어? 지하 옥션에는 또 왜 끌려가고!"

"……."

후두두 쏟아지는 잔소리와 질타에 나는 눈을 질끈 감았다.

'역시 엄청 화난 게 맞잖아.'

괜한 호기를 부렸다는 생각에 속이 답답했다. 그냥 아빠 옆에 나 붙어 있을걸.

"에탐 가문의 핏줄은 내 허락 없이 외출이 금지된 것을 몰랐느냐!"

"네, 네에……."

알 리가 없잖아.

"……뭐?"

"모, 모라써여……."

호통을 듣고 있으니 괜히 억울해서 눈시울이 뜨거워졌다.

"잘모태써…… 히끅."

늘 하던 대로 내 잘못이라고 고개를 숙이려는데 서러움이 물씬 솟았다. 나도 모르게 도마뱀 모습으로 바뀌어서 고생은 고생대로 하고 왔는데 여기서 또 혼이 나고 있으려니 서글펐다.

"재송…… 히끅."

나는 흘러내리려는 눈물을 애써 손등으로 벅벅 문질렀다.

"왜, 왜 울고 그러느……."

"주인님."

곁에 있던 카일로가 결국 보다 못해 미르엘 공작을 제지하며 한 걸음 앞으로 나섰다. 뻣뻣하게 굳어 버린 미르엘 공작이 지금 말을 이을 상태가 아님을 어렵지 않게 눈치챘던 탓이다.

"아가씨."

카일로가 한쪽 무릎을 꿇곤 손수건으로 조심스럽게 내 눈가를 닦아 주었다.

"가주님께서는 걱정했다고 말씀하고 싶으셨던 겁니다."

"히끅."

저 성질머리가 어떻게 그렇게 해석되냐고 묻고 싶은 마음에 고개를 들자 인상 좋은 얼굴의 카일로가 빙긋 웃었다.

"제가 제때 해석을 해 드릴 걸 그랬네요. 가주님의 말씀은 익숙하지 않은 이들에겐 항상 번역이 필요해서 말입니다."

"허튼소리 말고 당장 그 입 다물지 못하겠느냐!"

"그렇게 낱낱이 내 속내를 까발리면 부끄러우니 조용히 해 달라는 겁니다."

"이상한 소리 하지 말아라! 이런 솜털 같은 게 대체 뭐라고 내가 무슨……!"

"솜털같이 귀여운 아가씨가 큰일을 당할 뻔한 게 마음에 들지 않으신 겁니다."

커다란 호통에도 굴하지 않고 카일로가 꿋꿋하게 진짜인지 아닌지 모를 번역을 하기 시작했다.

"시끄럽다! 너! 한 번만 더 가출했다가 이런 소리가 내게 들려오면 그땐 방 밖으로 한 발자국도 나가지 못할 줄 알아라!"

카일로에서 내게로 화살을 돌린 미르엘 공작이 삿대질을 하며 소리쳤다.

'얼굴이 엄청 빨개…….'

귓불까지 달아오른 것을 보아하니 무척이나 화가 난 게 분명했다.

'카일로는 괜찮은 건가.'

내가 심각한 얼굴로 카일로를 보자 그는 단정한 얼굴로 웃으며 입을 열었다.

"아가씨께서 또 나가셨다가 이번과 같은 일을 당하실 게 걱정되니 앞으론 어디 가실 때 기사를 대동하시랍니다. 아니면 차라리 집에서 움직이지 말고 말씀만 하시라는군요."

저기서 어떻게 이런 해석이 나오는 거지? 내가 입을 벌린 채 카일로를 보자 카일로가 내 뺨을 가볍게 닦아 주며 속삭였다.

"이제 눈물을 그치셨네요. 가주님의 곁에 있으면 자연히 번역 능력이 생긴답니다."

"와……."

"와는 무슨, 이 못생긴 솜털 같은 녀석!"

"귀여운 솜털이라십니다."

"푸핫……."

잔뜩 빨게진 얼굴로 분노하는 미르엘 공작이나 그걸 아무렇지도 않게 제멋대로 해석하는 카일로를 보고 있으니 절로 웃음이 새어 나왔다.

"아하하하!"

내가 배를 부여잡고 까르르 웃어 젖히자 미르엘 공작의 눈이 커졌다.

"거, 거…… 웃음이 나오냐! 이 요망한 것이 아주! 어디 버릇없이 어? 내 앞에서 웃고 그래! 확 입술을 똑 떼 버릴까 보다!"

콰앙—!

말이 채 끝나기도 전에 굉음과 함께 광풍이 불어닥쳤다. 카일로가 타이밍 좋게 나를 품에 안았던 터라 나는 바람에 좀 놀란 것 빼고는 멀쩡했다.

"뭘 뗍니까?"

에르노 에탐이 정확히 미르엘 공작의 집무실 책상을 두 동강 냈다. 검이 정확히 미르엘 공작의 코앞을 스친 터였다.

"아, 실수."

"이, 이놈 자식이 진짜! 이 미친 것아! 패륜도 이런 패륜이 없다! 아비한테 지금 무슨 짓을 하는 거냐! 두 번 실수했다간 아비를 죽이겠구나!"

"두 번 실수했으면 두 번 사셨겠지요."

"뭐, 뭐……?"

애초부터 죽이려고 했다는 말을 저렇게 하네……. 실수하지 않았으면 죽었을 거라는 의미가 아닌가. 미르엘 공작이 뒷목을 붙잡았다.

"그러게 왜 남의 따님의 소중한 신체 부위를 뗀다고 합니까?

나는 깨질 것 같아서 제대로 만지지도 못하는걸."

민망한 말이 여과 없이 들려왔다. 절로 고개가 푹 숙여졌다.

"말이 그렇지 내가 언제 진짜 뗀다고 했느냐!"

"맞습니다. 가주님께선 아가씨가 웃으면 기분이 술렁거리니 준비도 없이 웃지 말라고 하신 것뿐입니다."

카일로가 살기가 흘러넘치는 상황에서도 웃는 얼굴로 꿋꿋하게 해석을 내놓았다.

"내놔."

검을 검집에 넣은 에르노 에탐이 카일로에게 다가왔다. 카일로가 순순히 에르노 에탐에게 나를 넘겼다. 나는 익숙하게 그의 품에 안기며 엉망이 된 집무실을 살폈다.

"아, 집무실 책상과 망가진 집기는 에르노 공자님의 예산에서 제하도록 하겠습니다."

카일로의 말에 에르노 에탐의 미간에 균열이 생겼다. 불만스러운 기색이 역력했으나 가볍게 고개를 끄덕일 뿐 말을 덧붙이지 않았다.

"그리고 가주님, 아가씨께 해야 할 말이 있지 않으셨습니까?"

"……하."

엉망이 된 집무실 한가운데에서 미르엘 공작이 한숨을 푹 내쉬었다.

'어쩌면 이 집안의 실세는 사실 카일로가 아닐까?'

문득 그런 생각이 들었다.

"너, 솜털!"

한참이나 조용하던 미르엘 공작이 나를 손가락으로 가리키며 불렀다.

"네……?"

"너 그때…… 내가."

매서운 눈으로 노려보던 미르엘 공작이 카일로를 한번 보더니 짧은 한숨을 내쉬었다.

"……윽박질러서 미안했다."

생각지도 못한 말에 눈이 절로 커졌다. 설마 그가 사과나 그 엇비슷한 말을 할 줄은 생각하지 못했던 탓이다.

"……."

"네가 범인이 아니라는 건 당연히 알고 있었다. 그저 진실을 확인하고자 했을 뿐이야."

"……네."

나도 모르게 눈을 끔뻑였다.

"하지만 수인이란 사실을 숨긴 건 그냥 넘길 수가 없다."

"……."

나는 고개를 푹 숙였다.

'아무래도 그렇겠지.'

같은 핏줄도 아닌데 에탐 가문에 둘 수는 없을 것이다.

"일단 신전을 통해서 그 개망나니와 친자 검사를 할 거다."

"네……."

아니라고 판정되면 결국 쫓겨나게 되지 않을까? 아니면 에탐 가문이 아닌 다른 저택에서 살게 되거나…….

"그, 그렇다고 해서!"

미르엘 공작이 축 처진 나를 보더니 이를 악물었다.

"네가 쫓겨나는 건 아니니까! 그렇게 알아라. 개망나니의 실수였든 어쨌든 네가 에탐 가문에 들어온 것은 변함이 없으니까 말이다!"

"친자 검사는 형식상 필요할 뿐이고 쫓아낼 마음은 전혀 없으며 너는 여전히 에탐의 사람이니 걱정하지 말라고 하시는군요."

카일로의 번역에 나는 눈을 동그랗게 떴다.

"……카일로 네놈!"

미르엘 공작이 막 검을 뽑아 들려는 순간 나는 힘 빠진 얼굴로 웃고 말았다.

"다행이다아……."

나는 에르노 에탐의 어깨에 얼굴을 파묻으며 작게 중얼거렸다.

"감사해여, 하라부지."

내가 힘없이 웃어 보이자 미르엘 공작이 숨을 크게 들이켰다. 입꼬리가 움찔움찔하는 듯하더니 그가 매서운 표정으로 고개를 획 돌렸다.

"그럼 내가 너같이 작은 솜털을 쫓아내기라도 할 줄 알았느냐."

미르엘 공작이 살짝 누그러든 목소리로 말했다.

'사실 그렇긴 했지만…….'

여기서 그렇게 말했다간 또 괜한 잔소리를 들을 것 같아서 나는 살살 고개를 젓는 것으로 대답을 대신했다. 카일로가 어쩐지 흐뭇한 표정으로 고개를 끄덕이고 있었다. 어쩐지 카일로에겐 덤벼선 안 될 것 같은 기분이 들었다.

"대화는 끝난 것 같으니 가지."

에르노 에탐이 날 대신해 미련 없이 몸을 돌렸다.

'근데 이 사람은 왜 이렇게 기분이 안 좋아 보이는 거지?'

딱딱하게 굳은 것이 일이 제대로 풀리지 않은 사람의 표정이었다.

"아, 그리고 네게도 선생이 배정됐으니 그리 알거라."

"선샌밈이여?"

"그래. 에탐 가문의 아이가 멍청한 건 두고 볼 수 없지. 정규교육 과정을 밟을 테니 그렇게 알도록."

"으……."

공부는 싫은데. 20년을 넘게 죽도록 공부했는데 여기서까지 또 하고 싶은 마음은 전혀 없었다.

"훌륭한 에탐의 일원이 되려면 필수다."

미르엘 공작의 말이 끝나기가 무섭게 에르노 에탐이 시원스럽게 초를 쳤다.

"개소리니 그냥 넘기거라."

역시 아빠가 최고!

"에르노 에탐!"

"그냥 제왕학을 비롯해서 몇 개만 할 줄 알면 된다. 아, 마법도 배워야겠구나. 뭐 책 한 번만 읽으면 해결되는 일이지."

그게 뭔데. 그거 어떻게 하는 건데. 마법이라는 게 마음만 먹으면 바로 배울 수 있는 거였냐고.

'……아, 에르노 에탐은 천재라는 설정이었지.'

뭘 해도 평균 이상을 하는 천재. 남들은 5년 걸릴 걸 한 번 보고 5시간 안에 마스터한다고 했던가.

'허허…….'

나는 현실을 외면하고자 고개를 돌렸다.

"공고를 냈으니 며칠 안에 일정이 잡힐 거다."

"네엡……."

날 안은 채 에르노 에탐이 완전히 집무실에서 빠져나왔다. 나는 그의 눈치를 살폈다.

"아빠, 무슨 일 이써여?"

"왜?"

"기부니가 안 조아 보여서여……."

"아, 날파리 한 마리가 잘 안 잡혀서 말이다."

그가 빙긋 웃으며 말했다.

"날파리?"

"그래도 뭐…… 조만간 해결될지도 모르겠구나."

"네에……."

무슨 소린지 잘 모르겠지만 대충 고개를 끄덕였다.

'오늘이야말로 편지 써야지.'

매일 내 방에 에탐의 사람들이 1명씩 돌아가며 와 있는 터라 편지를 쓸 시간이 없었다. 에르노 에탐이 나를 안은 채 방으로 들어갔다.

"이만 쉬렴. 오늘은 나도 갈 곳이 있거든."

"아, 네."

"다음부터는 가주님이 불러도 갈 필요 없다. 늙은이가 노망났다고 생각하렴."

"어…… 네?"

"네가 싫은 일을 억지로 할 필요는 없다. 공부도 마찬가지야."

"하지 않는 게 조아여……?"

"아니. 나는 필요하다고 생각한단다. 나중에 생일 선물을 받을 때도 필요할 테고."

생일 선물을 받는 일에 공부가 왜 필요하지? 의아하긴 했지만 순순히 고개를 끄덕였다.

"그럼 배우께여."

내 말에 에르노 에탐이 퍽 기특하다는 듯 내 뺨을 가볍게 매만졌다.

"내 따님은 착하구나. 착한 아이에겐 큰 선물을 줘야지."

"갠차나여."

선물은 필요 없다. 내가 고개를 절레절레 젓자 그가 내 이마에 가볍게 입을 맞췄다.

"……아."

"……."

내가 놀란 소리를 흘리자 에르노 에탐도 그제야 자신이 한 일을 깨달은 듯 우뚝 굳어 버렸다.

"……."

그가 당황한 듯 나를 막 침대에 내려놓으려는 때였다. 나도 황급히 그의 뺨에 입을 쪽 맞추곤 폴짝 뛰어내려 이불 속으로 기어들었다.

"다녀오세여……."

웅얼거리는 내 목소리를 들은 후에도 그는 조용했다. 나가는 소리도 들리지 않았고 그렇다고 해서 움직이는 소리도 들리지 않았다. 뭔가 싶어서 이불 밖으로 고개를 빼꼼 내밀자 그가 입가에 미소를 띤 채 한 손으로 제 입을 가리고 있었다. 살짝 찌푸려진 미간은 그의 당황을 고스란히 보여 주고 있었다.

"……다녀오마, 따님."

"네에."

한참 만에 들려온 말에 조심스레 인사를 건네자 그가 머뭇거리며 몸을 돌렸다.

달칵.

문이 닫히자 그제야 나는 벌겋게 물든 얼굴로 이불을 팡팡 찼다.

'미쳤어…….'

쪽이라니. 쪽! 이라니……. 미친 짓을 했다. 부끄러워서 온몸이 오그라들었다. 침대를 쿵쿵 발로 차다가 한참 만에 베개를 한껏 끌어안고 얼굴을 묻었다.

'안 하던 짓을 했어.'

왜 이런 주제넘은 짓을 했는지 스스로도 이해가 되질 않았다.

'기분 나빴던 건 아니겠지?'

민망해하는 것 같아서 똑같이 해 준 것뿐인데 너무 주제넘는 일이 아닌가 싶었다.

"편지! 편지나 쓰자……."

나는 급히 미리 준비해 놨던 편지지와 펜을 꺼내 책상에 앉았다.

쿵—!

……그리고 책상에 이마를 박았다. 전생과 현생을 통틀어 해 본 적 없는 행동이라 정말로 부끄러웠다.

\* \* \*

쿵, 쿵, 쿵.

심장이 빠르게 뛰고 자꾸만 이유 모를 충동이 일었다. 에르노 에탐은 결국 걸음을 우뚝 멈추고 말았다.

"……."

콰앙—!

에르노 에탐이 손을 움직이자 복도의 벽이 산산이 조각났고 공작가 정원에 심은 굵은 나무 여러 그루가 꺾이며 바닥으로 고꾸라졌다. 그와 동시에 경비병들이 재빨리 움직이기 시작했다.

"침입자다! 당장……!"

"……."

"집합을……."

에탐 가문의 1기사단 단장이 범인을 찾기 위해 소리를 높이며 주변을 살피다가 에르노 에탐을 보곤 멍하니 그를 올려다보았다.

"에르노 공자님?"

에르노 에탐이 다시 한번 손을 움직였다. 그러자 이번에는 정원의 땅이 움푹 파였다. 정원사가 보면 7일 밤낮을 서글피 울 법한 모습이었다.

"대체 이게 무슨……."

흙먼지 속에서도 침착함을 유지하려고 노력하던 기사단장이 읊조렸다. 그는 단숨에 벽을 타고 뛰어올라 에르노 에탐이 부순 2층 벽으로 올라갔다.

"에르노 공자님, 무슨 일 있으셨습니까?"

"심장이……."

"네?"

"심장이 아프군."

그 말에 기사단장의 표정이 심각해졌다.

'광폭화가 시작되려는 건가?'

그거라면 당장 해결해야 할 문제였다. 갑작스러운 폭주도 이해할 수 있었다.

"……어, 의원을 부를까요? 아니면 샤르네 공녀님을……."

"……간지럽고 답답해."

그가 손톱을 날카롭게 세워 제 가슴팍에 박으며 말했다.

"예……?"

"심장을 파내 버리고 싶군."

낮게 읊조린 에르노 에탐의 말에 기사단장이 당황한 얼굴로 눈동자를 굴렸다.

'광폭화에 이런 증세도 있었나?'

그는 꽤 오랜 기간 에탐 가문을 섬기고 있었지만 이런 증상은 들어본 적이 없었다. 광폭화는 기본적으로 타인을 공격하며 타인의 피를 취하는 것이지 자해를 하는 것이 아니었으니까.

"공자님, 일단 진정하시고……."

"사람을 인형으로 만들 방법은 없는 거겠지."

"예……?"

"됐다. 도움이 안 되는군."

이게 도움을 요청하는 거였나? 기사단장은 표정을 숨기지 못하곤 입을 벌렸다. 낮게 혀를 찬 에르노 에탐이 몸을 돌렸다. 복도를 걸어가면서도 그는 한 번씩 주먹으로 벽을 내리치곤 했다.

"……대체 무슨 일인 거지?"

지금 일어난 이 모든 상황을 하나도 이해하지 못한 기사단장만 아무런 말도 못 한 채 그 자리에 한참을 서 있었다. 뒤늦게 달려온 정원사가 절망한 얼굴로 바닥에 주저앉아 소리 없이 눈물만 흘렸다는 건 숨길 필요도 없는 얘기였다.

\* \* \*

"……누가 왔다고?"

"에탑 가문의 에르노 에탑 공자입니다."

"……따로 연락받은 건 없는데."

콜린 공작이 미간을 찌푸렸다. 버릇처럼 관자놀이를 누르려던 그는 자신의 머리가 아프지 않다는 사실을 깨닫곤 미간을 엄지로 가볍게 문질렀다. 명월에게 의뢰한 지 겨우 사흘밖에 지나지 않았으나 잠자리는 아주 편안해졌다. 기초적인 방어 마법을 걸어 놓고 잠들지만 명월의 호위 기사들의 솜씨가 훌륭했던 덕이다.

'길드장의 더러운 소문에도 불구하고 유명한 이유가 있었군.'

덕분에 콜린 공작 역시 편안한 밤을 보낼 수 있게 되었다.

"응접실로 안내해라."

"네. 알겠습니다."

상당히 갑작스러운 방문이었으나 공작가의 가장 유력한 후계자를 문전박대할 수는 없는 노릇이었다. 콜린 공작은 조용한 것을 좋아했고 분란을 싫어했기 때문에 괜한 문제를 만들고 싶진 않았다. 설령 상대가 대단히 무례한 방문을 했더라도 말이다.

'무슨 일이지?'

에르노 에탐이라면 사교계의 미친개로 유명했다. 남들은 후계자가 되고 싶어서 안달인데 그는 오히려 후계자가 되기 싫어서 온갖 반항을 일삼는다고. 에르노 에탐은 사교계의 이단아 마찬가지였다. 작년에는 남색을 한다는 소문이 사교계에 쫙 돌기도 했다. 물론 그 소문에 정말로 속아서 은밀하게 그에게 접촉했다가 다리 사이의 소중이를 잃은 이도 꽤 되는 모양이었지만.

"사고를 치러 온 것만 아니면 좋겠군."

콜린 공작이 자리에서 일어나며 나직하게 읊조렸다. 그가 응접실로 가자 소파엔 다리를 꼰 오만한 인간이 앉아 있었다. 최소한의 예의는 지킨다는 소문과는 다르게 에르노 에탐은 그 최소한의 예의도 내던진 듯 고개를 까딱하는 것으로 인사를 대신했다.

'웃으면 절대 상대하지 말고 피하라던데…….'

이미 에르노 에탐의 만면에 화사한 웃음이 번져 있었다. 얼굴만 봤다면 상대가 반가워서 어쩔 줄 모른다고 생각했을 것이다.

"기별 없는 방문이라 당황했습니다."

콜린 공작의 말에 에르노 에탐의 입가에 한층 더 화사한 미소가 번졌다.

"저런, 깜빡했습니다. 최근 사랑스러운 것만 보면 기억상실이 좀 와서."

"……예?"

사랑스러운 것?

'설마 나를 가리키는 말은 아닐 테고.'

상상만으로도 등줄기에 소름이 쫘아악 돋았다.

"불쾌한 상상은 하지 마시고."

에르노 에탐이 콜린 공작의 생각을 어렵지 않게 짐작한 듯 황당해하면서 말했다.

"사지가 제법 멀쩡하군요? 아쉽게도."

"……아까부터 대체 무슨 소리를 하는지 모르겠군요."

콜린 공작이 불쾌함을 참으면서 맞은편에 앉았다.

'시비를 걸러 온 건가?'

하지만 두 가문은 무난하게 사업상의 교류를 하는 것을 제외하면 개인적으론 전혀 엮일 일이 없었다.

"아, 제가 귀가 좀 좋은데 불청객이 꽤 찾아갔다고 들어서 말입니다."

"……무슨."

"그래서 사지 중에 하나쯤은 잃었을 거라고 생각했습니다."

만면에 화사한 미소를 띤 에르노 에탐이 마치 상대를 걱정하듯 입술을 달싹였다. 에르노 에탐의 말에 콜린 공작의 표정이 살짝 굳었다. 콜린 공작이 천천히 입을 열었다.

"이상하군요. 그 사실을 아는 사람은 저 빼곤 세상에 몇 없을 텐데."

"이상할 것도 많군요."

에르노 에탐이 다리를 꼰 채 여상스럽게 대꾸했다.

"내가 의도적으로 알린 곳을 제외하면…… 밤마다 불청객을 보낸 인간만 이 사실을 알 거라고 봅니다."

"그래서요?"

"나로선 합리적인 의심을 할 수밖에 없군요."

에르노 에탐이 손에 들고 있던 찻잔을 여유롭게 기울이는 척하더니 그것을 그대로 빙글 돌려 카펫에 쏟아 버렸다.

"무슨 말을 하는지 저는 전혀 모르겠습니다만."

"공작을 암살하려고 하다니. 이게 얼마나 큰 분쟁으로 번질 수 있는지 생각은 했습니까?"

"위험한 말씀을 하시는군요. 제가 언제 그랬다고요. 증거라도 있습니까?"

에르노 에탐의 여유로운 반문에 콜린 공작이 조용해졌다. 증거는 없다. 불청객들은 워낙 철저하게 신분을 숨기고 왔고 자신의 신분을 드러낼 어떤 물건도 소지하고 있지 않았다. 심지어 사용하는 단검이나 물건조차 길거리 노점상에서 흔히 파는 싸구려였다.

"……심증도 증거가 되는 법이죠."

"아, 이래서 세상엔 억울한 사람이 끝도 없는 것이로군요."

에르노 에탐의 천연덕스러운 말에 콜린 공작이 주먹을 쥐었다. 증거도 제대로 없으면서 한 가문의 후계자 후보를 핍박할 순 없었다.

"그래, 일단 그렇다고 칩시다. 그럼 대체 여기까지 온 이유가 뭡니까?"

"그쪽이 훔친 걸 받으러 왔는데요."

에르노 에탐이 느릿하게 상체를 앞으로 숙이며 말했다.

*[대체 누가 사주한 거지? 해결할 수 있는 문제라면 말을 하도록 해라!]*

*[그러게, 왜 남의 걸 훔쳐?]*

문득 떠오른 기억에 콜린 공작의 표정이 한층 더 굳었다.

'……아무리 안하무인이라고 해도 이 무슨 말도 안 되는 행동인지.'

물증은 없지만 확신이 들었다. 지난 열흘간 그를 괴롭힌 불청객이 누구의 사주를 받았는지에 대한 확신이.

"내가 대체 뭘 훔쳤다는 건지 모르겠군. 아내와 아이까지 있는 집에서 감히……."

사나운 기운이 콜린 공작 주변을 넘실거렸다. 날카로운 자줏빛 눈동자가 분노를 담은 채 에르노 에탐을 노려보았다.

"내 따님."

"……뭐?"

"에이린. 내 따님을 그쪽이 멋대로 입양했다고 들었는데."

"……에이린?"

그가 미간을 찌푸렸다. 꽤 찾아 헤매던 이름을 생각지도 못한 사람의 입에서 들은 터라 당황스러웠다.

"에이린이 왜?"

"내 따님입니다. 그쪽이 멋대로 훔쳤고."

콜린 공작은 잠시 상황을 파악하듯 입을 다물었다. 그는 한참이나 할 말을 찾는 사람처럼 긴 침묵 속에 있었다.

'그 애가 에르노 에탐의 딸이라고?'

아니, 그럴 리는 없다. 에르노 에탐에겐 오로지 2명의 자식만 존재하며 부인이 죽은 것과 동시에 더는 후계를 낳지 않았다. 콜린 공작의 마지막 인내심이 뚝 끊겼다. 그는 차리던 예의를 가볍게 던져 버렸다.

"거짓말도 적당히 하는 게 좋겠어. 내게도 귀가 있고 눈이 있네. 자네에겐 두 아들 말고는 자식이 없어."

에르노 에탐의 눈이 가늘어졌다.

"에이린은 애초에 출생 신고조차 되어 있지 않아. 그 아이는 리하르트와 남매로 자랄 거야."

"그래서 그 에이린은 어디에 있는데?"

"지하 옥션에 팔려, 간 뒤 실종……. 설마 자네가 데리고 있나?"

에르노 에탐의 얼굴에서도 서서히 표정이 사라졌다. 그가 잠시 침묵하더니 이내 가볍게 웃었다.

"본래 에탐의 방계 중 한 명의 아이로, 내가 입양하기로 되어 있었는데 누가 중간에 낚아챘더군."

"허튼소리. 그 애는 내 아들과 함께 고아원에 있었어. 정말 자네가 입양할 예정이었다면 왜 수도와는 한없이 떨어진 고아원에 있었던 거지?"

"……."

"설령 그 말이 사실이라고 한들 자네같이 오로지 쾌락과 흥미 본위로만 인생을 살아가는 사회 부적응자가 아이를 제대로 키울 수 있을지도 의문이군."

"난 내 따님한테 뽀뽀도 받았다."

"……뭐?"

비장하게 주먹질을 하고 있다가 갑자기 뒤통수에 뽕망치라도 얻어맞은 듯한 표정으로 콜린 공작이 반문했다.

"내가 그 아이를 딸로 삼기로 했고 따님이 날 아빠로 삼기로 했어. 그런데 콜린 공작, 당신이 뭔데 끼어들지?"

"내가 직접 확인하고 얘기를 들은 게 아니니 그 말에 대한 판단은 보류하지."

콜린 공작이 고개를 돌렸다.

'부모? 웃기지도 않지.'

에르노 에탐은 오로지 즐거움만으로 인생을 사는 사람이다. 질리면 무엇이 되었든 그 사람의 인생이 어떻게 망가지든 아무렇지도 않게 버리는 인간.

"어차피 에이린을 딸로 들인 것도 유희의 일환이었겠지."

그가 미르엘 공작에게 반항하기 위해서 온갖 기행을 저지르는 것은 유명한 일화였다.

"미안하지만 나는 자네를 신뢰할 수 없고 자네가 아이를 훌륭하게 키울 수 있을 거라고 생각하지도 않네."

그가 단호하게 말하며 자리에서 일어났다.

"암살 시도는 계속해 보게나. 소용은 없겠지만."

"그 목이 떨어져도 같은 말을 할 수 있을지 궁금한데."

"해 보게. 그 얘기를 들은 에이린이 무슨 표정을 할지 나도 꽤 궁금하군."

에르노 에탐이 천천히 눈을 내리깔았다.

"그 아이가 진심으로 원한다면 모르겠지만 그게 아니라면 조만간 호적 정리를 완료하고 정식으로 아이를 데리러 가도록 하지."

아이에 대한 권한은 친권자에게 있으니 호적을 빼앗기면 에르노 에탐은 에이린에 대한 그 어떤 권리도 행사할 수 없었다.

"아이가 좋아하는 최신 유행은 알고 있나?"

에르노 에탐의 사나운 시선이 콜린 공작에게 닿았다. 콜린 공작이 서늘한 시선으로 그를 마주 보다가 입을 열었다.

"요즘 애들 사이에선 서로를 애완동물이라 부르는 게 최신 유행이더군."

믿기 어려운 황당한 말에 에르노 에탐이 미간을 찌푸렸다.

"그러니 자네가 안 되는 걸세."

콜린 공작이 대놓고 그를 비웃으며 몸을 돌렸다.

"에탐 공자를 정중히 모셔라. 돌아가신다고 하시니."

"밤낮 조심하시길."

서늘하게 가라앉은 에르노 에탐의 말에 콜린 공작의 등줄기에 소름이 쫙 돋았다.

'……너무 자극했나.'

그가 조금 피곤한 얼굴로 이마를 문질렀다.

'다행히 무사하긴 한가 보군.'

아마 연락을 못 한 데엔 이유가 있지 않을까 싶었다.

'리하르트에게 전해 줘야겠어.'

침울해 있는 아이에게 얼른 소식을 전해야겠다고 생각한 콜린 공작이 걷는 속도를 높였다.

* * *

"어서 오십시오, 공자님."

에르노 에탐이 마차 앞에서 걸음을 뚝 멈췄다.

"요즘 애완동물은 어디에서 팔지?"

"……예? 어, 펫숍 같은 곳이려나요……?"

"인간은?"

"예?"

"쯧, 됐다."

에르노 에탐이 혀를 차며 마차에 올랐다. 마차가 막 수도를 가로지르며 천천히 달리는 때였다. 가만히 창밖을 바라보던 에르노 에탐이 눈을 가늘게 떴다. 그가 가볍게 마부가 있는 쪽으로 난 창을 두어 번 두드리자 마차가 천천히 멈추어 섰다.

"예, 공자님."

"저거. 데려와."

"예?"

"저거 데려오라고."

그가 고개를 까딱였다. 그의 고갯짓 끝에 있는 것은 특이한 외양의 소년이었다. 왜 골목길에 주저앉아 있는 건지도 의아할 정도로 고운 티가 나는 새하얀 머리카락의 어린 소년.

"아시는 아이입니까?"

"글쎄, 그럴 수도 있고 아닐 수도 있고."

에르노 에탐이 의미심장한 말을 했다. 기운이 아주 눈에 익었다.

"그럼 대체……."

"내 따님의 애완동물로 쓸 거다."

"……."

"최신 유행이지."

"아, 예……."

마부는 그냥 조용히 입을 다물고 그가 시킨 일만 하기로 했다. 높으신 분들의 생각은 전혀 알 수가 없었기 때문이다. 바닥에 웅크려 있던 아이까지 태운 마차는 다시 빠르게 움직여 에탐 가문으로 향했다.

* * *

"……어, 이게 모라구여……?"

나는 멍청하게 내 앞에 던져진 것을 바라봤다. 마대 자루에서 얼굴만 쏙 튀어나온 것은 눈에 익은 모양새였다.

배시시—

마대 자루에서 튀어나온 소년이 입가를 허물어뜨리며 웃었다. 누가 봐도 일부러 잡혀 온 것이 뻔한 얼굴이었다. 세상의 것이라곤 믿기지 않을 정도로 새파란 눈동자와 그와 대비되는 새하얀 머리카락은…….

'루실리온…….'

얘가 왜 여기에 있는데?!

"애완동물이다."

"……네?"

"요즘 유행이라지."

에르노 에탐이 어쩐지 뿌듯한 목소리로 말했다. 대체 이런 게 어떻게 수도에서 유행으로 번질 수 있는 건데?

'……내가 모르는 사이에 나만 모르는 유행이 생긴 건가?'

아무리 그래도 그렇지. 사람을 애완동물이라고 하는 건 좀……. 내가 당황한 얼굴로 몸을 숙여 가련한 여주인공처럼 바닥에 쓰러져서 일어날 생각을 안 하는 루실리온에게 손을 내밀었다. 그러자 루실리온이 조심스럽게 내 손을 잡아 손등에 뺨을 비볐다.

'아니, 잡고 일어나라고.'

진짜 개도 아니고. 내가 당황한 시선으로 바라보자 루실리온이 활짝 웃으며 자리에서 일어났다.

"마음에 드나?"

"어…… 네……."

면전에 대고 아니라고 할 순 없어서 엉겁결에 고개는 끄덕였지만 역시 당황스럽다.

"다행이구나."

에르노 에탐이 뿌듯한 표정으로 내 머리를 슥슥 쓰다듬었다.

"따님."

"네?"

"나는 네 아빠가 맞겠지?"

"네……."

"다른 아빠가 가지고 싶거나 하진 않고?"

"네? 아니에여."

무슨 의도인진 모르겠지만 고개를 끄덕이자 그가 빙긋 웃으며 허리를 숙여 이마에 입을 맞췄다.

"그럼 됐다. 나머지는 내가 해결하마."

그러곤 허리를 숙인 자세 그대로 있는 것이다.

'아…….'

뭔가를 기다리는 것 같은 표정이었다.

'설마…….'

슬쩍 뺨에 입술을 가져갔다가 떼자 그가 언제 그랬냐는 듯 허리를 쭉 폈다.

"밖에 버려져 있던 거라 더러우니 이건 먼저 씻기고 난 후 다시 가져다주마."

에르노 에탐이 루실리온의 뒷덜미를 잡아 대롱대롱 들어 올려 시종에게 안겨 주었다. 아니, 정말 애완동물 취급하지 말라고요…….

꽈아악—

게다가…….

'얘는 왜 이래.'

루실리온이 도통 내 손을 놓질 않았다. 루실리온의 부루퉁한 표정을 보던 내가 슬쩍 루실리온에게 다가갔다.

"조금 이따 보자……."

작게 속삭이고서야 루실리온이 순순히 손을 놓았다. 의심스러운 눈빛을 거두진 않았지만.

'그러고 보니 기다리겠다고 하고 연락도 못 했구나.'

내게 불신이 가득할 만도 하다. 루실리온이 나가자 에르노 에탐이 숨을 길게 뱉으며 천천히 소파에 주저앉았다. 이상하게 굉장히 피곤해 보이는 얼굴이었다.

"아빠…… 어디 아파여?"

"……아니, 괜찮다."

한 손으로 머리를 감싼 것이 멀쩡하게 보이진 않았다. 나는 급히 소파에 기어 올라가 무릎을 꿇고 손을 뻗어 그의 이마에 손을 올렸다.

"뜨거……!"

불덩이라고 해도 이상할 것이 없을 정도로 뜨거웠다.

"아빠……."

내가 당황해서 쳐다보니 그가 언제나처럼 빙긋 웃었다.

"괜찮으니 너는 방으로 돌아가서 쉬거라."

"안 대여……. 의사 선샌밈 불러오께여……."

내가 고개를 저으며 말하자 그가 낮게 신음했다. 이건 아무리 봐도 광폭화 증상이었다.

'귀걸이에 달린 균형의 파편이 저렇게 큰데 대체 왜…….'

이유를 알 수가 없었다.

"아빠, 약 있써여……? 저가 언냐 불러오까여……?"

"됐다. 이번 건 광폭화는 아닐 거다. 그냥 조금 쉬면……."

나는 그의 한 손을 양손으로 붙잡아 이마에 가져다 대며 눈을 질끈 감았다.

"저는 아빠가 아프지 않으면 조케써여……."

"따님, 괜찮으니……."

"아빠, 아프지 마세여……."

드디어 생긴 가족이다.

'처음으로 곁에 있어 달라고 했어.'

간신히 생긴 가족을 잃고 싶지 않았다.

'곁에 있어도 된다고 했어.'

그러니까 부디 내 가족만큼은 조금도 아프지 않고 건강하기를.

'오래오래 같이 살고 싶어.'

그 순간 새하얀 빛이 터져 나와 순식간에 에르노 에탐의 몸을 휘감았다.

"……이게 무슨."

에르노 에탐이 놀란 눈으로 나를 보고 있었다. 이상하게 몸과 함께 눈꺼풀이 갑자기 무거워졌다. 내가 배시시 웃으며 손을 뻗자 그가 당연하다는 듯 내 손을 단단히 맞잡았다. 그것이 내가 떠올릴 수 있는 마지막 기억이었다.

\* \* \*

"대체 언제 일어나는 거야? 벌써 1년이나 됐다고. 야, 재미없으니까 이제 좀 그만 일어나. 이제 안 괴롭힌다니까."

"형, 누나가 아직 혼수상태라잖아."

"저번에 분명히 손 움직이는 거 봤다니까? 그 뒤에 눈꺼풀도 떨렸잖아."

누군가의 한숨 소리가 들렸다. 감긴 눈꺼풀은 다시는 열리고 싶지 않다는 듯 옴짝달싹도 하지 않았다. 나라고 눈을 뜨고 싶은 건 아니었기 때문에 저항하지 않았다.

"누나는 무슨…… 이런 약골이 무슨 누나야? 아주 집안 기둥 다 뽑아먹겠어."

"먼저 태어났으니 누나는 누나지. 그러고 보니 할머니가 내년까지도 눈 안 뜨면 그냥 유지 장치 떼 버리자고 하더라."

"할머니도 너무하시지."

"할머니는 원래 누나 싫어했잖아. 귀염성이라곤 없다고."

"그러게 애교도 부리고 했으면 좀 좋아? 뻣뻣해선. 야, 너 어머니가 거의 무릎 꿇고 빌어서 1년 더 늘어난 거야. 아니었으면 올해까지였다고."

거짓말. 더 듣고 싶지 않았다. 왜 이런 이상한 꿈을 꾸는 걸까?

'이런 꿈은 꾸고 싶지 않아.'

다시 돌아가고 싶다고.

'……님.'

"야, 이거 봐. 지금 또 움직였어."

아빠, 아빠…….

'따님!'

"눈꺼풀도 떨린다고."

"정말이네……. 의사, 의사 부를게!"

"야, 누나! 일어났으면 눈 떠 봐!"

날 다시 원래 세계로 돌려보내 줘. 이런 끔찍한 꿈을 다시 꾸게 하지 마.

"야, 차미소!"

싫어…….

'에이린……!'

아주 멀리서 들려오는 목소리에 나는 필사적으로 매달렸다. 그 순간 눈이 번쩍 뜨였다.

허억—

막혔던 숨이 트인 듯 입을 뻐끔거리는데 목소리가 나오질 않았다.

'뭐지?'

눈을 끔뻑이자 흐릿했던 시야가 한층 더 또렷해졌다.

'무슨 일이 있었나?'

뭔가 불쾌한 꿈을 꾼 것도 같았는데. 무슨 꿈이었지?

'……근데 나 뭔가 이상한데.'

몸이 왜 이렇게 뜨거운지 알 수가 없었다. 내뱉는 숨이 마치 화산이 뿜어내는 연기 같았다.

"에이린?"

"어, 눈 떴다."

"에이린."

느리게 눈을 한 번 더 깜빡이자 눈앞에 커다란 얼굴이 보였다.

'아빠……?'

입을 뻐끔거렸지만 목소리가 나오질 않았다. 그제야 내 시야가 얼마나 낮은지가 눈에 들어왔다.

"따님 괜찮니?"

거인국에 온 난쟁이가 된 기분이었다. 커다란 침대 위에 넙죽하게 엎드려 있는 기분이 조금 당황스러웠다.

끄덕.

고개를 위아래로 움직이자 그가 작게 한숨을 내쉬었다.

"다행이구나. 갑자기 변해서 놀랐단다."

나는 고개를 한 번 더 끄덕였다. 주변을 휙휙 돌아보니 에르노 에탐만 있는 게 아니었다.

'그러고 보니 아까 다른 목소리들도 들렸지.'

아까는 에르노 에탐이 시야에 꽉 들어차서 몰랐는데 칼란과 실리안도 있었다. 나는 바짝 긴장한 채 넙죽 엎드린 채 눈동자만 데굴데굴 굴렸다.

"에이린, 내 말 알아들어?"

하얀 가운을 걸친 칼란이 불쑥 얼굴을 들이밀었다. 눈을 동그랗게 뜬 나는 고개를 끄덕이며 자리에서 폴짝 일어났다가 곧 다리에 힘이 없어 휘청이며 푹 고꾸라졌다.

"……."

이불이 아니라 손바닥에. 에르노 에탐의 손이었다. 놀라서 고개를 들자 그도 놀랐는지 눈을 크게 뜨곤 자신이 내민 손바닥을 바라보고 있었다.

"……조심해야지."

그가 나를 손바닥에 올린 채 조심스럽게 들어 올렸다.

"에이린, 일단 해열제를 놓기는 했는데…… 내가 파충…… 아니, 수인 쪽엔 지식이 없어서……."

칼란 에탐이 난감하다는 듯 말했다.

"예전에 혹시 이런 적이 있어?"

끄덕끄덕.

힘주어 고개를 끄덕였다.

"언제?"

음, 이걸 어떻게 설명해야 하지. 에르노 에탐의 손바닥 위에서 고개를 갸웃거리고 있으니 칼란 에탐의 눈이 가늘어졌다.

"아, 잘 모르겠으면……."

아! 이렇게 하면 되겠다. 문득 떠오른 방법에 내가 앞발로 에르노 에탐을 가리켰다.

"……나?"

그리고 그다음엔 도망가는 시늉을 해 보이기 위해서 일단 손바닥에서 침대 위로 폴짝 뛰어내리는 순간이었다.

우당탕탕―!

무사히 침대에 착지했어야 하는 나는 어쩐지 아직 허공에 있었다. 이번에는 칼란 에탐의 손바닥 위였다.

'뭐지……?'

당황해서 눈동자를 굴리자 에르노 에탐과 실리안 에탐도 어정쩡하게 내게 손을 뻗고 있었다. 저 멀리 있던 칼란 에탐이 여기까지 순식간에 달려온 것이 가장 신기했다. 실리안 에탐이 잡고 있던 의자는 바닥을 나뒹굴고 있었다.

'……아.'

나도 모르게 웃고 말았다. 괜찮다고 말하기 위해 뒷발로 서서 앞발로 가슴을 통통 두드리려는데 칼란 에탐이 나를 두 손으로 붙잡았다.

'아니, 안 떨어질 건데.'

칼란 에탐의 표정이 심각했다.

"에이린, 자살은 사회적으로도 좋지 않아서…… 힘든 일이 있다면 일단 우리에게 말해."

'아니, 그게 아니라…….'

"그리고 네가 죽는다고 세상 사람들이 널 위해서 후회하고, 어? 그럴 거라고 생각하지만 그거 아니다. 생각보다 다들 멀쩡히 살아갈 거야."

'그거 아니라고.'

내가 고개를 도리도리 젓자 칼란 에탐이 눈을 가늘게 뜨곤 나를 유심히 보았다.

"갑자기 이렇게 바뀌어서 너무 힘든 건 알겠지만 그래도……."

'그거 아니라고!'

내가 힘껏 고개를 다시 한번 젓자 칼란 에탐이 그제야 입을 다물었다.

"아니야?"

끄덕.

"정말?"

끄덕끄덕.

'당연한 소리를.'

나는 콧김을 혹 내뿜었다. 가족까지 생겨서 이제 아쉬운 것도 없는데 죽기는 내가 왜 죽어? 오래오래 살아야지. 그제야 칼란 에탐이 안도의 한숨을 푹 내쉬었다.

"갑자기 뛰어내려서 걱정했잖아."

나는 앞발로 침대를 가리켜 보였다.

'안전했다고.'

한숨을 푹 쉬며 고개를 절레절레 젓자 칼란 에탐이 물끄러미 나를 보았다.

"그럼 뭐…… 다행이고."

그가 뺨을 두어 번 매만지더니 헛기침을 두 번 하는데 어딘가에서 커다란 손이 뻗어 왔다. 에르노 에탐의 손이었다.

"이리 오렴, 따님."

"제가 안고 있을래요, 아버지!"

"안 돼."

"아, 왜요!"

에르노 에탐의 단호한 말에 칼란 에탐이 불만스러운 얼굴로 언성을 높이자 그가 진지한 표정으로 대답했다.

"네 손은 너무 작다."

에르노 에탐이 단호하게 말하고는 칼란의 손에서 나를 조심스럽게 데리고 갔다.

"진짜…… 내가 얼른 큰다."

칼란 에탐이 볼을 빵빵하게 부풀리곤 억울하다는 듯 웅얼거렸다.

'근데 네가 크면 일단 나도 클 텐데.'

차마 거기까진 말하지 못한 나는 방긋 웃어 주었다. 도마뱀이라서 웃는 모습이 보일진 모르겠지만.

"어쨌든 일단 우리가 좀 고민을 해 봤거든?"

'무슨 고민을?'

대답 대신 고개를 기울이자 실리안이 한 걸음 앞으로 나오더니 내 앞으로 책 하나를 펼쳐 보였다. 수인에 관해 적혀 있는 책인 모양이었다.

"내가 알아봤는데 도마뱀은 아열대성 기후에서 사는 게 좋은 것 같더라고. 물론 사막에서 사는 특이 개체도 있지만 보통 물에서 서식하긴 하는데…… 에이린이 정확히 어느 개체인지 몰라서."

음. 확실히 납득이 가는 얘기였다.

'그러고 보니 수인은 그에 걸맞은 환경이 필요하댔지.'

그래서 보통 수인은 성인이 될 때까진 태어난 곳에서 벗어나지 않는다고 했다. 수인이 나고 자라는 곳이 수인이 성장하기에 가장 적합한 생태계라고 하니까.

끄덕.

내가 고개를 끄덕이자 실리안 에탐이 책장을 다음으로 넘겼다.

"그래서 우리가 에탐 가문에 남는 부지를 좀 확보해서 네가 지내기 편한 곳을 만들려고 하거든? 아, 가주님 허락은 받았어."

그 미르엘 공작이 허락을 했다고? 도대체 내가 기절하고 얼마나 지난 거지? 그렇게 오래 잠든 기분은 아니었는데…….

"그래서 말인데 혹시 어떤 느낌이 좋은지 그림책을 보고 골라 줄래?"

그가 펼친 책장에는 도마뱀의 서식지에 대한 자세한 설명이 적혀 있었다.

"좋아하는 기후 있어?"

따뜻한 건 좋지만 더운 건 별로 좋아하지 않는데. 하지만 그가 보여 주는 도마뱀 서식지는 대부분 뜨거운 쪽이었다.

'수영은 자신 없고…….'

나는 책에 얼굴을 바싹 들이밀면서까지 자세히 살폈지만 딱히 마음에 드는 곳은 없었다.

'어디라도 다 답답할 것 같은데.'

고개를 젓자 실리안의 표정에 실망이 깃들었다.

"없어……? 여기 아열대가 도마뱀 사이에서 제일 인기가 많던데."

절레절레.

습하고 더운 건 최악이다. 한국 여름 최악이었다고. 온몸에 들러붙는 찝찝한 느낌이 얼마나 싫은데.

"그럼 여기 사막은……?"

도리도리.

거긴 너무 더워. 분명히 숨도 못 쉬다 죽을 것 같다. 바싹 말라서.

"이렇게 물이 있는 곳도……?"

늪지대와 호수처럼 보이는 곳이었다. 나는 다시 한번 고개를 힘주어 저었다. 아무리 생각해도 저긴 내가 살 곳이 아니야.

"이상하네. 도마뱀들의 서식지는 대부분 이런 쪽이라던데……."

그리고 등이 너무 간지럽다.

'이상하네.'

저번보다 몸이 조금 더 커진 것도 같고. 등이 간지러워서 몸을 비틀며 손바닥 위를 한 바퀴 데굴 구르자 에르노 에탐이 설핏 웃으며 내 이마를 살살 쓰다듬었다.

'그러고 보니 머리는 괜찮은가?'

내가 앞발로 내 머리를 툭툭 두드리다가 에르노 에탐을 가리키자 그가 본인의 손으로 이마를 한차례 쓸더니 미간을 좁혔다. 에르노 에탐은 이제야 이상함을 깨달은 사람처럼 한참이나 말없이 서 있다가 천천히 나를 내려다보았다.

똑똑.

그때였다. 정갈한 노크 소리가 들렸다.

"에르노 공자님, 아가씨의 애완……동물을 준비시켰습니다."

시종의 말에 망설임이 느껴졌다.

'아, 역시 기절한 지 얼마 안 됐구나.'

그나마 다행이었다. 또 일주일씩 지난 건 아니라서 말이다.

"애완동물이요? 그게 뭐예요?"

"아버지, 에이린에게 무슨 동물을 사 주신……."

때맞춰 문이 열리고 루실리온이 들어오자 의문을 표하던 칼란과 실리안이 믿을 수 없는 것을 목격한 사람처럼 조용해졌다. 두 소년이 당황한 얼굴로 한층 멀끔해진 루실리온을 보다가 에르노 에탐을 보았다.

"아버지……?"

"최신 유행이라더군."

"예……?"

"너희도 너무 집에만 있어서 몰랐던 모양이구나."

에르노 에탐이 두 아들을 방구석 폐인으로 만들며 내려보았다.

"유행에 뒤처지기 싫다면 너희도 밖에 나가서 사회생활도 하고 그러는 게 좋겠구나."

"……."

"……."

두 소년이 황당하다는 듯 에르노 에탐을 바라봤다.

"주인님."

루실리온이 에르노 에탐의 손에 앉은 나를 발견하곤 사르르 눈매를 접으며 내게 다가왔다. 그 순간 칼란 에탐이 앞을 가로막았다.

"아버지, 어디서 굴러먹었을지 모를 이런 여우 같은 새끼한테 무슨 에이린을 맡겨요!"

"맞아요. 얘도 남자라고요."

"거세하면 그만이지."

언제나 웃고 있던 루실리온이 드물게 어깨를 움찔 떨더니 두어 걸음 뒤로 물러났다.

"역시 동성의 애완동물이 좋았을까?"

"그거면 나쁘진 않았겠네요."

"기운이 깔끔하고 제법 반반해서 데려왔는데……."

진지하게 고민하지 말라고. 이 사이코패스 같은 인간들…….

"꾸우욱!"

내가 배에서 힘을 끌어모아 힘껏 울자 네 남자의 시선이 동시에 내게 꽂혔다.

"방금 따님이 울었나?"

끄덕.

에르노 에탐이 눈을 크게 뜨더니 이내 빙긋 웃으며 내 머리를 살살 쓰다듬었다.

"도마뱀의 생태에 대해 보고 계셨나요?"

"그래. 너…… 근데 얘가 어떻게 에이린인 줄 알았어?"

칼란 에탐의 반문에 루실리온이 눈을 동그랗게 떴다.

"주인님을 알아보지 못하는 애완동물이 어디에 있나요?"

"헛소리 말고."

루실리온이 웃는 얼굴로 뺨을 몇 차례 긁적였다.

"주인님께서 일전에 절 주워 주셨거든요."

"에이린이 널 주웠다고?"

"네. 그 후에 지하 옥션에서 주인님을 잃어버려서…… 다시 길거리 생활을 하던 중에 아주 우연히 주인님의 아버님을 만나게 됐습니다."

그게 정말 우연이 맞아? 나는 반문하고 싶은 마음을 꾹 눌렀다. 에르노 에탐을 보니 놀란 기색이 조금도 없었다. 분명히 알고 데려온 거다.

'……대신관은 미래를 점칠 수도 있으니까.'

어쩌면 그걸 이용했을 확률도 높았다. 물론 먼저 연락하지 않은 건 내 잘못이긴 하지.

"……우연이 여러 번 이어지면 고의라던데."

"필연이죠."

루실리온이 여우처럼 샐그러지게 웃으며 대답했다. 에르노 에탐도 어딘가 심기가 불편한 표정이었다.

'괜히 데려왔다고 생각하는 표정인데?'

루실리온이 한 걸음 내게 다가왔다.

"그리고 저런 도마뱀 생태 도감은 필요 없을 겁니다."

루실리온이 내게 조심스럽게 손을 뻗는 순간 에르노 에탐이 내가 올라탄 손을 뒤로 물렸다.

"……"

루실리온의 표정에 아쉬움이 짙어졌다.

"필요 없다니?"

"주인님께선 아마도 평범한 도마뱀이 아닐 테니까요."

"……도마뱀이 아니라고?"

"네."

루실리온이 허리를 숙여 작아진 나와 눈을 마주쳤다.

"그렇죠?"

나야말로 황당해서 눈을 동그랗게 뜨고 고개를 저었다. 난 누가 봐도 도마뱀이잖아. 길쭉한 꼬리에 납작하고 긴 몸. 그리고 손바닥만 한 크기까지…….

'어?'

그때는 리하르트의 작은 손에 딱 맞을 정도였다. 그러나 지금은 에르노 에탐의 커다란 손바닥과 크기가 비슷했다.

'그사이 커진 건가?'

루실리온은 고개를 젓다가 석상처럼 굳어 버린 나를 보고 뭔가를 고민하는 듯하더니 이내 빙긋 웃었다.

"아, 그런 거구나."

루실리온이 고개를 끄덕였다.

"에이린이 도마뱀이 아니면 다른 개체라는 거야?"

"그럴 수도 있고 아닐 수도 있겠군요."

실리안 에탐이 검을 뽑아 루실리온의 턱 밑에 가져다 댔다.

"우리가 천한 네놈과 말장난하자는 것으로 보이는 건가?"

아니, 걔 일단 신이 인정한 가장 신성한 사람이긴 한데…….

'쟤는 도대체 왜 내 주변을 자꾸 맴도는 건지.'

"전 그저 사실을 말씀드린 것뿐입니다. 그 이후에는 직접 알아내셔야 할 것 같지만요. 제가…… 아직은 이 이상 말할 수 없는 터라."

루실리온이 검지로 제 입술 위를 꾹 누르며 나지막하게 말했다.

'제약인가?'

루실리온은 신의 사랑을 가장 많이 받는 만큼 남들이 모르는 걸 많이 알 수 있지만 그만큼 입 밖으로 낼 수 있는 말이 적었다. 미래를 예언하는 대로 내뱉으면 안배된 운명이 모두 망가질 테니 특수한 제약이 걸려 있을 터였다.

'대가를 지불해야 한다고 기억하는데…….'

무슨 대가인지 잘 기억이 나지를 않았다.

"어쨌든 잘 부탁드립니다. 주인님."

에르노 에탐이 코웃음을 치곤 루실리온을 지나쳐 방을 벗어났다.

"아, 저도 자세한 건 모르지만 제 예상이 맞다면 아마 이번 성장기가 지나면 배가 많이 고프실 듯합니다."

"……성장기라고?"

"……네, 모르셨나요? 성장통 때문에 자주 아프실 수도 있습니다."

에르노 에탐이 나를 손에 품은 채 느릿느릿 자신의 방으로 향했다.

"네게는 묻고 싶은 게 아주 산더미와도 같구나."

"……."

나는 물끄러미 그를 바라보다가 느릿하게 몸을 둥글게 말고 꼬리로 몸을 감싸며 눈을 감았다.

"내 따님 덕분에 머리가 아프지 않다."

"……."

"네가 무언가 특별한 능력을 타고난 건 분명하구나."

읊조리는 목소리는 어쩐지 무척 낮게 가라앉아 있었다. 듣고 있다 보니 내 힘도 풀리는 기분이었다.

"하지만 나는 그게…… 과연 좋은 일인지 모르겠단다."

'피곤해.'

그의 목소리에 뭐라고 대답이라도 하고 싶은데 어쩐지 자꾸만 잠이 왔다. 이윽고 시야가 어두워졌다. 잠든 아이를 내려다 보던 에르노 에탐이 천천히 걸음을 멈췄다.

"쫓겨난 개망나니 새끼를 좀 찾아야겠다. 죽이진 않았을 테니 살아 있겠지."

"예, 소가주님."

허공에서 '테렘' 중 하나가 모습을 드러냈다.

"그를 찾아서 아이가 생기게 된 이유와 과정, 상대 여자까지 전부 속속들이 조사해 와라."

"예, 알겠습니다."

에르노 에탐이 아이의 머리를 슥슥 쓰다듬었다.

'등에 이상한 게 있군.'

비늘 위로 톡 돋아난 것은 작은 꽃봉오리처럼 보이기도 했고 거스러미처럼 보이기도 했다.

"……설마 아니겠지."

한참이나 그것을 바라보던 에르노 에탐이 인상을 찌푸리며 고개를 저었다. 그럼에도 불안한 기운이 그의 등줄기를 스쳤다.

꼬르르륵—

우렁찬 뱃고동 소리에 나는 베개 밑으로 꾸물꾸물 더 기어들었다.

'그만 좀 울리라고!'

대체 오늘 하루만 몇 번째 울리는 거야. 어제 그렇게 기절하고서 눈을 떴을 때 나를 찾아온 것은 정말 지독할 정도로 끔찍한 허기였다. 오죽하면 내게 인사를 건네던 에르노 에탐의 손가락이 소시지처럼 보여서 깨문 것도 모자라 우물거렸을 정도였다. 문제는 오늘만 해도 벌써 두 번이나 식사를 했다는 거다. 두 번째 식사를 한 지 2시간이 채 지나지도 않았는데 뱃고동 소리가 멈출 줄을 몰랐다.

"따님, 식사를 더 준비하라고 했단다."

나는 베개 밑으로 조금 더 파고들었다.

'미움받고 싶지 않아.'

귀찮게 여겨지고 싶지 않단 말이야. 밥을 많이 먹고 손이 많이 가는 귀찮은 아이가 되고 싶지 않았다. 간신히 생긴 가족인데 남들과 달라서 귀찮아졌다는 이유로 잃고 싶진 않았다.

"따님."

나직한 부름에도 나는 꼼짝하지 않았다. 어떻게든 배고픔이 사라졌으면 했다.

"에이린."

자그마한 부름에 시야가 환해졌다. 등을 무겁게 누르던 베개의 감각도 사라졌다.

"내 따님이 왜 이럴까. 밥이 입맛에 맞지 않았나?"

"……."

"요리사를 다 잘라야겠군."

아니, 그러지 마. 이 미친 아빠가……. 내가 고개를 젓자 위에서 희미하게 웃음 섞인 숨소리가 들렸다.

"그럼 왜?"

'너무 많이 먹으면 돼지가 될지도 모르고…… 매번 이렇게 챙기면 귀찮아질 테고…… 또…….'

나는 여러 가지 이유를 생각하다가 침울하게 고개를 저었다.

'귀엽지 않으면 싫어할지도 몰라.'

내가 보기에도 에이린은 아주 귀여웠다. 하지만 너무 먹어서 뚱뚱해지면 싫어할지도 모른다.

'이번에 보니까 덩치가 너무 커졌어.'

도마뱀 덩치가 솔직히 성인 남자 손바닥만 한 건 좀 그렇잖아. 여기서 더 크면 어떡해?

'어떤 도마뱀은 3미터까지도 큰다던데…….'

그러면 버림받을 게 분명하다.

'3미터짜리는 나도 키우기 싫어.'

솔직히 징그럽잖아.

"에이린, 내게 간신히 생긴 딸을 빼앗을 생각이니?"

그 힘 빠진 목소리에 나는 번쩍 고개를 들고 고개를 저었다.

'그건 아닌데…….'

단지 변하는 것이 무서웠다. 조금만 살이 쪄도 욕을 먹었던 과거가 자꾸만 발목을 붙잡았다.

"따님이 배가 고픈데도 밥을 먹지 않아서 또 쓰러진다면 있던 요리사들을 전부 쫓아내고 새 요리사를 부를 거야."

나는 눈을 동그랗게 뜨고 고개를 저었다. 따지자면 다 내 잘못이라 왜 멀쩡한 요리사를 쫓아내는 건지 모르겠는데…….

"그 요리사가 와도 네가 또 먹지 않는다면 나는 또 그들을 자르고 새 요리사를 구해야겠지."

나는 멍하니 그를 올려다보았다.

'왜?'

그렇게 묻고 싶었다. 입술을 뻐끔거려도 목소리가 나오지 않는다. 그것이 너무 답답했다. 하지만 에르노 에탐은 내 의문을 금세 눈치챈 듯 입을 열었다.

"나도 잘 모르지만 부모란 그런 거라고 누가 그러더구나."

"……."

"자식이 잘못했어도 무조건 편이 되어 주고 싶은 것."

눈이 절로 커졌다. 도마뱀이 아니었다면 분명히 그의 옷자락을 힘껏 붙잡았을 것이다.

"설령 세상에 아주 끔찍한 일이 생겼는데 그게 내 따님의 잘못이라고 해도 나는 네 잘못이 아니라고 할 거다."

나는 그의 침대에 푹 묻고 있던 얼굴을 천천히 들었다. 느릿느릿 몸을 돌리자 어느새 그의 손바닥이 지척에 있었다. 눈물이 뚝뚝 흘렀다.

*[엄마. 누나가 시켰어— 우리보고 하라고 했어. 그래서 해 본 거야. 가지고 싶다고 했단 말이야.]*

*[제가 들었어요, 엄마.]*

*[그래, 안다. 우리 착한 아들들이 그랬을 리가 없지. 애초에 이런 곳에 물건을 함부로 늘어놓은 주인 잘못이지.]*

*[이봐요, 어머님. 뭐라고요?]*

*[애들이 몇 푼 하는 장난감을 좀 탐낸 것 가지고 유난은……. 여기 돈 주면 되잖아요.]*

떠오르는 기억에 더욱 서러워 눈물이 뚝뚝 흘렀다. 남자아이들이 가지고 놀 법한 장난감을 누가 훔쳤는지 뻔히 알면서도 어머니는 늘 남동생을 두둔했다. 알고 있었던 거겠지. 정말 누가 훔쳤는지. 살면서 그렇게 듣고 싶었던 말이 기다렸다는 듯 들려오니 마치 꿈만 같았다. 손바닥을 축축하게 적시는 날 보며 에르노 에탐이 내 비늘을 살살 쓰다듬었다.

"안 된다는 걸 알면서도 네 편을 들 거다. 그러니 많이 먹고 쑥쑥 자라렴."

'내가……!'

입술을 뻐끔거렸지만 말이 나가질 않았다.

'대화하고 싶어. 아빠랑 제대로 얘기하고 싶어.'

소망을 머릿속에 담는 순간 욕망이 가슴을 가득 채웠다. 그 순간이었다. 눈앞이 새하얗게 번졌다. 동시에 몸이 뜨거워지더니 시야가 높아졌다. 에르노 에탐의 눈이 커졌다.

"내가……"

목소리가 나왔다. 어느새 나는 에르노 에탐의 무릎에 앉아 옷자락을 붙잡고 있었다. 에르노 에탐이 담요를 내 몸에 둘러 주었다.

"뚱뚱해지면 어떠케여……?"

"그럼 통통한 따님이 되겠지."

"엄청 큰 도마뱀이 되면여……?"

"엄청 큰 따님이 되겠지."

"막 못생겨지면여?!"

"못생…… 그런 일이 가능한가?"

대답하던 에르노 에탐의 표정이 묘해졌다. 그 표정이 얼마나 심각한지 물어본 내가 다 당황스러울 정도였다.

"불가능한 일은 나도 상상할 수 없구나."

말이 끝나기가 무섭게 나도 모르게 에르노 에탐의 목에 매달렸다.

"이렇게 눈물범벅이 된 얼굴도 귀엽게 보이니 내가 따님에게 푹 빠진 모양이다."

에르노 에탐이 내 머리를 슥슥 쓰다듬었다.

"그나저나 인간으로 돌아왔구나."

"네……."

"어떻게 돌아왔는지는 기억나지 않니?"

"아버…… 아니 아빠랑 얘기가 하고 싶다구 생각해써여."

"생각했다고?"

"네……."

나는 그의 가슴팍에 안긴 채 고개를 끄덕였다. 에르노 에탐의 표정이 살짝 어두워지며 미묘해졌다.

"어제 내가 아팠지 않으냐. 혹시 그땐 무슨 생각을 했니?"

에르노 에탐의 물음에 나는 천천히 기억을 더듬었다.

"아……."

약간 부끄러워지는 기억에 나는 얼굴을 파묻은 채 간신히 입을 열었다.

"……으면 좋겠다고여."

"뭐?"

"아빠랑 가족이 다 안 아프구…… 오래오래 가치 살구 싶다구여……."

아이의 고백에 에르노 에탐의 눈이 커졌다. 그가 낮게 웃음을 흘렸다.

'이건 너무 애 같은 소원이지만…….'

그래도 언제나 가지고 있던 가장 큰 소원이었다.

"에이린."

"네?"

"그건 이미 이뤄지지 않았니? 앞으로도 그러려면 일단 배고플 땐 밥을 먹어야겠지?"

"……."

고개를 돌리자 어느새 식탁엔 상다리가 부러질 정도로 음식이 가득 올라와 있었다.

꼬르르륵—

우렁찬 소리가 다시금 들렸다. 먹음직스러운 냄새를 풍기는 음식을 눈앞에 두자 나는 스위치가 망가진 사람처럼 반사적으로 손을 뻗어 음식을 허겁지겁 먹기 시작했다.

"하읍—!"

입안 가득 차오르는 맛을 느낄 새도 없이 손은 어느새 다음 음식에 닿아 있었다.

"……."

"……."

"……."

에르노 에탐을 비롯해 식사를 돕던 사용인들도 순간 말문을 잃은 듯했다. 족히 10인분은 되어 보이던 푸짐한 음식들이 순식간에 사라졌다. 식사를 다 마치고 나서야 나는 정신이 번쩍 들었다. 손을 이용해 음식을 마구잡이로 먹었던 터라 손이 엉망이었다.

"아……."

푸짐하게 쌓인 접시를 보고 있으려니 말문이 턱 막혔다.

"어……."

혹시 걸신이라도 들린 게 아닐까? 그런 게 아니면 대체 이렇게까지 먹을 이유가 뭔데.

"이제 조금 배가 부르니?"

옆에서 들려온 목소리에 퍼뜩 정신이 들었다. 나는 천천히 고개를 끄덕였다. 아까는 평범한 1인분을 먹고도 허한 느낌이 있었는데 지금은 확실히 배 속이 꽉 들어차 충만했다.

"네, 배불러여."

"그렇구나. 앞으론 이 정도 식사를 준비하라고 하마."

"……갠차나여? 이러케 먹어두……."

"더 먹어도 된단다. 나 돈 많다."

나는 슬쩍 고개를 끄덕였다. 그건 용돈을 10억씩 줄 때부터 알아봤고…….

"아, 그리고 일전에 가주님이 말했던 선생이 내일부터 온다고 하더구나."

"선샌님이여?"

"그래. 서부에 있는 로즈먼트 남작가의 장남이라더구나. 가주님이 뽑았으니 신원은 확실하겠지."

"네!"

안 그래도 그냥 집에만 있는 건 싫어서 뭔가 배우고 싶었는데 다행이다.

"네가 하고 싶은 걸 하렴."

그가 내 머리를 살살 쓰다듬으며 말했다. 다정한 손길에 절로 입가가 풀어졌다.

\* \* \*

아빠의 온기와 함께 푹 잠을 자고 나니 온몸이 개운했다. 아침 식사를 마친 나는 뭘 할까 고민하다가 문득 떠오른 생각에 자리에서 벌떡 일어났다.

'샤르네 보러 가야지.'

여주인공은 뭘 하고 있으려나? 나는 일이 있다는 에르노 에탐을 뒤로하고 뽈뽈뽈 복도를 뛰어갔다.

"어머, 저 애는……."

"정말로 꼬리가 있네……."

복도를 가로질러 걷다가 들려온 목소리에 나도 모르게 걸음이 뚝 멈췄다.

'아, 숨기는 걸 깜빡했네.'

이번 인간화에도 꼬리를 숨기는 걸 실패했다. 이상하게 꼬리가 조금 더 길어지고 반짝이는 것 같기도 했다.

"……역시 그렇지?"

"응, 확실히……."

급히 치마 아래로 꾹꾹 눌러 숨기려고 했지만 이미 아빠가 날 위해 특수 제작을 요청해서 꼬리가 나올 수 있게 마감된 드레스라 숨길 수조차 없었다. 고개를 푹 숙인 순간이었다.

"진짜 만져 보고 싶다……."

욕망을 담은 뜨거운 숨결 같은 목소리가 귓가에 탁 박혔다.

## V

"안 돼. 아가씨께 함부로 손대면 엄벌을 내린다잖아."

"그래도…… 너무 귀엽잖아. 방금 지나가시면서 흔들리는 토실토실한 뺨 봤어? 하읔…… 심장이 아파."

"너 귀여운 거 좋아하는 건 알겠는데 주접이 좀 심하다."

"야, 밀리야."

"왜?"

"아가씨 뺨이 부드러울까 밀가루가 부드러울까?"

"이 미친……. 그야 당연히 아가씨 뺨이겠지!"

사방에서 들려오는 목소리에 소름이 쫘악 돋았다.

'뭔가 얘기가 이상하게 흘러가는데?'

대화가 이상한 쪽으로 흐르고 있었다.

"근데 정말 단단한 빙벽 에르노 공자님이 단숨에 녹아들 만

해. 저 분홍색 머리카락을 봐."

빙벽……? 에르노 에탐은 참 오글거리는 이명을 가지고 있구나.

'역시 판타지 세계관.'

약간 '내가 이 세계 최강 철벽 일진 짱!' 이런 느낌인 걸까?

"일전엔 내게 활짝 웃으면서 인사도 해 주셨는데 진짜 후광이……."

"맞아. 항상 마주치면 인사해 주시더라……."

"마일라 그 못된 년. 세상에 저렇게 사랑스러운 분께 그런 죄를 뒤집어씌웠으니……."

들려오는 말에 어깨가 멋대로 들썩거렸다.

'마일라…….'

에르노 에탐이 내 편이 된 것을 보면 마일라는 분명히 좋은 꼴을 보진 못했을 것이다. 만약 에르노 에탐이 놓아줬다고 한들 결국 결말이 좋진 않았던 것으로 기억한다.

'그래도 내 편을 들어줘서 기쁘네.'

나는 허리춤에 있는 주머니를 뒤져 사탕 3개를 꺼내 나를 힐 긋거리며 일하고 있는 시녀들에게 다가갔다. 이들은 내가 듣지 못하는 줄 알겠지만 몇 번이나 말했듯 내 청력은 아주 좋은 편이다.

"안뇽!"

용기를 내어 다가가 활짝 웃자 3명의 시녀가 꺄악 소리를 지르더니 벽에 바짝 달라붙었다.

"아, 아가씨?"

"여, 여긴 어쩐 일이세요……?"

"저흰 아, 아무 말도 안 했답니다."

세 사람이 동시에 고개를 필사적으로 끄덕였다.

"응……!"

그래그래. 아무것도 못 들은 걸로 해 줄게.

"요거 주께! 사탕야!"

"어…… 저희 주시는 거예요?"

"웅! 하나, 하나, 하나!"

나는 세 사람에게 사탕을 하나씩 나눠 주었다. 세 사람이 무릎을 꿇고 경건한 태도로 사탕을 받았다.

'아니 무슨 사탕을 무릎까지 꿇고 받아…….'

계급 제도가 있어서 어쩔 수 없는 걸까?

'그래도 난 아직 정식으로 호적에 올라가지도 못했는데.'

모르겠다. 좋은 게 좋은 거겠지.

"감, 감사합니다……."

"곰도리랑 토끼야! 기엽지?"

곰돌이 모양과 토끼 모양으로 만든 사탕이라 솔직히 먹기도 아까웠던 참이다.

"있자나. 샤르네 언냐 봐써?"

"아, 샤르네 아가씨라면…… 아마 방에 계실 거예요."

"고마어. 나 가께!"

손을 흔들며 인사를 하고 막 몸을 돌리려던 나는 문득 짓궂은 생각이 들어 검지로 입술을 살짝 누르며 입을 열었다.

"그리구…… 나보다 언냐들이 더 기여어."

속삭이듯 작게 읊조리곤 휙 몸을 돌려 누군가 나를 붙잡기 전에 쌩하니 달려갔다.

'으아, 부끄러워.'

누군가를 칭찬하는 건 익숙했는데 어쩐지 방금은 조금 부끄러웠다.

"꺄아아아악!"

뒤에서 들려온 비명 같은 환호성은 못 들은 걸로 하자. 나는 곧장 샤르네의 방으로 뛰어갔다. 작은 손으로 문을 콩콩 두드리자 안에서 바스락거리는 소리가 났다.

"누구세요."

나를 대할 때와는 다르게 피곤한 기색이 역력한 목소리에 잠시 몸이 주춤했다. 너무 바쁠 때 찾아왔나? 그냥 돌아갈까 싶다가 이미 도착했는데 말도 하지 않으면 기분 나쁠 거라는 생각에 조심스레 입을 열었다.

"언냐, 나 에이링인데……."

"어? 어?! 에이린?"

"웅…….."

"자, 잠깐만! 자암깐만 기다려어!"

우당탕탕—! 쿠당탕탕—!

안에서 전쟁이나 나야 들릴 법한 소리가 연신 울려 퍼졌다. 그렇게 한 10분을 문 앞에서 서성이고 나서야 문이 벌컥 열렸다. 땀이 삐질삐질 흐르는 얼굴과 약간 서툴게 꽂힌 머리핀이 가장 먼저 눈에 들어왔다. 드레스를 입었는데 어쩐지 그 모든 것이 살짝 엉성하게 보였다.

"하하. 방에…… 바퀴벌레가 있어서……. 미안. 방금 잡아서 버렸어."

그녀가 문을 활짝 열었다.

"자, 들어와."

활짝 웃는 샤르네의 얼굴은 그야말로 사람의 기분을 사르르 녹이는 느낌이었다. 방 안은 깨끗했다. 너무 깨끗해서 오히려 조금 이상할 정도로. 옷장 문이 빼꼼히 열려 있었는데 그 사이로 무언가가 툭 튀어나와 있었다.

'액자……인가……?'

무슨 액자가 옷장에 들어가 있는 거지? 내가 옷장을 바라보고 있으니 샤르네가 자연스럽게 문을 닫고 들어와 옷장 문도 힘주어 꾹 눌러 닫았다.

"모 하구 있어써?"

"내일 황성에 입궁해 달라는 부탁을 받아서 그 생각을 하면서 쉬고 있었어."

"황성?"

"응. 2황자께서 몸이 좋지 않으시거든. 그래서 내 능력을 한

번 사용해 볼 수 있느냐고 폐하께서 부탁하셨어. 내일로 세 번째야."

"아아……."

벌써 시기가 그렇게 됐구나.

'에노쉬…….'

황제가 샤르네에게까지 말을 한 것은 에노쉬의 몸 상태가 점점 나빠지기 때문일 것이다.

'그래도 전염병은 빠르게 제압했다고 생각했는데…….'

정해진 운명은 바꿀 수 없는 걸까? 안타깝지만 샤르네의 능력은 단순히 드래곤의 피가 폭주하는 '광폭화'를 잠재우며 진정시키는 것과 '정화'이기 때문에 선천적인 병에 효과는 없을 것이다. 그래도 이 몇 번의 만남으로 샤르네와 에노쉬는 가까운 친구가 된다. ……그래. 그냥 그뿐인 이야기다. 이야기의 자극을 위한 조연 캐릭터.

"근데 능력은 한 번도 써 보지 못했어."

"왜?"

"황자님이 아프셔서 그런지 엄청 예민하시거든. 화도 많이 내시고 조금…… 폭력적이셔."

누군들 곧 죽을 거라는데 패악을 부리지 않고 배기겠는가. 게다가 에노쉬는 모든 걸 가지고 태어난 황자였다. 삶에 대한 의지도 있다. 그런데 건강을 타고나지 못해서 살아 숨 쉬는 내내 '죽음'을 달고 살았다. 의원들은 살아 있는 아이를 향해 얼마 살지 못한다는 말만 해댔을 것이다. 모든 이가 에노쉬를 동정했겠지. 아마 에노쉬는 그게 싫었을 거다.

'에노쉬가 샤르네를 마음에 들어 하는 이유도 그것 때문이었지.'

동정하지 않는다고 한 샤르네의 선의의 거짓말 때문에.

"아, 에이린!"

"응?"

"혹시 내일 나랑 같이 황자님 뵈러 가지 않을래? 혼자 가는 건 싫으니까…… 너랑 가면 용기가 날 것 같아."

"음……."

근데 내일 선생님 온다고 했는데.

"긍데 나 내일 선샌님 오기로 했거든. 하라부지한테 허락받구 와두 대?"

"좋아! 어, 같이 가고 싶은데 지금 할 일이 있거든. 혼자 다녀올 수 있겠어?"

"웅."

"다녀와서 저녁 식사는 같이 하자!"

"조아!"

"난 방이 조금 지저분해서 정리해야 하니까…… 조심히 다녀와, 에이린!"

샤르네가 나를 품에 덥석 끌어안으며 말했다.

"으응, 부들부들해……."

샤르네가 내 뺨에 볼을 비비적거리더니 한숨을 내쉬며 자리에서 일어났다.

"이건 선물이야."

"선물?"

"응, 호랑이 사탕!"

샤르네가 서랍에서 커다란 막대 사탕을 꺼내며 말했다. 귀여운 호랑이 모양으로 만들어진 사탕은 그야말로 먹는 것조차 아까운 모양새였다. 샤르네가 냉큼 껍질을 까 내 손에 쥐여 주더니 입에 물려 주기까지 했다.

"으아악 진짜 너무 귀여워……."

뽈뽈대며 돌아다니던 소녀가 어딘가에서 구슬을 꺼내 쭉 내밀었다.

"에이린, 사탕 들고 여기 한 번만 봐 줄래?!"

"응?"

내 얼굴만 한 커다란 막대사탕을 든 채 고개를 갸웃하자 샤르네가 이불 위에 구슬을 내려 두더니 그대로 주먹을 쥐곤 침대를 퍽퍽 내리치기 시작했다.

'……뭐, 뭐야.'

살짝 무서워져서 한 걸음 뒤로 물러났다.

"크, 크흠……."

여주인공이 당황한 듯 표정을 갈무리하곤 내게 빙긋 웃어 보였다.

"미안. 내가 좀 놀라게 했지? 잠깐 심장이 아파서……."

말이 끝나기가 무섭게 샤르네의 코에서 피가 주르륵 흘러내렸다. 터져 나온 코피에 당황해서 성큼 다가갔는데 피가 한층 더 콸콸 흘러내렸다.

"어, 언냐! 갠차나……?"

"으응, 괜찮지. 요즘 자주 이래. 호호호."

그녀가 억지로 웃는 소리를 내더니 손수건으로 제 코를 꾹 누르며 말했다.

'아니, 당신 피가 철철 난다고.'

딱히 시한부나 병약 여주 설정이 아니었는데 왜 이러는 거지? 나는 당황해서 손을 허공에 허우적대다가 간신히 입을 열었다.

"의사 부르까?"

"아냐, 괜찮아. 금방 나아질 거야. 에이린은 얼른 다녀와! 그동안 의원도 부르고 정리도 하고 있을게."

"웅……."

본인이 괜찮다는데 계속 권할 수도 없는 노릇이었던 터라 나는 하는 수 없이 고개를 끄덕이곤 방을 나섰다. 그런 뒤 곧장 공작의 집무실로 향했다. 미르엘 공작의 집무실 앞은 2명의 병사가 지키고 있었기에 나는 꼬리를 쭉 아래로 늘어뜨리며 조심스레 다가갔다.

"안냐세여."

내 인사에 주변을 두리번거리던 병사가 시선을 내리더니 아차 싫었는지 냉큼 한쪽 무릎을 꿇었다.

"안녕하십니까, 아가씨."

"하라부지 이써여?"

"미르엘 공작 각하께선 현재 가신들과 함께 회의실에 계십니다."

아, 여기에 없구나. 짧은 다리를 열심히 움직여 여기까지 왔건만 힘 빠지는 소식이었다.

"그나저나 시녀는 대동하지 않으셨나요?"

"아."

깜빡했다. 에르노 에탐이 나가고 나도 곧장 방을 빠져나온 터라 시녀를 부를 시간이 없었다.

"까먹으셨군요?"

"헤헤……."

내가 멋쩍게 머리카락을 긁적이자 병사가 마주 웃어 주었다. 보통 군인이나 병사라고 하면 무척 딱딱하고 무섭다는 생각이 들었는데 그는 믿기지 않을 정도로 순박한 외모의 사내였다. 그가 한참이나 망설이더니 조심스럽게 입을 열었다.

"아가씨, 혹시…… 꼬리를 한 번만 만져 봐도 괜찮을까요?"

"이봐, 필립!"

옆에 있던 사나운 인상의 병사가 그의 어깨를 쳤다.

"아, 싫으면 거절하셔도 괜찮습니다!"

"……내 거?"

"네."

"징그럽지 아나?"

"……전혀요? 귀여우신데요."

"……그래?"

병사가 오히려 왜 그렇게 생각하는지 모르겠다는 표정으로 고개를 기울였다.

"죄송합니다. 애가 파충…… 그, 그런 종류의 생물을 아주 좋아해서요."

"아아, 난 갠차나. 쪼아!"

내가 폴짝 뛰어 몸을 돌려 꼬리를 바짝 세우자 냉큼 장갑을 벗어 던진 필립이라는 병사가 내 꼬리를 조심스럽게 만졌다.

"와…… 도대체 어째서…… 부드럽지……."

푹신푹신하다고 중얼거리던 필립이 이제는 양손으로 꼬리를 조심스럽게 만지작거렸다.

"세상에 이런 꼬리는 난생처음인데, 폭신하고 귀여운 사람에게 달린 꼬리는 원래 이렇게 폭신하고 부들부들한 것인지. 아니면 폭신하고 부들부들하기 때문에 아가씨께서 귀엽고 사랑스럽게 느껴지는 것인지 대체 어느 쪽이 먼저인지……."

뭐라고 중얼거리는지는 잘 모르겠지만 필립의 동공이 살짝 풀린 것도 같았다. 이쯤이면 나도 조금 당황스러웠다.

'……어.'

계속 만지니까 기분이 이상한데. 자꾸 누가 발바닥을 매만지는 기분이었다.

'조금 간지럽기도 하고…….'

그리고…….

'무서워. 필리이입!'

설마 그러진 않겠지만 내 꼬리를 꼬리탕으로 만들어 먹진 않겠지? 약간 두려운 기분에 움찔움찔 몸을 떨자 곁에 있던 무섭게 생긴 병사가 필립의 뒷덜미를 잡아 일으켰다.

"필립, 아가씨께 무슨 무례냐."

"헉, 죄…… 죄송합니다아아아……!"

눈을 크게 뜬 필립이 무릎을 꿇더니 바닥에 이마를 박았다.

"제, 제가 잠시 정신을 놔서. 정말로 죄송합니다."

"아, 아냐……."

그렇게 말하며 나는 슬쩍 필립에게서 물러나 무섭게 생긴 병사의 곁으로 다가갔다. 쿠웅. 필립의 머리 위로 어쩐지 돌덩어리가 하나 떨어지는 환상이 보인 것도 같았다. 절망스러운 표정으로 필립이 비틀비틀 자리에서 일어났다.

"아가씨."

"으응?"

"회의실에 모셔다 드리겠습니다."

"안야, 방해 대자나."

"음, 제 생각엔 좋아하실 거라고 봅니다."

좋아한다고? 그 미르엘 공작이? 나는 짧은 팔을 꼬아 팔짱을 끼곤 잠시 고민하다가 이내 고개를 절레절레 저었다.

'아빠의 고집을 못 이겨서 그렇지.'

사실 에르노 에탐만 없었으면 난 진즉에 집에서 쫓겨났을 거다.

'물론 사과는 해 줬지만……'

솔직히 좀 많이 놀랐고 카일로의 번역을 듣고도 믿기지 않았지만 그래도 역시 '좋아하느냐'에 대한 대답은 잘 모르겠다.

'그래도 바로 내일 있는 일이라 지금 물어봐야 할 텐데……'

약속을 취소하는 건 1분이라도 빨리 말해 줘야 기분이 덜 나쁘다고 하지 않던가.

"그럼 갈래."

"제가 모시겠습니다. 필립, 여기 제대로 지키고 있어."

"알겠어, 케얀……"

필립이 우울한 얼굴로 읊조렸다. 그 모습이 무슨 풀 죽은 리트리버 같은 느낌이라 하는 수 없이 급하게 배가 고플 때 먹으라고 에르노 에탐이 채워 준 통통한 간식 주머니를 뒤질 수밖에 없었다.

"요거 주께."

애를 달래는 기분이기는 하지만 가진 게 사탕뿐이라서…….

"저 주시는 겁니까?"

"응."

"감사합니다……"

나는 그저 어색하게 웃으며 무섭게 생긴 병사, 케얀을 따라

갔다.

"필립이 저래 보여도 아래로 여동생이 많아서요. 나쁜 마음은 아니었을 겁니다."

"응, 아라."

"요즘 미르엘 공작 각하께서 도마뱀 인형을 만들고 있는 건 알고 계십니까?"

"도마뱀 인형……?"

그것 참 괴랄한 취향이네. 내가 어색하게 웃으며 고개를 젓자 케얀이 설핏 웃었다.

"이쪽이 회의실입니다."

"응, 고마어."

"그리고 아가씨."

"응?"

"저도 꼬리 한 번만 만져 봐도 되겠습니까?"

"……웅. 필립처럼은 안 대."

"그렇게 분별없이 굴진 않습니다."

케얀이 한쪽 무릎을 꿇고 경건하게 장갑을 벗더니 내 꼬리를 두어 번 진지한 얼굴로 만지곤 깔끔하게 자리에서 일어났다.

"그럼 이만 가 보겠습니다."

"응."

케얀이 허리를 숙였다가 일어나는 때였다.

팔랑팔랑—

무언가가 그의 가슴팍에서 팔랑거리며 떨어져 바닥에 살포시 내려앉았다.

'뭐지?'

손바닥만 한 작고 빳빳한 종이였다.

"케얀, 요거……."

내가 주워 주려는데 케얀의 손이 그야말로 바람 같은 속도로 날아와 사진을 낚아채 갔다. 너무 빠른 속도라 앞머리가 휘날릴 정도였다.

'……뭐지?'

사진이었나? 케얀을 보니 표정에 한 치의 변화도 없었다.

"실례했습니다."

"갠차나……."

여기선 영상석으로 찍은 사진을 실물 그림처럼 출력할 수 있는 '사진'이 있었다. 게다가 흔히 한국에서 말하는 움짤같이 '움직이는 사진'이 있기도 했고.

'값이 비싸다곤 들었지만…….'

그래도 마탑에서 그걸로 꽤 쏠쏠하게 벌고 있다고 들었다.

'뭐 가족사진이라도 되는 모양이지.'

그래도 저렇게까지 재빨리 가지고 사라질 건 또 뭔지. 약간 섭섭했다.

"다음에 또 뵙겠습니다."

"웅. 잘 가, 케얀."

케얀은 회의실에 내가 왔다는 사실을 알려 달라고 하고 허락을 받아 들어갈 때까지 그 자리에 그대로 있었다.

"크흠, 들어와라."

회의실 안에서 묵직한 목소리가 들렸다. 나는 숨을 깊게 들이마시곤 회의실 안에 발을 들였다. 안으로 들어가자 수십 쌍의 시선이 내게 꽂혔다. 쿵, 쿵, 쿵. 빠르게 뛰는 심장을 애써 내리누르며 종종걸음으로 미르엘 공작에게 다가갔다.

"안녕하세여, 하라부지."

"오냐."

그의 책상 위에는 뭔가 나뭇조각 같은 것이 놓여 있었는데 그 모양새가 어쩐지 도마뱀을 닮아 있었다. 아직 색을 칠하진 않은 것인지 나무 색 그대로였다. 내가 그 나무 조각상을 보는 것을 알아챘는지 미르엘 공작이 슬쩍 서류로 덮어 버렸다.

"어쩐 일이냐."

"부탁이 이써서여……. 근데 안 바쁘세여?"

"부탁?"

그는 자연스럽게 나를 안아 무릎에 앉히더니 물었다.

'뭐지?'

너무 자연스러웠는데. 나는 혹시나 열심히 먹고 있는 호랑이 막대 사탕이 묻지 않도록 슬쩍 입에서 사탕을 뺐다.

"그 사탕은 뭐냐?"

"언냐가 주셔써여."

이제 슬슬 너무 달아서 먹기 힘든 지경에 이르렀지만 말이다.

"흠…… 사탕을 좋아하느냐?"

"쪼끔여?"

"그렇군……."

그가 뭔가를 나직하게 중얼거렸다. 미르엘 공작의 가슴팍에 머리를 댄 채 고개를 들자 나를 보고 있는 가신들이 보였다.

'어…….'

왜 저렇게 보는지 모르겠다. 자꾸 빤히 보는 것도 민망해서 어색함을 달래기 위해 배시시 웃었더니 그들이 눈을 동그랗게 떴다.

"거, 시원하고 달콤한 건 좀 좋아하십니까?"

서로 민망해서 시선만 교환하는 사이 미르엘 공작과 가까이 있던 수염을 길게 기른 노인이 수염을 매만지며 내게 물었다.

"시언하구 달콤한 거여?"

"네. 아이스크림이라고 최근에 유행하기 시작한 간식인데……."

헐, 아이스크림? 그런 게 여기에도 있단 말이야?

'하긴 여기 한국이랑 세계관 좀 짬뽕이었지.'

예전에 《입.양.각》을 읽으면서도 작가가 많이 귀찮았나 보다 생각했었다.

"조아해여!"

내가 앞으로 몸을 쭉 빼며 눈을 반짝이자 노인의 눈이 살짝 커졌다.

"커, 커흠……."

노인이 조금 당황한 듯 뺨을 긁적이더니 이내 입을 열었다.

"그럼 오늘 중으로 아가씨께 보내 드리도록 하겠습니다."

"네!"

내가 활짝 웃자 노인이 어딘가에서 슬쩍 둥근 구슬을 꺼냈다.

"……솜털아."

"네?"

"그런 거 나도 많다."

뜬금없이 미르엘 공작이 끼어들었다.

"네에……."

대답하면서도 눈동자를 굴렸다.

'그래서 뭐 어떡하라는 걸까?'

나는 어색하게 웃으며 미르엘 공작의 말에 가만히 고개를 끄덕였다. 미르엘 공작은 뭔가 불만스러운 듯 입을 다물었다. 그렇게 우리 사이엔 침묵만이 맴돌았다. 한참 만에 그가 한숨을 내쉬며 먼저 입을 열었다.

"그래서 부탁이라는 게 무어냐."

"아, 저 내일 언냐랑 황성에 가두 대여? 선샌님 온다구 했는데……."

"황성? 거기는 왜 가려고 하느냐."

"언냐 따라가려구여! 거기에 그때 같이 납치된 칭구도 이써여."

미르엘 공작의 눈이 가늘어졌다. 내가 무슨 말을 하는지 어렵지 않게 알아챈 것이 분명했다. 그리고 그걸 그다지 탐탁지 않게 여기는 것도.

'안 되려나……'

나는 고개를 푹 숙였다. 내 고개와 함께 바짝 서 있던 꼬리도 아래로 축 처졌다.

"안 대면 갠차나여……."

"누가 안 된다고 했느냐! 너는 내가 말도 안 했는데 왜 매번 지레짐작을 하느냐?"

그야 표정이 영 마음에 안 든다는 얼굴이었는걸. 미르엘 공작의 말에 한층 우울해졌다.

"아, 아니다……. 수업이야 하루 정도 미루면 그만이지! 이틀 미뤄도 된다. 다녀오거라."

미르엘 공작이 냉큼 말했다. 나는 눈을 동그랗게 뜨곤 고개를 들었다.

"그래도 대여?"

"그래."

"하라부지가 최고예여!"

활짝 웃자 미르엘 공작이 그대로 주먹을 들어 원탁을 힘껏 내리쳤다. 무려 대리석으로 된 원탁을.

"하, 라부지……?"

쿠웅―

옆에서 나는 굉음과 날리는 먼지에 나도 모르게 멍하니 그를 부르자 그가 흠칫 놀라 나를 보았다.

"벌레가 있었다."

"벌레여……?"

"그래. 다리가 10개나 달린 시커먼 게 징그럽게도 기어다니더구나."

"윽……."

그건 진짜 싫다. 그래도 주먹으로 원탁을 쪼개네……. 그것도 대리석을…… 살짝 말문이 막혔다.

"그래 묻고 싶은 건 그게 다였느냐?"

"네!"

"몸은 좀 괜찮고?"

"네."

열이 나서 쓰러졌던 것에 비해선 생각보다 건강했다.

'밥을 든든하게 먹어서 그런가?'

생각하니 슬슬 조금씩 허기가 지는 것도 같다.

'헉, 이러다 진짜 돼지가 되겠어.'

나는 고개를 살살 흔들었다.

"오늘 디저트가 제법 맛있는 거라고 하던데……. 어떠냐? 한 탕하고 갈 테냐?"

티타임을 갖자는 걸 누가 이렇게 도박하는 것처럼 권하는 거야.

"조아여!"

물론 거절하지는 않았다.

* * *

최근 공작가에는 기이한 현상이 일어나고 있었다. 사람들이 그리 찾지 않던 '도마뱀'을 닮은 인형이나 조각이 곳곳에 돌아다니기 시작한 것이다. 그것도 흔한 도마뱀이 아니라 은색 비늘을 가진 특이한 도마뱀의 형상이었다.

"들킬 뻔했네……."

그리고 샤르네는 정확히 그 중심에 있었다. 샤르네는 조금 전 할아버지에게 허락받았다고 말을 전해 온 에이린을 생각하며 흐뭇하게 웃었다.

"굿즈들 이제 꺼내야지."

샤르네가 조심스럽게 옷장을 열자 그 안에서 온갖 잡동사니가 우르르 쏟아졌다. 갑작스럽게 찾아온 에이린에게 방 안에 덕지덕지 붙은 온갖 물건을 숨기기 위해서 샤르네가 전부 옷장에 때려 넣었던 것이다.

"으아아악! 사진이 구겨졌잖아! 액자에 넣는 걸 깜빡했는데……!"

무려 에이린이 활짝 웃는 움직이는 사진의 종이 끝이 살짝 구겨져 있었다. 급히 물건들을 다 꺼낸 샤르네가 구겨진 부분을 꾹꾹 눌러 편 다음 미리 준비해 둔 액자에 조심스럽게 사진을 넣었다.

"하악…… 진짜 너무 귀여워……."

에르노 에탐과 함께 에이린을 처음 만났을 때 샤르네는 에이린에게 한눈에 반하고 말았다.

'거의 운명이었어…….'

아이를 본 순간 심장이 바닥에 쿵 떨어지는 줄 알았다. 분홍색 머리카락을 살랑살랑 휘날리며 해맑게 웃는 아이가 세상에 존재할 수 있다니! 게다가 눈동자 색까지 그녀가 가장 좋아하는 벌꿀색이었으니 싫어할 수가 없었다.

"으으, 에이린이라면 내가 평생 붙어서 진정제 역할을 해 줄 수 있을 텐데……."

아쉽게도 에이린은 폭주의 전조가 거의 없다시피 했다.

'물론 건강한 게 최고이긴 하지만…….'

샤르네가 생각하며 입술을 툭 내밀었다. 필요할 때만 찾는 이 가문 사람들을 보다가 에이린을 보고 있노라면 그 순수함에 흐물흐물 녹아내릴 것만 같았다.

"역시 오는 게 아니었을지도……."

미르엘 공작인 그녀의 할아버지가 어머니와 살던 작은 오두막을 찾아와 회한이 가득한 표정으로 한참이나 자신을 끌어안고 있어서 조금 울컥한 마음이 들었던 터라 따라오긴 했다.

'하지만 이 미친놈들 사이에서 나더러 어쩌라고…….'

한 사람은 시도 때도 없이 화를 내고 웃다가도 언제 돌변해서 검을 뽑을지 모르고 또 한 놈은 연구에 미쳐서 제게 진정 능력을 알아보고 싶으니 피 좀 줄 수 있냐고 하질 않나. 또 한 사람은 재수 없는 얼굴로 존댓말을 하는 게 마음에 안 들었다.

'내가 쓸모없어져도 찾아 줄 사람은 에이린밖에 없을 거야…….'

다 자신의 능력을 보고 몰려드는 하이에나와 다름이 없었다. 아니나 다를까 최근 그 연구에 미친 놈이 새로운 광폭화 억제제를 발견하면서 그녀를 찾는 발길도 꽤 줄어들었다. 부작용이 있어서 여전히 자신을 찾는 사람이 있기는 했지만 말이다.

"남자 싫어……."

자신이 컨트롤할 수 없다면 남자는 곁에 두고 싶지도 않았다. 그래. 샤르네는 뭘 해도 안심이 되는 폭신폭신하고 귀여운 여자 친구가 가지고 싶었다.

"에이리이인……."

커다란 은빛 도마뱀 쿠션을 끌어안으며 샤르네가 웅얼거렸다. 이것은 일명 '에이린 굿즈'였다. 처음 시작한 것은 물론 샤르네였다. 에이린이 갑자기 사라지고 견딜 수가 없어서 주변을 탐문해서 에이린이 변했다는 도마뱀 모양의 쿠션을 만들었다. 그때 가문에는 수인에 대한 끔찍한 혐오와 에이린을 욕하는 목소리가 훨씬 컸다. 하지만 어느 순간 갑자기 마일라가 첩자였음이 밝혀졌다.

'아마 그 음흉한 외삼촌의 짓이라고 생각하지만…….'

심증만 있고 확증은 없었다. 어쨌든 채 일주일이 되지 않아 순식간에 에이린에 대한 혐오 여론이 동정 여론으로 돌아섰다. 에이린이 자라면서 가스라이팅을 당했다거나 마일라가 에이린을 돌보는 척하며 교묘하게 학대했다든가 하는 동정 여론이 생겨난 것이다. 샤르네도 보란 듯이 귀엽게 만든 은빛 도마뱀을 들고 다녔고 일부러 미르엘 공작에게 작은 도마뱀 인형을 선물하기도 했다. 의외로 미르엘 공작은 그 인형을 한구석에 잘 세워 두기까지 했다. 여론이 그렇게 돌아서니 에이린을 안쓰럽게 생각했던 이들이 조금 더 힘을 얻었다. 그러던 어느 날 에이린이 돌아온 것이다. 그것도 인간의 형태로 꼬리를 살랑거리면서. 그때부터 '에이린 굿즈'가 세상에 조금씩 모습을 드러내기 시작했다. 샤르네를 비롯한 몇몇 이들이 음지에서 은밀하게 '에이린 굿즈'를 사고팔기 시작했고 이걸로 쏠쏠하게 부수입을 얻는 사람들도 생겼다. 물론 샤르네도 그중 하나였고.

"하, 이 움직이는 사진은 한정판으로 팔아야겠어……."

호랑이 사탕을 들고 갸웃하며 제 쪽으로 몸을 휙 돌리는 사랑스러운 모습은 사실 혼자만 간직하고 싶었다.

'하지만 스페셜 굿즈를 위해서라면…….'

어쩔 수 없이 판매 점수를 높일 수밖에 없었다. 스페셜 굿즈란 분기마다 진행하는 구매 및 판매 마일리지 점수로 구매할 수 있는 굿즈였다. 거기엔 퀄리티 높고 귀한 것들이 많이 나와서 모두 그것을 구매하기 위해 무던히 애를 쓰고 있었다. 좋은 제품을 판매하거나 구매할 때 쌓이는 마일리지 점수가 있는데 그걸 모아서 살 수 있는 물건들이 있기 때문에.

'저녁 먹고 다녀와야겠다.'

수도의 시장 구석에는 공터가 있는데 그 공터 중 하나에 이따금 작은 건물이 나타난다. 사람들 사이에서 '마켓'이라고 불리는 이 건물은 일주일에 딱 세 번, 화요일, 수요일, 토요일 밤 9시 이후에만 나타나곤 했다. 그리고 이 마켓에는 판매자 등록만 하면 누구나 자신이 만든 굿즈를 올려 두고 판매 가격을 적을 수 있었다. 굿즈 가게를 방문할 땐 모두 가면을 착용하고 신원을 특정할 수 없는 옷을 입고 오는 것이 원칙이었다. 에이린 굿즈만 있는 게 아니었다. 사실 에이린의 굿즈는 아직 일부에 불과했다. 에르노 에탐이나 미카엘 콜린, 바이엔 다르키스나 샤를로테 파샨느 등 사교계를 후끈하게 달구는 많은 인물의 굿즈가 있었다.

샤르네는 지갑을 꺼내 그 안에 있는 금색 포인트 카드를 가볍게 빛에 비추었다. 이 포인트 카드는 누적 포인트 금액에 따라 그 모습을 바꾸는데 브론즈, 실버, 골드, 플래티넘, 다이아 그리고 은빛이 도는 핑크—*누가 봐도 에이린의 색상이다*—로 색과 모양이 변한다고 한다. 샤르네도 나름대로 열심히 활동했지만 아직 골드였다. 이 포인트 카드는 현금을 내면 굿즈를 구매할 수 있는 포인트를 일대일 비율로 적립해 준다. 그리고 포인트로 물건을 사면 해당하는 금액의 1퍼센트가 마일리지로 적립

됐다. 마찬가지로 자신이 올린 물건이 팔리면 1퍼센트의 마일리지가 또 적립됐고.

'반드시 사고 말 거야…… 은빛 수정 도마뱀……!'

샤르네가 주먹을 꼭 쥐며 다짐했다. 일대일 크기에 무려 실제 에이린의 수인화 모습과 똑 닮았다는 물건이었다. 스페셜 굿즈 중에서도 가장 비싼 50만 포인트나 하는 바람에 구하기가 쉽지 않았다.

'끙…….'

그리고 오늘은 토요일. 마켓의 문이 열리는 날이었다.

"슬슬 에이린이랑 식사할 시간이지."

오랜만에 둘이서 식사를 한다는 생각에 저도 모르게 기분이 좋아졌다.

'빨리 가야지.'

샤르네가 준비를 마치고 재빨리 일어나 함께 식사하기로 한 정원으로 향했다. 정원이라고 하지만 실내 정원인 터라 온실에 가까웠다.

"에―이린!"

그러나 한껏 산뜻한 기분으로 콧노래를 부르며 식당에 들어간 샤르네의 걸음은 뚝 멎을 수밖에 없었다.

"……."

"……너도 초대받았냐?"

초대받은 자리엔 저와 같은 꼴을 당한 것이 분명한 불청객이 가득했다.

"언냐, 와써?"

"어? 으응. 왔지……. 나랑 둘이서 먹는 줄 알았는데 아니었구나?"

샤르네는 한껏 들떴던 기분이 조금 가라앉는 것을 느꼈다.

'둘이서 먹겠다고 한 건 분명히 아니었지만…….'

그렇다고 해서 이렇게 줄줄이 비엔나소시지처럼 올 거라고 생각하지도 않았다. 샤르네는 에르노 에탑과 두 사촌을 흘겨보곤 에이린의 옆자리에 꾸역꾸역 의자를 끼워 들어가 앉았다.

"사촌 동생아, 굳이 저기 빈 자리 두고 여기에 의자를 밀어 넣는 이유가 뭐야?"

심기가 불편해진 칼란 에탑이 턱을 괸 채 자신과 에이린 사이로 끼어드는 샤르네에게 뇌까렸다.

"우리 에이린이 내가 좋대서. 그치?"

"웅. ……조아!"

에이린이 난감한 듯 한차례 눈동자를 굴리더니 이내 활짝 웃으며 대답했다.

"으아, 에이리이인. 넌 내 치유제야……."

샤르네가 에이린을 끌어안으며 말했다. 여기 오자마자 생겼던 아주 약간 서운했던 마음이 눈 녹듯 사르르 사라졌다. 샤르네는 아이의 품에 안긴 검은색 호랑이 인형을 보곤 눈을 동그랗게 떴다.

"그때 봤던 호랑이 인형이네?"

"응. 저버네 이러버렸는데 아빠가 또 조써!"

"하나만 받았어?"

"응!"

샤르네가 슬쩍 에르노 에탐을 보았다. 턱을 괸 채 아이를 보던 시선이 천천히 샤르네에게 닿았다. 그가 빙긋 웃었다.

'에이린이 사라진 뒤로 호랑이 인형을 몇 개나 만들어 책상 위에 가져다 놓더니…….'

뭔가 나사 하나 빠진 사람처럼 굴던 에르노 에탐이 굉장히 안정적으로 보였다.

'뭔가 신기하네…….'

샤르네가 물론 귀엽고 사랑스러운 여자애를 대단히 사랑하고 좋아하는 것은 맞지만 에이린에겐 특히나 속절없이 빠져들었다.

'마치 누가 강제하는 것처럼…….'

이게 바로 정해진 운명이라도 되듯이 말이다.

'그게 싫은 건 아니지만.'

신기한 것은 사실이었다. 자신이 호기심을 가지고 지켜본 아이가 사라졌다고 한들 그렇게까지 미쳐 버릴 줄은 아무도 생각지 못했을 테니까.

"언냐……?"

에이린이 고개를 불쑥 내밀며 기울였다. 샤르네가 눈을 질끈 감으며 에이린을 끌어안았다.

'강제면 어때. 귀여우면 됐지.'

누가 봐도 사랑스러운 아이였다. 솔직하고 귀엽고 심지어는 신비롭기까지 했으니까.

"왜, 에이린?"

"오렌지 쥬쓰랑 포도 쥬쓰랑 모가 조아?"

"둘 다 좋아! 에이린은 뭘 더 좋아해?"

"음…… 오렌지!"

"그럼 언니도 오렌지 주스."

히죽거리며 아이의 뺨을 만지려는데 갑자기 에이린이 허공에 대롱대롱 떠올랐다.

"에이린, 뺨에 뭐가 묻었구나."

굳이 에이린을 제 무릎으로 데려간 에르노 에탐이 여봐란듯이 에이린의 포동포동한 뺨을 손가락으로 훑었다.

"……."

"징짜여?"

"그래. 지금은 괜찮아졌단다."

에르노 에탐이 아예 아이를 끼고 음식을 먹이기 시작했다.

"……저기, 외삼촌. 에이린도 혼자 먹을 수 있을 거예요."

"아는데."

"예?"

"그냥 내가 먹여 주고 싶은 것뿐이니까."

화사한 웃음과 함께 나온 재수 없는 말에 샤르네가 주먹을 꽉 쥐며 부르르 떨었다. 결국 샤르네는 아기 새처럼 입을 벌리는 에이린을 구경하며 식사를 시작할 수밖에 없었다.

"에이린."

"응?"

"내일! 둘이서! 재밌게! 놀자!"

샤르네가 일부러 단어와 단어 사이를 끊으며 힘주어 말했다.

"……내일?"

듣고 있던 에르노 에탐의 표정이 한껏 어둡게 가라앉았다. 샤르네가 피식 웃으며 에이린의 뺨에 가볍게 입을 맞추자 에이린이 얼굴을 벌겋게 물들이며 고개를 푹 숙였다.

"잘 자, 에이린."

"웅, 언냐 안뇽……."

샤르네가 의기양양하게 몸을 돌렸다.

"따님, 내일…… 어디 가니?"

뒤에서 들리는 약간 초조한 목소리에 샤르네가 키득키득 웃었다.

'아까 주문했던 샘플이 왔을 테니 마켓에 전시해 놓고 와야지.'

아까 마탑에 '움직이는 사진' 한 장을 긴급으로 주문했다. 샤르네는 도착한 에이린의 움직이는 사진 샘플을 들고 로브와 가면을 챙겨 방을 나섰다. 밤 9시부터 다음 날 해뜨기 전까지 열리는 마켓의 앞에 있는 기계에 포인트 카드를 인식하자 문이 열렸다.

'좋네…….'

안으로 들어가니 넓은 내부가 보였다. 겉에서 보면 그냥 작은 오두막처럼 생겼지만 안으로 들어가면 2층짜리 커다란 건물이었다.

'누가 이런 마켓을 열었는지 궁금하지만…….'

그것조차 궁금해하면 안 되는 것이 이 바닥의 규칙이었다. 샤르네는 신제품 전시 코너에 가서 빈자리에 움직이는 카드를 올려놓고 금액으로 25만 로스트를 적었다.

〈판매 예정 제품: '에이린' 님의 움직이는 사진 컬렉션 14. 25만 Lo.(고퀄, 한정 30장, XX일 판매 개시) — AAA〉

마탑에서 움직이는 사진의 기본 인화 비용 10만 로스트를 포함한 값이었다. 카드와 판매 안내문을 능숙하게 적은 샤르네가 신제품을 천천히 구경했다. 그중엔 유독 눈에 띄는 도마뱀 인형이 있었다.

〈판매 예정 제품: '에이린' 님의 실제로 영접한 실물 꼬리 인형. 30만 Lo.(고퀄, 제작 어려움으로 10개 한정, 실물 99퍼센트 재현함, XX일 판매 개시) — 098〉

"구팔 님 또 새 물건 냈네. 이 사람 거 퀄리티 좋지."

출품자들은 각자 익명의 이름 하나를 적을 수 있었는데 98이나 샤르네의 닉네임인 트리플 A와 같은 것이다. 그리고 98은 주로 고퀄리티의 굿즈를 만드는 사람이었다.

'손재주가 좋은 여성이려나?'

생각하며 가만히 문구를 읽던 샤르네가 신기한 표정으로 손을 뻗었다.

폭신.

샤르네의 눈이 큼직해졌다.

'폭신……? 폭신……?!'

여기서 난 소리는 아니겠지? 어쩐지 눈이 번쩍 뜨였다. 샤르네가 몇 번이고 꼬리 인형 샘플을 주물럭거렸다. 난생처음 보는 재질의 인형이었다. 그리고 충격적일 정도로 부드럽고 쫀득하며 푹신했다.

'세상에. 나도 아직 꼬리 못 만져 봤는데…….'

에이린에게 큰 실례라고 생각했기 때문이다. 게다가 에이린은 꼬리가 드러나 있는 것이 싫은지 종종 숨기고 다니기도 했기 때문에 부끄러워하고 있다고 생각했다.

'이게 실물 99퍼센트 재현이라고……?'

겨우 10개 한정. 한참을 매만지던 샤르네가 눈을 질끈 감았다. 30만 로스트면 인형치곤 절대 저렴한 가격이 아니지만 이건 그럴 만한 가치가 있었다. 어차피 돈은 중요하지 않았다. 이런 한정판 중에 제대로 된 것들은 나중에 프리미엄 가격이 붙기도 해서 본전치기는 충분히 할 수 있으니까.

'산다.'

반드시 산다. 이 푹신함을 잘 때마다 끌어안고 느낄 수 있다면 얼마나 행복할지 가늠도 할 수 없었다.

'……줄을 언제부터 서야 하지?'

가끔 심한 놈들은 마켓이 열리기 하루나 이틀 전부터 줄을 서는 일도 있었다. 한마디로 그냥 노숙을 한다고 보면 된다. 노숙에 필요한 것들을 가지고 와서 아예 빵이나 가벼운 수프로 식사하는 것을 본 적도 있다. 사람을 고용하면 편하겠지만…….

'여긴 대리로 줄 서는 것도 안 돼.'

무조건 본인이 서야만 했다. 저번에 대리로 줄을 서 줬던 어떤 사람은 아예 마켓 출입 권한을 박탈당하기도 했다.

'와! 새로운 사진 엄청 나왔네.'

에이린의 사진뿐 아니라 어떻게 찍었는지 모를 에르노 에탐과 미카엘 콜린의 사진도 많았다. 이 두 사람이 특히나 '마켓'의 주요 판매 굿즈들이었다.

'가격들 봐라…….'

둘 다 사진을 찍기 힘든 인물인 탓인지 화질이 썩 좋지 않아도 무려 40만 로스트부터 시작이었다. 퀄이 낮은 것부터 높은 것까지 다양하게 있었다. 마탑에서 내놓는 마법 용품은 평민에게까지 어렵지 않게 보급되어서 '마켓'의 이용객 중엔 평민도 많이 있을 것이다. 이 '마켓'만큼은 귀족과 평민 할 것 없이 누구나 조용히 어울리는 공간이었다.

'에이린 코너가 좀 더 커지면 좋겠는데…….'

아직까지는 수인에 대한 인식이 좋지 않고 에이린이 누군지 모르는 사람이 많으니 어쩔 수 없는 노릇이다. 그래도 에이린 굿즈는 항상 물건이 나오면 얼마 되지 않아 금세 완판이 됐다. 호기심에 사 가는 사람도 있는 모양이었다.

'얼굴만 봐도 귀엽긴 하지.'

샤르네도 오늘 새로 나온 신제품을 비롯하여 두둑하게 구매하곤 새 사진첩을 계산대 위에 올려 두었다.

'다음 주 마켓에 대비해서 이번 주 지출은 적당히 해야겠어.'

장담하건대 저 꼬리 인형은 분명히 많은 이가 노릴 것이 분명했다.

'다음엔 꼭 쿠션만 사야지!'

오늘도 역시 생각지도 않은 지출을 해 버린 샤르네가 입맛을 다셨다. 샤르네는 품에 한가득 물건을 안은 채 결연한 마음으로 재빨리 마켓을 나섰다.

\* \* \*

"세상에, 에이린…… 이 하늘색 드레스 너무 예쁘다. 정말 천사 같아……."

마차를 타러 1층으로 내려오자 샤르네가 나를 품에 확 끌어안으며 읊조렸다.

'샤르네가 더 예쁜데.'

여주인공은 원래 이렇게 마음씨도 착한 걸까?

'나는 여주인공이 할 일을 다 뺏었는데.'

질투도 하지 않는 것이 대단했다. 나는 샤르네를 볼 때마다 미안했는데 말이다. 게다가 만날 때마다 맨날 예쁘다고 해 주니까 정말 내가 뭐라도 된 것 같은 기분이 들곤 했다.

"어? 꼬리는?"

"요기 밑에 숨겨써."

"왜에……? 귀여웠는데……."

"고마어."

샤르네가 상냥하게 말해 줬지만 이 징그러운 꼬리는 여주인공이나 아빠 정도만 귀엽게 봐 줄 것이다. 높은 사람을 만나러 황성에 가기 때문에 일부러 꼬리는 안으로 숨겼다. 공작가 사람들은 나를 이해해 줬을지 모르지만 밖에는 수인을 싫어하는 사람이 더 많을 테니까. 공작가 안의 사람들은 아빠가 무섭기 때문인지 그래도 많이 유해졌지만 바깥은 아니었다.

'욕먹지 않도록 노력해야지.'

절대로 사고 치지 않도록 해야겠다고 생각하며 나는 보이지 않게 주먹을 꼭 쥐었다.

"따님."

"네, 아빠."

"가기 싫으면 가지 않아도 된다."

에르노 에탐이 다섯 번째 같은 말을 했다. 오늘 아침에 함께 식사를 하자며 데리고 왔을 때부터 지금까지 계속 들은 말이었다.

'내가 황성에 가는 게 그렇게 싫나?'

내가 수인이라는 게 조금 부끄러워서 그런가?

'수인은 노예 아니면 물건 정도로 취급한다고 했으니까······.'

아무래도 정식으로 등록되지 않았는데 함부로 돌아다니는 것이 마음에 들지 않을 수도 있겠단 생각이 들었다.

'하지만 이미 약속한 거고······.'

뭣보다 미르엘 공작이 허락했다. 그리고 오지랖인 것을 알긴 하지만 소설과는 달랐던 에노쉬가 신경 쓰이기도 했고.

"갠차나여, 아빠. 눈에 안 띄게 다닐게여······!"

나는 주먹을 꼭 쥐며 속삭였다. 에르노 에탐이 나를 물끄러미 보더니 미간을 설핏 구기며 한숨을 내쉬었다.

"······그래 눈에 띄지 말거라."

역시 당장 내보내기엔 조금 부끄러웠던 모양이다.

'내가 좀 더 노력해야지.'

바깥에 내보여도 부끄럽지 않을 수 있도록.

"네!"

어서 멀쩡하게 인간화를 할 수 있으면 좋을 텐데.

"특히 황제가 말을 걸면 그냥 무시하고 마차 타고 집에 오거

라. 책임은 내가 질 테니."

"어, 네!"

황제가 날 유독 싫어하는 건가?

"알게써여!"

그가 심각한 표정을 하더니 손가락을 까딱였다. 그러자 허공에서 나타난 새까만 사람이 에르노 에탐의 손바닥 위에 도마뱀 그림이 그려진 귀여운 주머니를 올려놓고 순식간에 사라졌다.

"따님."

"네?"

"배고프면 이거 먹거라. 내 손가락 외엔 다른 건 물면 안 된다. 알겠니?"

부끄럽게 대체 무슨 얘기를 꺼내는 거야. 내가 당황해서 손을 허공에 휘젓자 에르노 에탐이 허리춤에 간식 주머니를 달아 주었다.

'물론 요즘 배가 엄청 고픈 건 맞는데…….'

어제 여주인공이랑 식사를 한 뒤에도 배가 고파서 꿍꿍거리는데 에르노 에탐이 또 따로 식사를 챙겨 주었다.

"네……."

딱 한 번 실수로 도마뱀일 때 물었던 것뿐인데!

*[배고파…….]*

*눈앞에 소시지가 아른거렸다.*

[아득!]

[이런……]

[꾹!]


멍하니 우물우물거리고 있던 나는 비릿한 혈향에 눈을 번쩍 떴고 정신을 차려 보니 에르노 에탐의 손가락을 물고 허공에 대롱대롱 매달려 있었다. 문득 떠오른 기억에 고개를 절레절레 저었다. 확실히 좀 기억에 남을 법도 하다. 너무 열심히 깨물었네. 나는 애써 기억을 털어냈다.

"조심히 다녀오렴."

"네!"

"가서 사고 치지 말고!"

불쑥 들려온 미르엘 공작의 목소리에 눈을 동그랗게 뜨자 에르노 에탐의 뒤에서 그가 모습을 드러냈다.

"이런, 앉아 있느라 바쁘신 분이 어쩐 일로 무거운 엉덩이를 끌고 여기까지 움직이셨답니까."

"너는 좀 만날 때마다 비꼬는 걸 관둘 순 없는 거냐? 이 패륜 놈아."

"칭찬도 고상하게 하시는군요, 가주님께선."

"크흠, 그냥 황성 가서 사고나 치지 말라고 하러 왔다!"

"네엡……."

"어디 가서 맞지 말고! 맞을 거면 이걸 던져라. 책임은 내가 질 테니."

 미르엘 공작이 내게 던지듯 물건 하나를 넘겨주었다. 작은 구슬이었다.

 "널 함부로 만지려고 하면 던져라."

 "······이게 모에요?"

 "폭탄이다. 작지만 강력하지."

 "네······?"

 이걸 던지는 게 사고를 치는 거 아니고······? 애초에 이걸 나한테 왜 주는데. 주머니에 넣고 다니다가 갑자기 폭발이라도 하면 어떡하라고?! 섬뜩한 얼굴로 시선을 들자 미르엘 공작이 흐뭇한 표정으로 고개를 끄덕이고 있었다.

 '이대로 조용히 나도 사라지라는 건 아니겠지······?'

 하지만 이번엔 여주인공도 같이 가는데······.

 '그렇게 위험한 물건은 아닌 건가?'

 미르엘 공작이 나는 버려도 여주인공을 버릴 리는 없으니까.

 "사탕 준다고 해도 아무나 따라가면 안 되는 건 알지?"

 "네."

 "그래. 황제를 만나면 대화도 하지 말고 일단 이것부터 던지거라. 책임은 할애비가 지마."

 미르엘 공작이 비장한 표정으로 말했다.

 '대체 황제가 뭘 하는 사람이길래 다들 이러는 걸까?'

 소설에선 딱히 자세히 나온 적이 없는 것 같은데.

'으음…….'

아니면 아예 생각이 나지 않는 것일 수도 있다. 내 기억은 어쩐지 제 맘대로 내킬 때만 떠오르니까.

"다뇨게씁니다. 아빠, 하라부지."

허리를 꾸벅 숙인 나는 몸을 돌려 도도 샤르네에게 달려갔다. 샤르네가 활짝 웃으며 나를 꽉 끌어안더니 뒤쪽을 보면서 짓궂게 웃었다.

"언냐?"

"아, 가자."

내 부름에 단숨에 사랑스러운 표정으로 그녀가 마차에 올랐다. 우리가 탄 마차는 빠르게 황성으로 향했다.

"어서 오십시오. 샤르네 에탐 영애 그리고……."

"에이링이에여."

내가 꾸벅 고개를 숙이자 눈을 동그랗게 뜬 젊은 시종장이 이내 낮게 탄식하며 웃었다.

"네, 에이린 아가씨."

"제 사촌 동생이에요. 2황자 전하와 안면이 있다고 해서 데리고 왔어요."

"네. 얘기를 들어 알고 있습니다."

얘기를 들었다고? 누구한테 무슨 얘기를 들었는데?

'오늘 내가 온다는 얘기는 전해 듣지 못했을 텐데?'

살짝 고개를 돌려 여주인공을 보자 여주인공도 약간 이해가 되지 않는다는 표정을 하고 있었다.

"에이린, 주변에서 잠깐 놀고 있을래? 황자 전하의 치료를 진행해 보고 허락받은 뒤에 부를게."

"웅? 알게써."

커다란 황성을 구경하는 것도 신기했기 때문에 나는 거절하지 않았다.

"멀리 가면 안 된다!"

"곧 시녀를 보내겠습니다."

"네에."

나는 두 사람의 말에 대답하곤 몸을 돌려 천천히 복도를 거닐었다.

'와, 진짜 금이네.'

사방의 장식품들이 전부 황금이었다. 이거 몇 개만 가져다가 팔아도 평생 먹고사는 덴 지장이 없지 않을까?

'물론 돈이 있기는 하지만⋯⋯.'

돈은 있어도 있어도 부족한 거 아니겠어?

'진짜인가?'

슬쩍 주변을 훑어본 나는 장식품 하나를 와앙 깨물었다.

"으⋯⋯."

느낌이 왔다. 이건 진짜다. 황성의 기둥이나 자잘한 장식품 전부가 황금이었다.

"요기는 모지?"

살짝 열린 문틈으로 고개를 쏙 들이밀자 익숙한 잉크와 종이 냄새가 코를 간지럽혔다.

'도서관인가?'

지키는 사람이 없다는 건 누구든 들어가도 된다는 걸까? 달리 갈 곳도 없었기에 나는 누군가에게 이끌리듯 슬쩍 안으로 들어갔다.

"와아……."

공작가의 도서관도 컸지만 여기도 상당히 컸다.

'약초 관련 책이 있으려나?'

예전부터 약초에 관한 책에 제법 관심이 있었다. 키가 작아서 아래 칸만 볼 수 있었는데 다행히 내 눈이 닿는 곳에 약초 책이 있었다.

《세상이 담긴 식물도감》

눈이 번쩍 뜨이는 제목이었다. 다만 내 머리보다 살짝 높은 곳에 있어서 꺼내기가 버거워 보였다. 게다가 책도 얼마나 크고 두꺼운지 내 몸만 했다.

'그래도 궁금한데…….'

어떻게든 꺼내 보려고 까치발을 한껏 떼고 손을 휘저었지만 닿을 기미가 없었다.

"어휴……."

"이게 보고 싶나?"

누군가가 내가 보려고 했던 책을 아주 가볍게 뽑아 갔다. 눈을 동그랗게 뜨며 고개를 들자 웬 30대 중반의 남자가 보였다. 금발과 짙은 푸른빛 눈동자가 유독 눈에 들어왔다.

'소설 속 사람들은 왜 하나같이 잘생기고 예쁜 걸까?'

역시 판타지 소설이라 그런 걸까? 보통 이 정도 외모는 되어야 《입.양.각》에선 연애를 할 수 있는 것인가?

'아니지. 비중 있는 조연일 수도 있잖아?'

근데 이런 외양의 사람이 있었던가? 설핏 고개를 기울였지만 딱히 떠오르는 내용은 없었다.

'하긴 그렇게 주·조연을 자주 만날 수 있을 리는 없지.'

사실 지나가는 엑스트라도 꽤 잘생겼으니 이 사람도 그런 게 아닐까?

"네."

"어린 게 벌써부터 신기한 걸 보는구나."

"풀이 조아서여."

주세요— 라는 의미로 손바닥을 잘 모아 겹쳐서 양손을 쭉 내밀자 그가 눈썹을 쓱 치켜올렸다.

"네게 준다고 한 적은 없다만."

"……내가 먼저 골라써여."

"하지만 내가 먼저 잡았지."

뭐야 이 치사한 어른은? 나는 얼굴을 확 일그러뜨리곤 볼을 빵빵하게 불리며 고개를 돌렸다.

'여기서 화내면 어린애가 되는 거야.'

그래. 세상엔 저런 유치한 어른도 있는 거지. 입은 옷을 보아하니 귀족이 분명했다.

'사고 치지 않기로 했으니까……'

다른 거 보자. 나는 아쉬움을 달래며 대충 눈에 들어오는 아무 책이나 꺼내 들었다. 어차피 책이야 읽고 있으면 시간이 지나가는 거니까 말이다.

"그거 그냥 아저씨 보세여. 저 이거 볼게여."

"……뭔저씨?"

"아저씨여."

허, 옆에서 들리는 헛웃음을 못 들은 척하며 나는 책을 책상에 올리고 의자에 낑낑 기어올랐다. 막 자리에 앉아 책을 펼치려는데 그가 내 옆에 책을 내려놓고 내 쪽으로 밀어 주었다.

"당돌하구나."

"……감사함미다."

"하지만 수인이 목줄도 없이 돌아다니는 건 난감한 일이지."

갑작스러운 말에 등허리가 뻣뻣해졌다. 목소리에서 명백한 적의가 느껴졌다.

"……"

나는 대답 대신 그냥 꿋꿋하게 책을 펼쳤다. 괜히 상대하고 싶지 않았다.

"기껏해야 애완동물이나 하던 존재가 사람처럼 걷고 돌아다니는 것이 참 신기하기도 하군. 세상이 많이 좋아졌어."

명백히 사람을 무시하는 말에 나는 주먹을 꽉 쥐었다.

"난 애안동물 아니에여, 유치한 아저씨. 그렇게 크고 나이도 먹었으면서 어린애 놀리면 조아여? 진짜 한심해여. 아저씨가 귀족이면 다예여?"

"뭐라?"

"바—부."

베에에—

혀를 쭉 내민 나는 펼쳤던 책을 다시 접고 의자에서 폴짝 뛰어내렸다.

'그냥 여주인공이나 기다리러 가야지.'

내가 미련 없이 도서실을 나가려고 하니 그가 내 뒤를 느릿하게 따라왔다.

"책 안 보나?"

"네."

"어딜 가지?"

"칭구 보러여."

"이거 가져가라. 네게 주지."

그가 아까 내가 관심을 보였던 식물도감을 내밀었다.

"아저씨."

"호칭이 썩 마음에 들진 않는군."

"그거 도둑질이에여. 도둑이세여? 남의 물건은 함부로 손대는 거 아니래써여."

"딱히 남의 물건은 아니다만."

그는 뭐가 재밌는지 샐그러진 얼굴로 내게 대답했다.

'약간 정신 이상자인가?'

하긴 번듯한 사람이 설마 애가 고른 책을 저런 유치한 말을 하면서 안 주겠다고 할 리는 없지.

"왜 따라 와여?"

"나도 내 갈 길을 가고 있는 것뿐이다만."

"……."

나는 인상을 확 찌푸리며 아까 여주인공이 사라졌던 복도를 느릿느릿 걸었다.

'시녀도 안 오고 왜 사람도 안 오지?'

시간이 제법 지난 것 같았는데. 나는 뒤에서 따라오는 남자를 무시하며 복도를 걸어갔다. 그때였다.

쨍그랑ㅡ!

"꺼져! 꺼지라고! 당장 나가지 않으면 전부 죽여 버릴 거야!"

살짝 열린 문틈 사이로 들려온 목소리에 나는 우뚝 걸음을 멈췄다.

'에노쉬?'

잔뜩 쉬어 버린 목소리로 바락바락 비명을 질러 대는 그는 철창에 갇혔던 오만한 소년이라곤 믿을 수 없이 히스테릭했다.

문이 열리고 우르르 사람들이 나오는 사이 나는 그 틈을 파고들었다.

"이렇게 화만 내시면 아무것도 해결되지 않아요. 저는 황자 전하를 도우러 온 겁니다."

"필요 없다고 했다. 이미 일전에 한번 시도했지만 차도가 없었다. 동정을 할 거라면 꺼져."

에노쉬의 앞을 가로막고서 대치하고 있는 건 여주인공이었다. 역시 여주인공이다. 모두가 도망칠 때 혼자서 도망치지 않고 잘못된 걸 잘못됐다고 할 수 있었다.

'원작의 에노쉬는 이런 여주인공을 친구로서 좋아했지.'

아마 곧 감기지 않을까 하는 찰나였다.

쐐애액—!

쨍그랑—!

무언가가 바람을 가르고 날아와 내 바로 옆을 스쳐 벽을 치고 산산이 조각났다.

"흡……."

"지금 뭘…… 에이린?"

여주인공이 눈을 동그랗게 뜨더니 내게 달려와 내 뺨을 조심스럽게 살폈다. 다행히 파편이 내게 닿진 않았다. 산산이 조각난 물잔을 보며 난 헛웃음을 삼켰다.

"괜찮니?"

"응. 갠차나."

여주인공의 눈이 사나워졌다. 그녀가 대번에 눈을 세모꼴로 뜨곤 홱 몸을 돌렸다.

"황자 전하! 지금 위험하게 뭐 하시는 거예요?! 제 여동생이 다칠 뻔했다고요!"

"내가 나가지 않으면 전부 죽이겠다고 분명히 경고……."

"에노쉬!"

정말로 싸움이 날 것 같아서 나는 냉큼 샤르네의 뒤에서 모습을 드러냈다. 에노쉬는 마지막 기억보다 한층 더 마른 얼굴로 침대에 앉아 있었다. 새하얀 이불보를 거칠게 움켜쥔 채 한 손에는 피 묻은 손수건을 들고 있었는데 창백한 피부는 생기라곤 없어 보였다.

"……반죽?"

"……반죽 아닌데여."

"무사했었군. 네가 에탐 가문의…… 사생아라고 듣기는 했지만."

내가 한차례 고개를 끄덕이자 에노쉬의 눈이 가늘어졌다.

"건방진 건 여전하구나 못생긴 반죽아. 야, 너. 내가 전부 꺼지라고 했는데 언제 나갈 건데?"

에노쉬가 여주인공을 보며 날을 세웠다. 주먹을 꽉 쥔 여주인공이 내게 몸을 돌렸다.

"에이린, 이만 돌아가자."

"반죽은 내버려둬."

"네?"

샤르네의 반문에도 에노쉬는 대답하지 않고 고개를 돌려 내 뒤에 있는 사내에게 시선을 던졌다.

"그리고…… 아바마마는 왜 오셨습니까."

아바마마? 누가? 내가 의아한 표정으로 고개를 돌리자 내게 책을 줄 듯 말 듯 유치하게 굴었던 남자가 문에 비스듬히 기대어 있었다.

"아비가 자식을 보러 오는 것에도 문제가 있더냐?"

"……아바, 마마……?"

"그래, 반죽아. 내 아바마마시다."

"……"

잠시 말문이 막혔다.

*[가서 사고 치지 말고!]*

미르엘 공작의 호통이 여기까지 들리는 것만 같다. 사고 치지 말랬는데 뭔가 아주 큰 사고를 친 거 같은데.

*[그래, 황제를 만나면 대화도 하지 말고 일단 이것부터 던지거라. 책임은 할애비가 지마.]*

그냥 던지고 튈까?

'나한테 말도 섞지 말랬는데?'

 말을 섞지 않기는커녕 쏘아붙이기까지 했다. 게다가 '아저씨' 취급까지 했다. 내 표정이 창백하게 질려 가는 걸 봤는지 황제는 피식 웃었다.

 "에탐 영애는 이만 돌아가는 게 좋겠군. 와 줘서 고마웠네."

 "네, 폐하. 제 사촌 동생은……."

 "내가 책임지고 정중하게 돌려보내도록 할 테니 먼저 돌아가게."

 "……하지만 폐하."

 "두 번 말하게 하지 않았으면 좋겠는데."

 황제가 여주인공의 반문을 가볍게 막았다. 나도 조금 당황스러웠다.

 '굳이 나를 왜……?'

 설마 나를 처분하거나 하려는 건 아니겠지?

 "알겠습니다. 이따 보자, 에이린."

 "웅, 조심히 드러가. 언냐."

 "응."

 여주인공이 어두워진 얼굴로 나를 한차례 끌어안곤 미련 가득한 표정으로 에노쉬의 방을 나섰다.

 "반죽."

 "반죽 아냐."

 에노쉬가 오만하게 나를 부르며 고개를 까닥였다.

"이 몸에게 가까이 와 봐라."

"잘 지내써?"

"내가 잘 지낸 것처럼 보이나?"

"음, 아니."

내 솔직한 대답에 에노쉬의 눈이 살짝 커졌다. 소년은 마지막으로 봤을 때보다 확실히 몸 상태가 좋지 않아 보였다. 덩달아 내 맘도 좋질 않았다.

'일부러 전염병이 퍼지기 전에 다 막았는데…….'

씁쓸한 일이었다. 슬쩍 뒤를 보니 황제의 표정도 썩 좋지 않았다.

'그나저나 반귀족파가 조용하네…….'

전염병에 관한 소식도 더는 들려오지 않았다. 아마 아빠가 신경 써 준 것이 분명하겠지만.

"그때 그 하얀 놈은 대체 뭐야?"

"하얀 놈?"

"그래! 날 어깨에 짐짝처럼 들쳐 메고 기사단장에게 떠넘기고 간 그놈 말이다!"

루실리온을 말하는 것이 분명했다.

"그냥……."

루실리온을 대체 뭐라고 설명해야 할까. 친구는 아니다. 그렇다고 애완동물이라고 설명하기엔 아무리 생각해도 정상인처럼 보일 것 같지 않았다.

"아는 사람?"

"이 몸을 살린 게 아니었으면 당장 그 발목을 잘랐을 거다! 감히 어디서……."

으르렁거리는 목소리에 나는 작게 웃었다.

"뭘 웃느냐? 못생긴 반죽 같은 것이."

"너두……."

흠을 찾아보려고 했던 나는 병약미가 더해져 거의 완벽한 에노쉬의 외모를 보곤 입을 꾹 닫았다. 잠시 침묵이 자리 잡은 틈새를 황제가 파고들었다.

"몸은 어떠냐, 2황자."

"어떻긴요. 맨날 보고 받으시잖아요? 아니면 제 입으로 죽어 가고 있다는 말을 듣고 싶으십니까?"

에노쉬가 주먹을 꽉 쥐었다.

"에노쉬, 그저 나는 오늘 기분이 어떤지 해서……."

"죽어 가는 기분이 어떻겠는데요!"

에노쉬가 이를 꽉 깨물곤 분노가 가득한 쉰 목소리로 소리쳤다.

"같은 질문을 하루에 수십 번도 더 받습니다. 아바마마에게서까지 듣고 싶지 않습니다."

"……그래. 앞으론 주의하마."

황제는 꽤 짓궂게 나를 대하던 것과는 달리 에노쉬의 앞에선 아무런 말도 하지 못했다. 내가 에노쉬를 물끄러미 보고 있자 그가 얼굴을 확 일그러뜨렸다.

"왜? 너도 이 몸을 동정하느냐?"

"……음, 응. 아마도."

내 말이 끝나기가 무섭게 에노쉬의 기세가 한층 사나워졌다. 붉은 눈동자에서 불이 뚝뚝 떨어졌다.

"너도 필요 없으니까 당장……!"

"근데 불쌍하게 생각하는 건 아냐. 그냥…… 요기에만 앉아 있으면 답답하게따구 생각한 거뿌니야."

"……뭐?"

"맨날 침대에 앉아 이쓰면 싫자나."

내가 어깨를 으쓱이자 에노쉬의 눈이 가늘어졌다.

"너랑 가치 놀구 싶다."

그의 침대에 슬쩍 엎드리며 작게 중얼거렸다.

"……하찮은 반죽이 별 시답지 않은 말을 하는구나."

내 중얼거림을 들은 에노쉬가 한참 만에 코웃음과 함께 나지막하게 중얼거렸다. 그 모습을 황제가 가만히 바라보고 있었다.

"두 사람이 친구인 줄은 몰랐군."

"친구 아닙니다."

"칭구 아닝데여."

나와 에노쉬가 동시에 내뱉은 말에 황제가 오히려 조용해졌다.

"아바마마, 반죽이랑 어떻게 친구를 합니까?"

"반죽 아닝데."

"반죽 맞아. 못생긴 반죽."

에노쉬가 코웃음을 쳤다. 아니, 나도 나름 귀엽게 생긴 것 같은데 대체 왜 맨날 못생겼다는 거지?

'이 세계관 기준으론 못생긴 편인가?'

나는 손가락으로 뺨을 가볍게 꼬집으며 눈치를 살폈다. 딱히 반죽처럼 보들보들한 것도 아닌 것 같은데. 고개를 갸웃거리고 있자 에노쉬가 인상을 찌푸렸다.

"아바마마, 제가 피곤합니다. 나가 주시면 안 되겠습니까?"

"……네 어머니가 널 많이 보고 싶어 하더구나."

"……다음에 찾아뵙겠다고 전해 주십시오."

"말만 하면 그녀가 이쪽으로 올 테니 편한 날에 말만……."

"알았어요. 알았다고요! 나가시라고 했잖습니까! 제발 좀 나가세요. 짜증 나니까……."

에노쉬가 차마 손에 쥔 걸 내던지진 못하고 부들부들 몸을 떨자 황제도 어쩔 수 없이 몸을 물렸다.

'정말 아끼나 보네.'

저 황제가 꼼짝을 못 하는 걸 보아하니 말이다. 하긴 그렇지 않으면 에노쉬가 죽었다고 흑화까진 하지 않았겠지.

"그래. 너 이건 가져가거라."

황제가 식물도감을 내려놓으며 말했다.

"내일 또 오마."

"……."

황제의 말에도 대답하지 않던 에노쉬는 그가 나가고도 한참이나 침묵했다.

"다들 이 몸이 아프니까 한 걸음도 나가지 못하게 한다. 그게 답답해서 견딜 수가 없어."

한참 만에 쉰 목소리로 힘없이 입을 연 에노쉬의 말에 나는 잠시 입을 다물었다.

"어머니를 뵈러 가는 것 정돈 나도 할 수 있다고. 이래선 정말…… 죽을 날만 받아 놓고 기다리는 것만 같다."

에노쉬가 머리칼을 뜯으며 말했다. 절망이 가득 느껴지는 목소리였다. 하긴 아프다고 한 발자국도 밖에 나가지 못하게 한다면 나을 병도 깊어질지 몰랐다.

"아, 편지 전해써?"

"편지?"

"응. 릴리……라고 하는 사람에게."

"……아니. 전하지 못했다."

"왜?"

"전해 봐야 쓸모없어질 테니까."

빛이 꺼진 거무죽죽한 눈동자에 담긴 것은 자포자기였다. 겨우 열두 살밖에 되지 않았을 작은 어린아이가 짊어지기엔 죽음이란 너무나도 큰 무게였다. 아무것도 기대하지 않는 듯 침대 헤드에 몸을 기댄 에노쉬는 아주 천천히 눈을 감았다.

"나랑 놀까?"

"뭐?"

"내가 자주 여기 오께. 맨날 나랑 놀자."

"너는 참 이상해. 이 몸이 무섭지도 않냐? 반죽이라 그런 감각도 죽은 건가?"

"나는 에이링이야! 에이링이라고 불러 줘."

"싫다. 반죽."

"……똥고집."

내가 불만스럽게 읊조렸다.

"어휴, 다음에 또 오께."

"그러든가 말든가."

코웃음을 친 에노쉬가 고개를 홱 돌렸다. 얄밉기 짝이 없는 그 모습에 나도 입술을 툭 내밀며 몸을 돌렸다. 나는 황제가 준 책을 힘겹게 들고 뒤뚱거리며 에노쉬의 방을 나섰다. 에노쉬의 이야기는 《입.양.각》에서 자세히 다뤘었다. 마지막에서야 그는 본인의 마지막을 보러 온 여주인공에게 까칠한 성격에 대한 한마디 설명을 덧붙였다.

〈"그렇게 해야…… 괜한 정이 들지 않을 테니까. 나는 떠날 텐데 나를 좋은 사람으로 기억하는 사람이 많으면 슬프잖아."〉

여기서 진짜 많은 독자가 '타도 에노쉬'에서 '내 새끼 복지 좀' 하는 느낌으로 눈물바다가 됐었다. 댓글창에 'ㅠㅠ'만 올라와 터져 나갈 것 같았더랬다.

그래서 에노쉬는 누군가의 이름을 부르지 않는다.

그러니까 에노쉬는 타인에게 곁을 내어 주지 않았다.

그렇기 때문에 에노쉬는 '병약한 폭군 황자' 따위의 오명을 뒤집어쓰는 것을 두려워하지 않았다.

'몰랐으면 나도 물론 싫었겠지만……'

알고 나서도 싫어할 수는 없는 노릇이었다. 저건 에노쉬가 필사적으로 살아가는 삶의 방식이었으니까.

"볼일은 다 봤느냐, 따님."

"……아빠?"

책을 품에 끌어안은 채 어깨를 이용해 에노쉬의 방문을 닫아 주려는데 옆에서 뻗어 나온 손이 내 책을 채 갔다. 놀라서 고개를 들자 에르노 에탐이 나를 내려다보며 다른 손으로 문까지 닫아 주고 있었다.

"그래."

"요긴 어떠케 와써여?"

"음……"

내 질문에 그가 잠시 침묵하더니 슬쩍 눈을 피하며 입을 열었다.

"마침 황성에 볼일이 있었다."

"아하……"

그런 것치곤 뭔가 복장이 집에서 갓 나온 것처럼 한없이 가벼운데.

'……하긴 아빠 성격상 일부러 복장을 제대로 차려입진 않을 것 같지만.'

황성에 들어올 때는 예의를 갖춘 정복을 입어야 한다고 들었는데.

"이건 뭐지?"

"음, 선물 받았어요."

누구한테 선물 받았는지는 굳이 말하지 않기로 했다.

"그래. 가자꾸나."

나는 에노쉬를 뒤로하고 아빠와 함께 집으로 돌아왔다.

\* \* \*

"안녕하세요, 아가씨. 오늘부터 아가씨의 가정교사로 배정받은 로즈먼트 가문의 장남 힐 로즈먼트라고 합…… 우와아악!"

에노쉬를 만나고 온 다음 날 가정교사가 찾아왔다. 어딘가 한껏 허술해 보이는 소년이었다. 허리가 반으로 접힐 정도로 고개를 푹 수그리며 인사를 건네던 소년이 몸을 휘청거리다가 이내 앞으로 훅 고꾸라졌다.

"죄, 죄송합니다아……. 으아악, 어디 안 다치셨나요?"

코앞까지 굴러온 그를 보며 나는 어색하게 웃으며 고개를 끄덕였다.

주르륵.

소년의 코에서 피가 후두두 떨어지더니 이내 쌍코피가 터져 나왔다. 나는 당황해서 주변에 있는 손수건을 그에게 건넸다. 소년이 급히 그걸 받아 제 코를 능숙하게 꾹 눌렀다. 이런 일이 한두 번이 아닌 듯 퍽 익숙한 모양새였다. 곱슬한 머리카락에 동글동글한 인상의 소년은 제 얼굴만큼이나 동그란 안경을 끼고 있었다. 겨우 10대 중반 정도밖에 되지 않을 것 같은 어린 나이로 보였는데 교사로 왔다는 것이 신기했다. 흔하기 짝이 없는 연갈색 머리카락에 녹음을 붙잡아 세공한 듯한 녹색 눈동자가 유독 시선을 사로잡았다.

'엄청 허둥지둥하네……'

약간 좀 모자라 보이는 그가 선생이라는 것도 살짝 의심스러웠다.

"하하. 제가 운동신경이 전혀 없어서요……. 아무것도 없는데도 자주 넘어지곤 합니다. 죄송합니다."

"웅. 아녜여……. 선샌님 며쌀이에여?"

"아, 전 올해 열네 살이 되었습니다. 아래로 아홉 살짜리 귀여운 동생이 있어요."

입가를 허물어뜨린 소년이 퍽 사랑스럽게 웃었다. 척 보기에도 동생을 얼마나 좋아하는지 눈에서 애정이 뚝뚝 떨어졌다.

'근데 로즈먼트 가문?'

왜 어디서 들은 것처럼 익숙한 거지? 내 교사로 온 거니까 아마 《입.양.각》에는 나오지 않았을 텐데.

'겨우 엑스트라에게 열네 살 천재 설정을 줬다고?'

《입.양.각》작가가 그럴 리가 없는데. 나는 팔짱을 낀 채 심각한 표정으로 힐 로즈먼트를 한참이나 바라보았다.

'아…… 그러고 보니.'

《입.양.각》소설 중반에 여주인공에게도 가정교사가 배정되지 않았던가?

'여주인공이 사교계에 데뷔하기 전이었던 것 같은데…….'

아마 지금 시점보다도 조금 더 이후일 확률이 높았다. 분명히 그때도 굉장히 천재인 시골 남작 영식이…….

〈"안녕하세요, 아가씨. 오늘부터 아가씨의 가정교사로 배정받은 로즈먼트 가문의 장남 힐 로즈먼트라고 합…… 우와아악!"
"어머, 괜찮아요?"
"죄, 죄송합니다아……. 으아악, 어디 안 다치셨나요?"
"아니, 난 괜찮은데 당신은요?"
"하하……. 저도 괜찮습니다. 제가 자주 넘어져서…….">

정확히 같은 대사를 내뱉었다. 그리고 그 장면이 떠오르는 것과 동시에 나는 새하얗게 질리고 말았다. 생각났다. 그 힐 로즈먼트가 어떤 존재인지. 저렇게 호구처럼 굴지만 사실은…… 뒷세계에서 그들을 통하지 않는 사업이 없다는 '명월'의 숨은 길드장이었다.

'……네가 왜 여기서 나오는데.'

여주인공한테 안 가고 왜 이쪽에서 나오느냐고! 나는 당황한 기색을 숨기지 못한 채 숨을 바짝 삼켰다. 어벙한 표정으로 뒷머리를 긁적이고 있지만 그야말로 범죄자 중의 범죄자였다. 본인이 원하는 결말을 위해서는 수백 명이 죽든 수천 명이 죽든 전혀 상관하지 않는 그야말로 《입.양.각》의 쓰레기 중의 쓰레기. 에르노 에탐이 귀여워 보일 정도로 어릴 때부터 타고난 사이코패스였던 그는 이미 여덟 살이 되던 해에 제 부모를 죽이고 열 살이 되던 해에 '명월'의 길드장을 죽이며 그 자리를 차지했다. 《입.양.각》의 작가조차 그를 '악마'라는 한마디로 정의했을 정도였다.

"……."

인생이 왜 이러는 걸까?

"아가씨?"

"네, 네에……."

얘는 리하르트처럼 조금씩 달라질 애가 아니었다. 이미 흑막 최종 단계인 인간이라고!

"커리큘럼은 아가씨와 제가 상의해서 짜면 된다고 해서요. 제가 일단 기본 커리큘럼을 짜 왔는데 한번 보시겠어요?"

"아, 네……."

막 시골에서 상경한 소년처럼 굴고 있지만 이것도 전부 연기일 뿐일 거다.

'왜…… 여기에 온 거야?'

약간 이해할 수 없었다. 여주인공이라면 이해할 수 있지만 겨우 나한테…….

"아가씨는 대단히 사랑스러우시네요."

"……아, 감사함미다. 선샌님도 머리카락이 이뿌네여……."

천연 곱슬인 듯 머리카락은 마치 푸들처럼 곱슬곱슬했다.

"머리요……?"

"네."

"와아, 머리카락 칭찬은 처음 받는 것 같아요. 저는 너무 곱슬곱슬해서 싫어하거든요."

"전 조아해여. 귀엽구……."

나는 애써 시선을 피하며 열심히 입술을 달싹였다.

"근데. 아가씨,"

가만히 웃으며 자기 머리카락을 만지작거리던 힐 로즈먼트가 내게 불쑥 고개를 들이밀었다.

"아까부터 왜 이렇게 겁에 질린 토끼처럼 발발 떠세요?"

천진한 얼굴로 묻는 힐 로즈먼트의 모습에 나도 모르게 숨이 멎었다.

"숨소리도 거칠고 심장 박동도 엄청 빨라요."

통통 튀는 듯한 가벼운 말투였으나 왜 이렇게 등허리를 섬뜩하게 만드는지 알 수가 없었다.

그 전에…….

'그걸 네가 어떻게 아는데?'

몸에 손가락을 대고 있는 것도 아니고 그렇다고 바짝 다가와 있는 것도 아니다. 살짝 고개를 돌려 거울을 확인해 보니 내 표정은 살짝 뻣뻣하게 굳어 있기는 했지만 겁에 질려 있지는 않았다.

"서, 선샌님이 기여어서여……."

내 말에 그의 눈이 동그래졌다.

"제가 귀엽다고요?"

"네에……."

귀엽게 생기긴 했다. 오밀조밀한 이목구비라든가 푸들처럼 곱슬거리는 부드러운 머리카락이라든가 동글동글한 안경을 쓴 순해 보이는 눈매라든가 말이다.

'소설에선 저 안경을 벗고 앞머리를 까 넘기면 분위기가 확 달라진다던데…….'

분위기가 완전히 반전된다고 해서 궁금하긴 한데 직접 확인하고 싶지는 않았다.

"치, 칭찬 감사합니다. 아가씨도 무척 귀여우세요. 그 꼬리도 말이에요."

"아……."

그러고 보니 지금은 꼬리를 내놓고 있었지. 내가 슬쩍 꼬리를 아래로 축 내리며 숨기려고 하자 힐 로즈먼트가 눈을 동그랗게 떴다.

"왜 숨기세요? 귀여우신데."

"귀엽다구여……?"

이 꼬리가? 딱히 귀여운 것 같지는 않은데.

"네, 무척 특이한 색이네요. 제가 파충류를 아주 좋아하는데 이런 색은 정말 처음 봐요."

파충류라니. 무슨 동물이라도 대하는 듯한 말투에 내가 어색하게 웃었다.

"오늘은 간단히 커리큘럼에 대해 얘기만 나누고 서로 알아가는 시간을 가져 보도록 하, 할까요……?"

"네에."

내 대답에 그는 안심했다는 듯 소파 맞은편에 다소곳하게 앉았다. 헤프게 웃는 얼굴을 보면 정말 그 미치광이라곤 믿어지지 않을 정도였다.

'내게 사전 정보가 없었으면 정말 속았을 거야.'

그나마 그가 누구인지 알아서 다행이었다.

'근데 왜 여주인공이 아니라 나한테 온 거지?'

나보다는 광폭화를 진정시키는 능력을 지닌 여주인공에게 관심을 가지는 것이 정해진 이야기였다.

"아, 아가씨……."

"네?"

"혹시 실례가 되지 않는다면 제가 꼬리를 좀 만져 봐도 될까요?"

내 꼬리로 뭐 하려고? 하지만 딱히 거절할 이유도 없었다. 내가 떨떠름하게 그를 보자 그가 안경을 추켜올리며 두 손을 모아 잡았다.

"진짜 너무 궁금해서 그래요……. 제가 도마뱀 수인은 만나 본 적이 없어서……."

그래도 싫은데. 기대에 찬 눈망울은 안타깝지만 괜히 꼬리에 이상한 짓을 당하고 싶진 않았다.

'갑자기 도마뱀으로 변해도 곤란하고.'

마일라가 술수를 쓴 걸 보면 거기에 명월이 얽히지 않았으리 란 보장도 없었다.

"시른데여."

"아……."

"실례예여. 알져? 선샌밈은 학생의 몸에 손대면 안 대여. 아빠가 안 대여, 시러여, 하지 마세여 하래써여."

내가 단호하게 거절하자 순식간에 힐 로즈먼트의 눈에 눈물방울이 달렸다. 그는 마치 크게 혼이라도 난 사람처럼 천천히 고개를 끄덕였다.

"죄송합니다. 제가 주제넘었어요……."

"네에."

서럽게도 눈물이 후두두 흐르는데 괜스레 마음 한쪽이 불편했다.

'아냐. 재한테 틈 줬다가 죽은 사람이 몇인데.'

나는 힘주어 고개를 저었다.

"훌쩍, 훌쩍."

아이씨, 마음 안 좋게 왜 저렇게 울어? 정말 세상 사람들이 마지막까지 그를 철석같이 믿은 이유를 알 것 같았다. 저렇게 너드남, 초식남처럼 생긴 애를 도대체 누가 죽어 가는 사람을 살려 줬다가 생긴 게 마음에 안 든다고 다시 죽이는 놈이랑 같은 인간이라고 의심하겠는가.

"선샌밈, 울지 마세요."

나는 하는 수 없이 주머니에 있던 손수건 하나를 꺼내 그의 눈을 꾹꾹 눌러 닦아 주었다.

"아가씨……."

"그래도 꼬리는 안 대여."

"……흑."

"선샌밈, 슬프게 운다고 해서 다 해결대지 아니여."

내 말에 그의 눈이 동그래졌다.

"머찐 얼굴로 울면 다 해결댈 거라고 생각하면 안 대여."

물론 대부분은 그걸로 해결됐겠지. 보통 멋진 얼굴이 아니니까.

"울어서 뭔가가 해결대는 사람은 환경이 갖춰진 축복받은 사람들뿐이에여. 그쳐?"

내 말이 끝나기가 무섭게 일순 힐 로즈먼트의 입가에서 웃음기가 사라졌다. 그는 잠시 뒤통수라도 한 대 얻어맞은 얼굴로 나를 바라보다가 금세 허술한 가면을 뒤집어썼다. 이 말은 정확히 힐 로즈먼트가 늘 그의 앞에서 살려 달라고 비는 상대에게 읊조리던 말이었다. 그리고 《입.양.각》을 읽었던 내가 이 미친놈에게 유일하게 공감했던 부분이기도 했다.

울어도 해결되는 게 없는 사람은 분명히 존재했다. 우는 것으로 해결이 되는 사람은 주변에 좋은 부모가 있거나 좋은 친구가 있거나 좋은 사람이 있을 때뿐이다. 갖춰지지 않은 환경에선 우는 것조차 사치인 사람들도 있다.

"울어도 아무도 도와주지 않으니까 선샘밈도 울지 마세여."

"……."

그래도 소설을 볼 때 늘 의문이었던 건 그런 말을 내뱉으면서도 힐 로즈먼트는 항상 누군가를 속일 땐 눈물을 흘렸다는 거다. 물론! 예쁜 얼굴로 울면 나도 뭐라도 해 주고 싶긴 하지만…….

'윽, 모르겠다.'

대체 무슨 오글거리는 말을 하고 있는 건지.

'괜히 옛날 생각이 나선.'

어차피 여기는 그곳도 아니고 나는 아이도 아니니까. 괜히 부끄러워져서 허둥지둥 그가 가져온 커리큘럼 자료를 몇 개 살폈다. 솔직히 뭔 소린진 잘 모르겠지만 힐 로즈먼트가 커리큘럼에 대한 자잘한 사족까지 붙여놔서 이해하는 것이 크게 난해하진 않았다. 너무 유치한 놀이형 학습을 전부 제외하니 조금 지루해 보이는 것밖에 남지 않았다.

"저, 이거 할게여! 선샘밈."

그가 가져온 커리큘럼 중에선 가장 어려운 것처럼 보였지만…….

〈이것들만 해내면 당신도 훌륭한 귀족 영애! 상위 10퍼센트에 들 수 있답니다?〉

……라고 적어 둔 사설 문구에 눈이 돌아가고 말았다. 누가 사교육에 미친 대한민국 사람 아니랄까 봐……. 이 아름다운 북유럽 배경의 세계에 와서도 이런 공부를 고르고 있는 스스로가 조금 우습긴 했다.

'그래도 잘 해내면 칭찬을 받을 테니까…….'

이 정도면 미르엘 공작도 인정해 줄 것이다. 나중에 귀여움이 좀 사라지더라도 귀족 영애로서의 '쓸모'가 나를 이곳에 남게 해 주겠지. 게다가 나는 이 세계에 대해 아는 게 거의 없으니까 말이다. 제대로 아는 거라곤 여기가 《입.양.각》이라는 소설이 연재되었던 것과 같거나 혹은 비슷한 세계라는 것 정도였다.

"선샘님……?"

"아, 네. 아가씨."

힐 로즈먼트가 묘한 얼굴로 나를 바라보다가 화들짝 놀라며 대답했다.

"요거여……."

"이건, 어려울 텐데요."

그는 살짝 풀린 눈으로 대답했다.

"응. 그래도 할래여."

"왜요?"

"네?"

"굳이 어려운 걸 하시려는 이유가 있나요?"

힐 로즈먼트가 이상한 것을 물었다.

"그래야 나중에 쓸모가 있지 않을까여?"

게다가 일반 놀이 학습 같은 건 내가 배우기엔 좀 공감성 수치를 불러일으킬 것만 같았다.

"네. 알겠습니다. 그럼 이걸로 가실까요?"

그는 어느새 눈물이 마른 얼굴로 해사하게 웃으며 대답했다. 나는 흐뭇하게 고개를 끄덕였다.

'뭐, 《입.양.각》에서도 본성을 드러내기 전까진 좋은 선생님이었으니까.'

나중에 아빠한테 말해서 쫓아내더라도 그때까진 열심히 수업이나 받자.

"그리고…… 울지 말라고 하셨는데 그럼 아가씨의 꼬리는 친해지면 만지게 해 주시는 걸까요?"

이렇게 돌직구로 나오겠다고? 힐 로즈먼트의 뻔뻔한 말에 내가 일단 고개를 끄덕이자 그는 만족스럽게 빙긋 웃으며 자리에서 일어났다.

"그럼 이만 실례하겠습니다. 오늘 즐거웠어요, 아가씨."

"네, 안녕히 가세여! 선샌밈!"

"네."

그가 빙긋 웃으며 막 몸을 돌릴 때였다.

"그러고 보니 문득 아가씨와 같은 색 비늘을 가진 도마뱀에 대해 생각이 났어요."

"어, 진짜여?"

"네. 조금 더 알아보고 알려 드릴게요."

역시 난 진짜 도마뱀이 맞았구나. 루실리온이 도마뱀이 아닐 수도 있다고 해서 대체 뭔가 했는데 다행이었다.

'정보 길드의 길드장이 하는 말이니까 맞겠지.'

힐 로즈먼트가 강아지처럼 허슬하게 웃어 보이곤 문을 열고 나갈 때였다.

"우와아아악!"

쿵―!

문지방도 없는 방에서 발이 서로 꼬이는 바람에 그가 앞으로 대차게 고꾸라졌다.

"……하, 하하……. 바닥에 뭔가 있었네요……."

아무것도 없거든.

"하하. 실례 많았습니다. 아, 아가씨 그럼 내일 뵙겠습니다! 끄억!"

일어나던 힐 로즈먼트가 이번에는 뒤로 자빠졌다.

'이쯤이면 미끄럼 방지 신발이라도 만들어야 하는 게 아닐까?'

허둥지둥 자리에서 일어나던 힐 로즈먼트는 앞으로 한 차례 더 고꾸라진 뒤에야 멀쩡히 자리에서 일어나 걸어갔다. 이마에는 벌건 혹이 봉긋 솟아오른 후였다.

'진짜 이상한 콘셉트야…….'

왜 저런 멍청한 캐릭터로 콘셉트를 잡았는지 모르겠다.

'하긴 그래서 누구도 마지막까지 의심하지 못했지만.'

나는 한숨을 쉬며 빼꼼히 열린 방문을 닫고 침대에 드러누웠다.

'내 인생 어떻게 되려는 거지?'

이때만 해도 나는 몰랐다. 설마 나를 향한 힐 로즈먼트의 흥미가 한층 더 깊어졌을 줄은.

\* \* \*

[선샌님, 슬프게 운다고 해서 다 해결대지 아니여. 머찐 얼굴로 울면 다 해결댈 거라고 생각하면 안 대여.]

[울어서 뭔가가 해결대는 사람은 환경이 갖춰진 축복받은 사람들뿐이에여.]

[울어도 아무도 도와주지 않으니까 선샌님도 울지 마세여.]

느긋하게 복도를 거닐던 힐 로즈먼트가 큭, 참지 못하고 튀어나간 웃음 한 조각을 내뱉었다.

"재밌네."

아주 재밌어서 토가 나올 정도였다. 모든 것을 다 가지고서 저런 말을 하는 것이 어떻게 유쾌하지 않을 수가 있을까. 맞은편에서 누군가 다가오고 있었다. 힐 로즈먼트는 언제나처럼 살짝 눈을 내리깔고 자연스럽게 그를 스쳐 지나가려고 했다.

우뚝.

상대가 정확히 그의 앞에서 걸음을 멈추지만 않았어도.

"……당신, 누굽니까?"

"아, 오, 오늘부터 에이린 아가씨의 가정교사로 근무하게 된 히, 힐 로즈먼트라고 합니다아……."

바짝 긴장한 척 몸을 한껏 움츠린 힐 로즈먼트가 고개도 들지 못하고 조심스럽게 말했다.

"가정교사요……?"

의구심이 느껴지는 앳된 목소리였다. 루실리온의 고개가 설핏 기울어졌다. 힐 로즈먼트가 슬며시 고개를 들었다.

"이렇게 피 냄새가 진동하는 가정교사가 있다고요?"

비웃음이 서린 한 마디에 힐 로즈먼트가 천천히 고개를 들었다.

"다른 사람들이야 모르겠지만 내겐 당신에게 들러붙은 수많은 원혼이 보이는데요."

"무, 무슨 말씀이신지……."

"악귀도 당신보단 낫겠는데."

루실리온이 힐 로즈먼트를 위에서 아래로 가볍게 훑었다. 힐 로즈먼트도 루실리온을 천천히 살폈다.

'……신전 쪽 인간인가?'

그를 한눈에 꿰뚫었다는 것은 상당히 고위급의 신력을 가지고 있는 자임이 분명했다.

"지금 능력을 쓰면 있는 곳을 들킬 것 같아서……."

손가락을 잠시 움직이던 루실리온이 손에서 힘을 빼며 낮게 한숨을 내쉬었다.

"내 주인님께 무슨 짓이라도 한다면 단순히 뇌를 청소하는 정도론 끝나지 않을 겁니다."

"주인님……?"

"에이린 말입니다. 고귀하신 분."

"아하."

힐 로즈먼트의 눈이 가늘어졌다. 그는 묵묵히 고개를 숙이곤 입을 다물었다. 여기서 문제를 일으키는 건 그의 계획에는 없었다.

"두고 보겠습니다."

서너 살은 더 어릴 것 같은 소년은 어느새 오만한 표정을 지운 채 그의 곁을 스쳐 지나갔다. 루실리온이 멀어지자 느릿하게 허리를 편 그가 등을 꼿꼿하게 세웠다. 힐 로즈먼트의 입술이 찢어질 듯 호선을 그렸다.

"크, 크하하하!"

광기에 가까운 웃음을 터뜨린 그가 등허리를 한껏 꺾었다. 텅 빈 복도엔 인기척이 없었다. 징그러울 정도로 입꼬리를 끌어올린 그가 손으로 입을 가리며 큭큭, 웃음을 흘렸다.

'최근 신전의 유력한 대신관 후보 하나가 실종됐다고 하더

니…….'

힐 로즈먼트는 느릿느릿 걸음을 옮겨 배정받은 방으로 들어갔다.

"여기에 숨어 있었네? 일이 재밌게 돌아가잖아."

서늘하게 가라앉은 목소리가 이윽고 광기로 번졌다. 무엇이 그렇게 재밌는지 한참이나 웃음을 터뜨리던 힐 로즈먼트가 동글동글한 안경을 벗곤 천천히 앞머리를 쓸어 올렸다. 안경에 가려져 둥글둥글하게 보였던 눈매가 살짝 사나워지고 이마가 드러나며 분위기가 날카롭게 변했다.

"게다가 저런 빛의 은색 도마뱀이라면……."

실제로 보니 돌연변이 도마뱀 따위가 아니라는 건 알겠다. 그리고 도마뱀이 아닌 것 중에 도마뱀으로 오해받는 부류는 자신이 알기론 딱 한 종류밖에 없었다. 물론 넓은 의미에서 도마뱀이라고 칠 수도 있겠지. 본인의 방으로 돌아간 그가 책장 한쪽에 꽂혀 있는 남대륙어로 적힌 수인 사전을 꺼내 들었다.

팔랑팔랑—

책이 빠르게 넘어갔다. 책의 거의 끄트머리에 가서야 그의 손길이 천천히 멈췄다.

"……역시."

어디선가 봤다는 생각이 들었다. 완벽한 은색이 아닌 빛에 반사되면 옅은 분홍빛이 도는 비늘. 갓 태어났을 때는 평범한 도마뱀처럼 보이지만 성장기가 조금만 지나도 그것이 일반적인 도마뱀이 아니라는 사실은 금세 드러날 것이다.

"드래곤."

그가 나직하게 중얼거렸다.

"이미 수천 년도 전에 멸족했다고 들었는데……."

이미 긴 세월에 희석되어 용의 본능만이 피를 타고 흐르는 줄 알았더니 그 안에서 설마 '진짜'가 태어났을 줄은 몰랐다.

"아하하하. 재밌어. 재밌어! 재밌다고! 겨우 돌연변이 도마뱀 정도를 생각했는데……."

실제로 보고 나니 생각이 달라졌다. 그는 많은 도마뱀 수인을 봤고 다양한 돌연변이도 만나 보았다. 하지만 오늘 만난 그것은 돌연변이가 아니었다.

"인생이 이래야 재밌지! 아, 젠장, 젠장. 가지고 싶다. 진짜 드래곤이라니…… 내 컬렉션에 추가하면 얼마나 사랑스러울까……."

단정하게 입은 셔츠를 단숨에 풀어헤친 힐 로즈먼트가 전율하며 온몸을 부르르 떨었다.

"아직 해츨링도 되지 못한 새끼 드래곤이라니. 각인은 내가 받아 가겠어."

드래곤은 세상에 태어나 딱 한 번 각인을 한다. 갓 태어난 아이가 부모에게 각인하듯 처음 태어날 때 드래곤의 새끼는 처음 본 생물을 부모로 삼으며 각인을 했다. 그러나 척 보기에도 방금 본 드래곤은 각인이 되어 있지 않았다.

'태어날 때 곁에 부모로 삼을 생명체가 아무도 없었다는 거

겠지.'

 그러면 드래곤은 성장기를 지나 해츨링이 될 때 두 번째로 각인을 할 것이다. 부모를 정하는 것이다. 부모를 정해서 그 부모가 주는 애정을 듬뿍 받으며 드래곤은 성장기를 맞이한다. 부모를 정한 드래곤은 제 부모를 지키기 위해서 무슨 짓이든 한다. 부모를 정하지 않으면 드래곤은 성장하지 않는다. 부모가 애정을 주지 않으면 드래곤은 성체가 될 수 없기 때문에 드래곤에게 부모는 절대적이었다. 드래곤은 사랑받기 위해서라면 무슨 짓이든 했다. 부모가 죽이라는 이를 죽이고 부모가 살리라는 이는 살린다. 좋은 부모를 만나면 훌륭하게 성장하겠지만 그렇지 않으면 때로는 악룡이 되어 세상을 멸망시킨다는 기록도 있었다.

 '오래전 에탐 가문의 초대 가주가 가장 강력한 드래곤을 소유해 긴 전쟁을 끝냈다고 들었지.'

 드래곤의 피는 에탐 가문의 고질병인 광폭화를 진정시키는 작용을 한다.

 "가지고 싶어……."

 힐 로즈먼트는 품에서 에이린이 쥐여 주었던 손수건을 꺼내 느리게 입을 맞췄다.

 "하, 그것을 가질 수만 있다면 얼마나 행복할까……."

 상상만으로도 등줄기에 소름이 돋았다. 힐 로즈먼트는 전율했다. 배신하지 않고 의심하지도 않는 오롯이 애정만을 바라는 충성심 강한 아이가 완성되는 것이다. 그가 천천히 드래곤에 관한 설명이 적힌 부분을 손가락으로 쓸었다.

〈신과 가장 가까운 생물인 드래곤은 언령을 사용하며 소망을 현실로 만드는 강력한 힘을 가지고 있다. 그러나 제 욕심과 욕망을 채우는 많은 생물에 의해 드래곤은 얼마 되지 않는 동족과 평생을 싸우다 죽어 갔고 자책하고 후회하며 제 피를 세상에 남기지 않은 채 멸족됐다. 올바른 인간을 만나 유대감을 쌓았던 단 한 마리의 드래곤을 제외하고.〉

힐 로즈먼트가 천천히 고개를 들었다. 선명한 녹색 눈동자가 욕망으로 번들거리며 히죽 휘어졌다.

\* \* \*

"……네 이놈!"
"오랜만입니다, 황자 전하. 무사하셨네요."
만나자마자 삿대질을 하는 에노쉬의 앞에 루실리온이 언제나와 같은 해사한 얼굴로 서서 예를 갖췄다.
"무사? 하찮고 멍청한 놈! 네 눈에는 내가 지금 무사한 것으로 보이냐?"
"네."
"뭐? 온몸이 퍼즐처럼 박살 나서 간신히 맞춰졌다. 내 네놈의 목을 잘라 성 밖에 전시해 두겠어! 얼굴은 보기 좋으니 눈알을 파서 보석을 처박아 주마!"

"칭찬 감사합니다."

"네놈이 보기엔 이게 칭찬으로 들리느냐? 이 뇌도 없는 것."

"하하."

에노쉬의 욕설을 해탈한 노인처럼 허허실실 웃으며 무심하게 받아치는 루실리온도 상당한 멘탈의 소유자가 아닐까 싶었다.

"콜록콜록."

에노쉬가 손수건에 마른기침을 하며 색색거리는 숨을 몇 차례 흘렸다.

"반죽! 네 녀석은 허락도 없이 감히 여기가 어디라고 왔느냐! 뭘 하려고 온 거야! 이런 놈을 데려와서는 날 혈압으로 죽이기라도 하려는 것이냐!"

"온다구 해짜나여. 그냥 놀러 왔는데 안 대여?"

"뭐……?"

"날도 조은데 가치 산책해여. 정원에서 다과도 먹구."

"……나가고 싶어도 이 머리가 멍청한 돌덩어리만큼 굳은 꼰대들이 날 내보내 주지 않을 거다."

그럴 줄 알고 에노쉬에게 오기 전에 이미 허락을 받았지.

"후후."

내가 히죽히죽 웃자 에노쉬가 징그러운 걸 보는 표정으로 인상을 찌푸리더니 내게 베개를 내던졌다.

퍽—

뒤늦게 들린 소리에 고개를 들자 옆에 있던 루실리온이 자연스럽게 날아온 베개를 붙잡고 있었다.

"아."

휙.

그러더니 가볍게 팔을 움직여 정확히 베개가 날아온 곳으로 도로 내던졌다.

퍽—

"헉……."

에노쉬의 얼굴에 정통으로 맞은 깃털 베개가 주르륵 흘러내렸다.

"이, 이…… 무엄한 놈이 감히!"

몸을 부르르 떤 에노쉬가 침대에 있는 베개를 양손에 쥐고 내게 힘껏 내던지기 시작했다.

'아니, 왜 난데?!'

베개를 던진 건 루실리온이라고! 내가 아닌데!

턱, 턱, 텁.

'그리고 얘는 왜 이렇게 이걸 잘 막는 건데?!'

루실리온이 내 앞에 날아오는 베개를 단숨에 붙잡아 물 흐르듯 가볍게 다시 에노쉬에게 날려 보내고 있었다.

퍼엉—!

그와 동시에 최고급 깃털 베개가 허공에서 펑 소리를 내며 터지더니 깃털들이 눈처럼 쏟아졌다. 그렇게 쏟아진 깃털은 정전기 때문에 우리 몸에 덕지덕지 달라붙었다. 세 사람이 모두 살아 있는 거위가 되는 순간이었다.

"풉……."

"큭……."

"……?"

세 사람 사이에 작은 균열과 함께 침묵이 일었다.

"아하하하!"

"으하하하! 이게 뭐냐! 멍청한 것들아!"

"……?"

이내 터져 나온 웃음소리가 방 안을 가득 메웠다. 꼴이 멍청해서 웃음을 터뜨리지 않을 수가 없었다.

"……?"

웃음을 터뜨리는 나와 에노쉬 사이에서 루실리온만이 웃음 포인트를 잡지 못한 듯 눈을 끔뻑이고 있었다.

"……세상에, 2황자님이…… 웃으셨어?"

"몇 년 만에 보는 거지……?"

뒤쪽에서 작게 속닥거리는 소리가 들렸다. 다행히 웃음소리에 묻혀서 에노쉬는 듣지 못한 모양이었다.

"으하하하, 진짜……. 반죽, 너는 너무 멍청해서 웃음이 난다."

"……저기 나는 아무것도 안 해써."

바닥을 데굴데굴 구르며 털 덩어리가 된 나를 내려다보던 에노쉬가 주먹으로 침대를 퍽퍽 내리치며 다시 웃음을 터뜨렸다.

"멍청한 것도 재주라더니. 반죽, 네가 딱 그렇다."

"……욕을 신선하게 하네?"

에노쉬가 침대에서 가볍게 내려왔다. 늘 병약했던 얼굴에 약간이나마 생기가 돈 것 같았다.

"갑자기 왜 일어나?"

내가 고개를 갸웃하며 묻자 에노쉬가 코웃음을 쳤다.

"멍청한 반죽, 기억상실이라도 왔느냐? 네가 나가자고 하지 않았느냐."

"아……."

"아바마마껜 내가 나중에 잘 얘기할 테니 너는 신경 쓰지 말……."

"후후. 그거 저가 허락받았다고여!"

내가 손을 높이 들고는 폴짝 뛰어오르며 의기양양하게 말했다. 여기 오기 전에 황제 폐하의 시종에게 미리 말을 해서 허락을 받았었다.

"허락을 받았다고?"

"네!"

"……아바마마께?"

"네!"

"……신기하네. 매번 허락해 주지 않으시더니. 멍청한 반죽을 상대하기 싫으셨나 보군."

잘나가던 에노쉬가 삐끗했다. 오만하게 팔짱을 낀 에노쉬가 턱을 까딱이며 루실리온을 보았다.

"야, 배은망덕한 싸가지."

"자기소개가 꽤 신선하십니다."

"……뭐?"

"아닙니다."

은은한 미소를 띤 루실리온을 보던 에노쉬가 몸을 부르르 떨며 루실리온에게 삿대질을 했다.

"네 이름은 무엇이냐?"

에노쉬의 말에 루실리온의 눈이 가늘어졌다. 그는 잠시 망설이듯 잠자코 있더니 이내 천천히 입을 열었다.

"루실리온입니다."

"루실리온? 이름만 거창하구나. 특별히 네가 반죽과 함께 이 몸을 만나러 오는 걸 허락하마."

"……예?"

루실리온이 얼굴을 구기며 반문했다. 가면처럼 은은하게 띠고 있던 미소가 완전히 자취를 감췄다.

"……뭐냐, 그 반응?"

"외람되오나 황자 전하, 전 남자에게 관심 없습니다."

루실리온이 굳은 표정으로 말했다.

"……뭐?"

이상하게 일그러졌던 얼굴이 이내 확 구겨졌다. 어느새 외출

복을 다 입은 에노쉬가 삿대질을 했다.

"나도 관심 없다! 애초에 이 몸은 이미 좋아하는 이가 있느니라!"

에노쉬가 그렇게 소리치며 나를 힐긋 보았다.

'아하, 릴리안 얘기구나. 정말로 좋아하나 보네.'

그리고 좋아하는 걸 숨길 마음도 없어 보였다. 그게 너무 대단하게 느껴졌다.

"……휴, 그렇습니까?"

"그래!"

과장될 정도로 안도의 한숨을 내쉬는 루실리온은 내가 보기에도 살짝 얄밉게 보였다.

"그럼 가지."

시녀들이 재빨리 문을 열었다. 에노쉬의 심기를 거스르지 않기 위해서 숨소리조차 죽이는 것이 보였다. 나가는 에노쉬의 뒤를 따라 나도 걸음을 옮기는데 그가 문 앞에서 우뚝 멈추어 섰다. 미간을 좁힌 에노쉬가 입을 열었다.

"……여긴 어쩐 일이지?"

평소답지 않은 서늘한 목소리는 마치 불청객이라도 맞이한 듯한 느낌이었다.

'누가 왔나?'

슬쩍 그의 뒤에서 고개를 내밀자 아름다운 소녀가 보였다. 장미꽃같이 아름다운 붉은 머리카락을 풍성하게 늘어뜨린 소녀는 태양을 머금은 듯 아름다운 주황색 눈동자를 반짝이고 있었다.

'예쁘다…….'

도도하고 우아한 얼굴의 소녀는 아랫입술을 살짝 깨물더니 이내 무표정한 얼굴로 돌아갔다.

"릴리안 영애."

에노쉬가 말을 덧붙였다.

'릴리안?'

에노쉬가 좋아한다는 그 사람?

'근데 말투가 왜 이렇게 딱딱해?'

편지에 썼던 그 오만한 말투도 문제긴 하지만 지금은 무슨 달갑지 않은 사람을 보는 것만 같은 말투였다.

"……아버지와 폐하께서 2황자 전하의 병문안을 가라고 하여 왔습니다만 날을 잘못 잡은 것 같군요. 선약이 있으신 줄은 몰랐습니다. 이만 돌아가 보겠습니다."

냉랭하고 차가운 목소리였다. 이게 열 살짜리 소녀의 입에서 나올 말인가 싶어질 정도다.

'……무섭다, 귀족의 세계.'

하긴 21세기의 사람들은 스무 살이 넘어서도 부모의 품에 있는 이들이 많으니까. 아니. 스물은커녕 서른이 되어도 밥 하나 지을 줄 모르고 식자재 물가가 어떻게 되는지 모르고 분리수거나 쓰레기 버리는 방법도 모르는 사람이 많았다. 하지만 이 세계는 사교계에 데뷔하는 평균 연령대가 열세 살이었고, 성년이 되는 나이는 열일곱 살이었다. 자연스레 아이들은 빠르게 어른이 될 수밖에 없는 듯했다.

"……아, 그래."

에노쉬가 담담하게 대답했다.

'……뭐야, 이게 끝?'

내가 당황해서 에노쉬를 보자 그는 설핏 고개를 돌리고 릴리안과 시선조차 마주치지 않고 있었다. 아니, 거기선 같이 차 한 잔 하지 않겠냐고 권유라도 해 봐야 하잖아!

'……설마 부끄러워하는 건 아니겠지?'

에이, 설마. 이 오만불손한 병약 황자 에노쉬가?

"그럼 난 이만 가 보지."

이렇게 그냥 간다고? 사실 겉으로만 좋아하는 척하고 속으론 싫어한다거나? 나는 고개를 들고는 에노쉬의 뒤통수를 한참이나 쳐다봤다. 그의 목덜미 뒤쪽에서 아주 옅은 열감이 묻어났다. 살짝 발갛게 변한 그 뒷덜미를 바라보다가 나는 허탈하게 숨을 뱉었다.

'……진짜 부끄러워하네.'

이 솔직하지 못한 인간.

"우, 우아……! 안뇽하세여, 릴리안 영애!"

나는 불쑥 에노쉬의 옆자리를 치고 나가 릴리안에게 인사를 건넸다.

"예."

'……어?'

뭔가 차갑고 싸늘하네……. 릴리안은 나와 눈이 마주치자 서늘한 시선으로 고개를 돌려 버렸다.

'내가 이런 눈치는 또 빠른데…….'

이건 상대가 날 싫어할 때의 시선이다. 그것도 아주아주 싫어하는 것 같은 느낌이 들었다.

'대체 왜?'

이유가 없지 않은가. 나는 릴리안 영애를 본 적도 없고 릴리안 영애도 날 본 적이 없을 것이다.

"가자, 반죽아."

에노쉬는 더 말을 하지 않고 릴리안 영애를 싸늘할 정도로 차갑게 스쳐 지났다.

'이게 좋아하는 사람을 대하는 태도라고?!'

내가 당황해서 에노쉬의 뒤를 막 따라가려는 때였다.

"당신, 주제를 아세요. 사람이 어울리는 데엔 수준이 필요한 법이랍니다."

귓가에 박힌 자그마한 목소리에 나는 걸음을 뚝 멈췄다.

'아…….'

생각났다. 릴리안 데이지. 흑화한 황제의 옆에서 함께 흑화하고 그 좋은 머리로 수많은 악행을 짜냈던…….

'에노쉬의 약혼자.'

기다렸다는 듯 떠오르는 《입.양.각》 소설 내용에 나는 자리에 우뚝 섰다.

"주인님?"

곁에서 들리는 루실리온의 목소리도 한 귀로 흘러갈 정도였다. 누군가에게 뒤통수라도 얻어맞은 듯 얼얼했다. 폭군 황자 에노쉬의 죽음엔 많은 이가 울지 않았다. 그가 내친 인물이 수두룩하고 그가 망친 타인의 인생이 넘칠 정도로 많으니 우는 사람이 있을 리가 없었다. 그래, 기껏해야 에노쉬의 부모인 황제와 황후 그리고 짧은 친구 관계였던 여주인공뿐이었다. 그리고 밤늦게 찾아와 한참이나 관을 들여다보고 돌아갔던 어린 소녀가 하나 있었다.

〈사위는 고요했다. 추모를 위해 바쁘게 드나들던 사람들도 경비병 둘을 남기곤 조용해진 밤이었다. 악명이 자자하던 에노쉬 2황자의 죽음에 진심으로 눈물을 흘리는 자는 몇 되지 않았다. 그나마 샤르네만이 "이렇게 다 가 버리면 분명히 외로울 거예요. 황자님은 외로움이 많았으니까요"라며 자정까지 남아 있다가 마중 나온 공작가 일원의 성화를 못 이기고 돌아갔을 뿐이었다.

경비병들이 늘어지게 하품을 하고 막 교대를 시작했을 때 새까만 드레스를 입은 소녀가 모습을 드러냈다. 새까만 베일을 쓴 채 양손을 앞에 모은 소녀는 한참이나 싸늘하게 식은 에노쉬의 모습을 보았다. 1시간이 지나도록 소녀는 눈을 떼지 못했다.

"전하께선 죽어서야 평온해 보이는군요."

평온하게 내뱉은 말이 끝나기도 전에 후두둑, 죽은 소년의 뺨 위로 뜨거운 물줄기가 쏟아졌다.

"평생 숨길 생각이었다면 차라리 한마디도 하지 말고 가셨어야지요."

릴리안 데이지는 숨죽여 울었다.

"저는 세상이 싫습니다. 전하, 당신을 손가락질하며 욕하는 세상이 싫어요. 그리고 절 이렇게 만든 당신도 싫습니다."

그녀는 차갑게 식어 다소 뻣뻣하게 굳은 에노쉬의 손을 조심스럽게 붙잡았다.

"세상은 전하를 최악의 폭군이라고 칭하니 저는 최악의 악녀가 되겠습니다."

그녀가 짧은 숨을 뱉었다.

"폭군의 약혼녀는 그쯤 되어야 하잖아요?"

말을 덧붙인 릴리안 데이지가 그의 손등 위에 제 이마를 꾹 눌러 예를 표했다.

"사랑해요, 전하. 일이 이렇게 되기 전에 서로 조금만 더 솔직했다면…… 좋았을 텐데요."

릴리안 데이지는 그대로 몸을 돌려 아무 일도 없었다는 듯 건물을 빠져나왔다. 그리고 그날 이후 사교계에 릴리안 데이지의 이름이 낙인처럼 새겨졌다.〉

'……이 뒤로 릴리안은 분명히 사교계를 평정하고 사교계의 여왕이 되지.'

그녀의 이명엔 항상 에노쉬의 이름이 떠나질 않았다.

〈"역시 죽은 폭군 황자의 약혼녀야. 아주 하는 짓이 똑같군!"〉

사교계에 떠돌던 누군가가 했던 말이었다. 릴리안 데이지가 오만한 악녀처럼 굴 때마다 에노쉬의 이름은 잊히지 않고 누군가의 입에서 입으로 전해졌다. 마치 세상이 에노쉬의 이름을 잊는 것을 용납할 수 없다는 것처럼…….

## VI

"저, 저기!"

나는 거의 반사적으로 왔던 길을 되돌아가려는 릴리안 데이지의 장밋빛 드레스를 움켜쥐었다. 릴리안 데이지의 매서운 시선이 내게 닿았다.

"반죽, 안 오고 뭐 하지?"

"이짜나! 에노시! 요기 예쁜 언냐두 가치 가면 안 대……?"

"뭐?"

내 말에 에노쉬가 눈치 없이 인상을 찌푸리며 반문했다. 그가 한숨을 내쉬었다.

"릴리안 영애는 바쁜 사람이다. 허튼소리 말고 얼른 와."

"아……."

릴리안 데이지의 입술이 아주 작게 달싹였다가 꾹 닫혔다.

'여기서 입 닫지 말라고!'

나는 바쁘지 않다! 나는 사실 시간이 된다! 왜 입이 있는데도 말을 못 해! 그리고 에노쉬도 그러는 거 아니야. 네가 해 주는 그게 배려가 아니라고!

"어, 언냐 바빠여?"

하는 수 없이 나는 아직 철이 덜 든 어린애인 척 눈을 동그랗게 뜨며 그녀를 보았다. 릴리안 데이지가 당황한 듯 나를 내려다보다가 에노쉬를 한번 보더니 아랫입술을 꽉 깨물었다. 아이고. 예쁜 입술 다 터지겠소, 언니.

"저는……."

"저엉말 안 대여……?"

나는 주먹을 꼭 쥐고 파이팅 자세를 취해 보였다. 그녀는 내 자세를 이해하지 못한 듯 이상한 표정으로 나를 보다가 천천히 고개를 저었다.

"오늘 일은 다 끝냈기 때문에…… 한가합니다."

릴리안 데이지가 드디어 솔직하게 말했다.

"봐! 에노시, 안 바쁘시대!"

"……정말인가? 그 애가 엉겨 붙어서 억지로 그러는 거라면 괜찮아. 이 반죽이 원래 주제를 좀 모른다."

사랑의 큐피드 역할을 해 주겠다는 나를 주제 모르는 반죽 취급을 하네.

'그냥 관둘까.'

저 오만한 놈의 말에 약간 마음이 식었다.

"……그런 거 아닙니다. 한가합니다."

릴리안 데이지 영애가 다시 한번 힘주어 말했다.

"……."

슬쩍 고개를 돌리자 에노쉬가 뻣뻣하게 굳어 있었다. 대답이 없는 시간이 길어지자 릴리안 데이지의 얼굴도 점점 무겁게 아래로 숙여졌다.

'아니, 이걸 이렇게 망친다고?'

내가 발을 동동 구르는 순간 루실리온이 성큼성큼 에노쉬에게 다가가더니 그의 등짝을 세게 내리쳤다.

짜악—!

에노쉬의 몸이 펄쩍 뛰었다. 거친 행동에 나와 릴리안의 입도 함께 벌어졌다.

"이게 무슨 짓이냐! 이 무엄한……!"

"대답, 하세요."

에노쉬의 사나운 기세에도 아랑곳하지 않고 루실리온이 화사하게 웃었다.

"주인님이 발발 떨고 계시잖아요."

그러더니 에노쉬의 귓가에 입술을 바싹 들이대곤 속삭였다.

"눈치 좀 챙겨요. 멍청한 황자님."

티 없이 하얗게 웃는 얼굴이었던 터라 나도 잠시 넋을 잃었을 정도였다. 하지만 내 청력은 깔끔하게 망상을 깨뜨렸다. 청력이 좋은 것도 문제다.

"아, 미안. 조금 놀랐다……."

다행히 에노쉬는 등짝을 때리면 눈치를 챙기는 모양이다. 게다가 꽤 솔직한 말이 튀어나왔다.

"산책을 하다가 다과를 하는 것뿐인 재미없는 일정이지만……."

에노쉬가 느릿느릿 다가와 릴리안 데이지에게 손을 내밀었다.

"그대가 괜찮다면 함께하는 건 어떤가?"

"좋아요."

릴리안 데이지는 다소 빠르게 대답하며 그의 손바닥 위에 제 손을 올렸다.

'어휴…….'

한숨이 절로 나왔다.

'그나저나 에노쉬가 좋아하는 사람 앞에서 저렇게 바짝 긴장하는 사람이었다니…….'

평소에도 이렇게 대놓고 피했다면 편지에 쓴 것처럼 왜 릴리안 데이지가 눈이 마주치면 왔던 길을 되돌아갔는지 알 법도 했다.

'나라도 도망간다…….'

눈이 마주칠 때마다 퍽 마뜩잖은 걸 보는 표정이었을 텐데 가서 말을 걸 용기가 생길 리 없었다.

'일단 한 걸음인가?'

에노쉬가 죽은 후에 릴리안 데이지가 흑화해서 황제랑 짝짜꿍하는 것보단…… 이게 낫겠지.

'……죽은 후라.'

나는 기쁜 티를 제대로 내지도 못하고 서툴게 웃고 있는 에노쉬의 얼굴을 보았다. 그리고 그 곁에 한결 밝아진 표정을 한 릴리안 데이지도.

'저렇게 어린애가 죽는구나.'

이상하게도 이번에 납치되지 않았던 여주인공은 에노쉬와 엮일 수 없었다. 에노쉬는 여주인공의 치료를 거부했다. 에노쉬의 죽음은 여주인공의 첫 각성을 위한 일이었지만, 그 모든 것이 무산된 지금 에노쉬의 죽음엔 무슨 의미가 있는 걸까?

"가시죠, 주인님."

두어 걸음 뒤처진 내게 루실리온이 손을 내밀었다. 내가 엉거주춤 손을 뻗자 그가 내 손을 붙잡곤 내 보폭에 맞춰 천천히 두 사람의 뒤를 따랐다. 우리는 에노쉬의 몸을 생각해서 온실을 짧게 거닐다가 온실 한편의 테이블에 앉았다.

"와아, 언니는 그러케 어려운 걸 공부하시는구나!"

"……흠흠, 별거 아니에요. 전하의 약혼녀로선 기본 소양이죠. 근데 언니라니……."

"그래. 그녀는 너와 입장이 다르다, 반쪽. 릴리안 영애에게 저 정도는 기본이지."

"……."

칭찬은 그렇게 하는 게 아니다. 이 멍청아! 당연하다고 하면 어떡해! 날 위해서 열심히 해 주고 있다거나. 어? 귀족 영애 중에서도 가장 뛰어나다거나 뭔가 조금 더 다르게 치켜세워 줄 수 있는 말이 있잖아!

"하하, 기보니가 세상에 어디 써여. 그럼 저는 기보니도 업나여?"

"응. 넌 없잖아?"

그러는 너는 눈치도 없냐?

"……이 멍충이 가튼……."

"뭐? 내가 오냐오냐해 주니 너나 네 심복이나 내게 너무 기어오르는구나."

에노쉬가 으름장을 놓았다. 물론 무섭지는 않았다. 말은 저렇게 하지만 딱히 악의가 느껴지진 않았기 때문이다. 나는 내게 악의가 있는 사람과 악의가 없는 사람을 누구보다 빠르게 구분할 자신이 있었다.

"그나저나 이쪽은 누구신가요?"

"주인님의 애완동물입니다."

"……예?"

루실리온이 스스로를 낮춰 표현하는 말에 우아하게 찻잔을 기울이던 릴리안 데이지가 멈칫했다.

"애완동물이요……?"

"네."

릴리안 데이지의 표정이 살짝 경악에 물들더니 내게 시선을 돌렸다.

"아니에여, 제 집에서 잠깐 머무는 칭구예여."

"……아."

"어느 집안의 영식인지……."

"저는 귀족이 아닙니다."

"……귀족이 아니라고요?"

릴리안 데이지는 루실리온을 가만히 보았다. 다과를 먹는 루실리온의 예법은 거의 완벽한 수준이었다. 귀족보다도 더 귀족다웠다는 말이다. 훨씬 더 어린 시절부터 교육을 받지 않았다면 불가능할 정도였다.

"네."

그가 빙긋 웃으며 대답했다.

"오랜만에 나와서 차를 마시니 좋구나. 반죽도 가끔은 쓸 만한 말을 하는 모양이야."

"……반죽 아니라니까여."

"못생긴 반죽."

주먹을 꽉 움켜쥐며 그를 휙 노려보자 에노쉬는 내가 웃겼는지 웃음을 터뜨렸다. 소년의 시원스러운 웃음소리에 릴리안 영애의 무릎 위에 살포시 놓여 있던 손에 살짝 힘이 들어갔다.

"세 분은 언제 그렇게 친해졌는지요."

"그게……."

"그럴 일이 있었어. 영애가 신경 쓰지 않아도 될 일이다."

내가 변명하기도 전에 에노쉬가 단숨에 잘라 냈다. 그러더니 여상하게 찻잔을 기울이는 것이 아닌가.

'황자가 납치된 건이라 극비라도 되는 건가?'

하긴. 황제가 아끼는 황자가 납치되었다고 하기엔 황성이 무척 조용했었다. 황제가 가만히 있을 사람도 아닌데. 그 말은 즉 누군가 의도적으로 얘기가 새어 나가는 것을 막았다는 것이다.

'왜?'

딱히 이유가 없다. 사라진 황자를 찾는 것이 그다지 흠이 되는 일은 아니지 않은가. 물론 2황자가 또 2황자 했다는 소리는 들을 수 있겠지만…….

'설마…….'

에노쉬 저거 납치됐던 일을 알리는 긴 멋없어서 그러는 건 아니겠지……?

"크흠."

에노쉬가 눈치를 주듯 나를 힐끗거리며 헛기침을 했다.

"……아, 그렇군요."

릴리안 영애가 실망한 듯 고개를 푹 숙였다. 황자인 그가 말하지 말라고 했는데 입을 잘못 열었다간 그의 불신을 살 수도 있는 일이었다.

'괜히 미움받고 싶진 않으니까.'

나중에 릴리안 영애에게 따로 얘기해 주자 싶어서 결국 입을 다문 찰나였다.

"2황자 전하께서 납치됐었는데 그때 주인님도 같이 납치되었습니다. 아, 극비사항이니까 누구에게도 말하진 마십시오, 영애."

루실리온이 쿠키를 오독 씹으며 산뜻하게 말했다. 이 자리에 있는 모두가 기함을 토하는 순간이었다.

'네가 방금 대놓고 다 얘기했잖아!'

누구나 다 들을 정도의 소리였다. 황제의 측근은 이미 알고 있었던 내용인지 사용인들은 그다지 반응이 없었다. 다만 그들은 에노쉬의 눈짓을 무시한 루실리온에게 경악한 듯 시선을 보내고 있을 뿐이었다.

"납치라니요……? 누가 감히 한 제국의 황자를……."

황자가 납치되었다는 사실에 놀란 것은 릴리안 데이지뿐이었다.

"그게 아니라, 영애……."

당황한 에노쉬가 엉거주춤 일어나 입술을 달싹이더니 이내 얼굴을 확 일그러뜨리며 루실리온을 보았다.

"너……! 조금 귀여워해 준다고 감히 주제도 모르는 하찮은 평민이……! 여봐라, 이놈을 당장 끌고 가서 저 가벼운 혀를 잘라……!"

"죽은 뒤에 솔직해져 봐야 닿지도 않을 겁니다."

"뭐……?"

"죽기 전에 솔직해지시라는 겁니다."

나는 급히 루실리온에게 다가가 그의 옷자락을 흔들었다.

"야, 왜 그래!"

"아…… 죄송합니다……. 혹시 불쾌하셨나요? 죄송해요……."

내가 잔뜩 굳어서 따지자 루실리온의 표정이 순간 흐려지더니 급히 무릎을 꿇고 내 손등에 뺨을 문질렀다.

"미워하지 마세요, 주인님."

민망해질 정도로 자신을 낮추는 루실리온의 모습에 조금 당황해서 고개를 저었다.

"아니, 미워하진 않구……."

"정말인가요?"

"웅. 언능 이러나."

"감사합니다."

활짝 웃은 루실리온이 내 손등에 입을 맞추며 사리에서 일어나며 에노쉬를 흘긋 보았다.

"전하, 필사적으로 되어도 얻을 수 없는 게 인간의 마음이라는데…… 죽어 가는 마당에 자존심만 세워서 어디에 쓰실 건가요?"

루실리온이 나를 품에 안았다.

"그럼 저희는 가 보겠습니다."

"자, 잠깐…… 어, 언니! 저 이틀 뒤에도 올 건데 언니도 올래여?!"

"……내가요?"

릴리안 데이지가 나를 한차례 보더니 에노쉬를 흘긋 보았다. 에노쉬는 무슨 생각에서 헤어 나오듯 천천히 고개를 들어 루실리온을 노려보더니 인상을 찌푸렸다. 그 표정을 본 릴리안 데이지가 입을 꾹 다물었다.

"미안하지만, 저는……."

"영애가 시간이 된다면 함께해 주면 좋겠어."

에노쉬가 릴리안 데이지의 말을 끊으며 말했다. 예상하지 못한 에노쉬의 말에 릴리안 데이지가 당황한 듯 눈을 크게 떴다. 당황한 건 나도 마찬가지였다. 에노쉬가 저런 말을 할 줄은 몰랐다. 오만하고 고오한, 저 이르게 철든 소년이 자신을 굽힐 줄은 몰랐다.

'부끄럽고 어떻게 대할 줄 몰라서 철벽을 치는 거라고 생각했는데.'

릴리안 데이지가 나를 흘끔 보았다. 내가 냉큼 고개를 끄덕였다.

"……네, 황자 전하께서 초대해 주신 곳이니 물론 가겠습니다."

에노쉬가 무슨 말을 덧붙이려고 하기에 내가 고개를 휙휙 저었다. 그가 못마땅하게 날 보더니 입을 다물곤 고개를 끄덕였다.

"그럼 우리 가께여!"

나는 급히 루실리온의 어깨를 툭툭 쳤다. 그러자 그가 재빨리 몸을 돌렸다.

'피곤해…….'

사랑의 큐피드 역할은 예정에 없었는데.

'모르겠다.'

어차피 망가진 원작, 될 대로 되라지.

\* \* \*

"뭘 그렇게 열심히 보니, 따님."

"아빠? 약초 책 바여!"

황제가 준 책을 한차례 눈으로 훑은 에르노 에탐이 고개를 끄덕였다.

"그래, 요즘 마차 바퀴가 닳도록 황성을 오가더구나. 황자가 마음에 들었니?"

화사하게 묻는 얼굴에서 어쩐지 불온한 기운이 느껴지는 것은 내 착각일까?

"칭구니까여."

"친구······."

"네!"

"꼭 친구가 남자에, 황족일 필요가 있을까?"

에르노 에탐이 한층 해사한 얼굴로 다정하게 물었다.

'······심기가 불편한 것 같은데.'

그동안 그와 함께 지내본 결과 에르노 에탐의 웃음은 확실히 종류가 다 달랐다. 정말 기분 좋아서 웃는 경우도 물론 있었지만 대개는 기분이 나쁘거나 마음에 들지 않아 웃는 때가 많았다.

"하지만······."

"물론 따님이 하고 싶으면 해야지. 강요하는 건 아니란다."

"네······."

나는 요즘 에노쉬를 살릴 방법에 관해 고민을 하는 중이었다. 판타지 세계관인 만큼 분명히 뭔가 특수한 약초가 있을까 싶었던 터다.

'소설 내용에선 딱히 떠오르는 것도 없고…….'

내가 말이 없자 에르노 에탐이 침대에 앉았다. 침대가 크게 출렁거렸다. 그가 침대에 엎드려 데굴데굴 구르는 나를 본인의 무릎에 앉혔다.

"아빠, 에노시는 죽나여?"

"2황자 말이니?"

"네."

"……."

에르노 에탐은 단번에 대답을 하지 않았다. 예전이라면 분명히 머잖아 죽을 거라고 솔직하게 말해 주었겠지. 하지만 그는 달라졌다. 그는 내게 어떤 대답을 해 주려고 할 때 긴 침묵을 가질 때가 많아졌다. 그것이 애정임을 알기에 가끔은 속이 간질간질해서 참을 수가 없었다. 나는 그의 가슴팍에 얼굴을 파묻었다.

'꿈 같네…….'

누군가 내게 상처를 주지 않기 위해서 단어 하나하나를 고심해 준다는 것이 너무나도 꿈만 같았다. 그 사람이 내 아빠라는 사실조차…….

"몸 상태가 그리 좋지 않다는 얘기를 들었다. 하지만…… 매년 고비를 잘 넘겼다더구나."

한참 만에 흘러나온 에르노 에탐의 상냥한 거짓말에 나는 그저 눈을 감았다. 원작이 이대로 진행된다면 에노쉬는 이번 해 겨울에 죽을 거다. 만약 내가 전해 준 약이 아주 약간 도움이 되었다고 해도 내년을 넘길 순 없겠지. 제대로 증상이 발현하지도 못하고 사라진 기생충은 에노쉬의 병을 단순히 조금 악화시키는 것이었다.

"식물도감을 보고 있던 건 그 아이의 병을 고치고 싶어서니?"

"네."

"내 따님이 약초학에도 관심이 있을 줄은 몰랐구나."

"쪼끔여."

사실 약초는 아주 좋아했지만 전생의 내가 그 이외에 다른 취미를 갖지 못했던 탓이긴 했다.

"에노시는 무슨 병이에여?"

"2황자는 선천적으로 약하게 태어난 거라서 어느 의원도 그 병의 이름을 밝혀내지 못했더구나."

실제로 《입.양.각》에서도 병의 이름이 나오진 않았던 것 같다.

'식물도감을 들여다본다고 답이 나오진 않겠지.'

내 표정이 꽤 우울해 보였던 걸까? 에르노 에탐이 나를 바로 앞히곤 내 이마에 본인의 이마를 맞대고 가볍게 문질렀다.

"따님."

"네……."

"어쩔 수 없는 일에 네가 그렇게 슬픈 얼굴을 할 필요는 없단다. 나도 한번 수소문해 보마."

"정말여?"

"그래."

"감사함미다……."

짤막한 팔로 에르노 에탐을 꽉 끌어안자 그가 나직하게 웃으며 등을 토닥거렸다.

"많은 걸 혼자 끌어안지 말거라. 넌 쑥쑥 자라기만 해 주면 돼."

"……네."

"그러고 보니 혹시 콜린 공작을 알고 있니?"

"헉…… 네."

리하르트, 완전히 까먹고 있었다. 분명히 보통 화가 난 게 아닐 텐데. 편지라도 까먹지 말고 쓸걸……. 요즘 정신도 너무 없고 바빠서 생각지도 못했다. 나는 머리를 쥐어뜯으며 낮게 신음했다.

"따님, 그놈…… 아니 그 인간이 죽으면 네게 곤란한 일이 있을까?"

"네……?"

"혹시나 해서 묻는 거란다. 세상엔 혹시 모를 사고가 많이 일어나니까 말이야."

그거 죽이겠다는 거잖아.

'갑자기 왜……?'

에르노 에탐이 설핏 웃으며 내 머리를 부드럽게 쓰다듬었다.

"아, 안 대여……."

일단 리하르트를 다시 고아로 만들 수도 없고 내 아빠가 살인

자인 것도 싫다고. 에르노 에탐의 손길이 우뚝 멈췄다.

"……안 돼? 왜?"

"치, 칭구인데…… 아빠가 업쓰면 슬프자나여……."

"아, 그래. 그러면 적당히 숨만 붙여 놓은 채로……."

그가 아주 작게 중얼거렸다. 물론 그는 작게 중얼거린다고 한 말이지만 내 귀에는 아주 또렷하게 잘만 들렸다.

"아빠, 아저씨랑 무슨 일 이썼써여?"

"아저씨……?"

"네."

"흐음."

에르노 에탐의 어깨가 살짝 우쭐한 것도 같았다. 그러나 이내 에르노 에탐은 조용해졌다. 짧게 한숨을 내쉰 그는 어린애처럼 인상을 찌푸리곤 입을 꾹 다물어 버렸다.

"아빠?"

내가 바짝 고개를 들이밀자 에르노 에탐의 어깨가 움찔거렸다. 그는 짧게 한숨을 쉬더니 결국 입을 열었다.

"내가 우리 따님을 입양하고 싶어서 황제에게 허락을 받으려고 갔는데 콜린 공작이 널 입양하겠다고 절차를 이미 마쳤다더구나."

"……네?"

콜린 공작이 그랬다고? 분명히 리하르트와 남매가 되지 않겠냐고 제안을 하기는 했지만 내가 거기에 답을 하진 않았었다.

그때 대답하지 못한 건 아마도 내가 에르노 에탐에게 미련이 남아 있었기 때문이겠지.

"그래서 죽이거나 사지를 불구로 만들어 양육권을 박탈할 예정인데 어느 쪽이 마음에 드니?"

그가 아주 당연한 이야기를 하는 듯 웃으며 물었다.

"본래라면 죽일 예정이었지만 그게 따님의 마음을 불편하게 할 수 있다면 아무래도 사지 불구 쪽이 더 낫겠지."

아니, 아니. 대체 이렇게 무서운 얘기를 어떻게 아무렇지도 않게 하는 거야.

"아, 아빠……?"

그런 무서운 얘기는 안 하면 안 되는 걸까? 그는 나를 달래려는 듯 뺨을 살살 쓰다듬어 주었지만 그게 안심이 되진 않았다.

"그러고 보니 따님."

"네?"

"따님은 낳아 준 부모에 대해 기억하는 게 있니?"

기억? 그런 게 있을 리가. 잠시 고민해 봤지만 딱히 떠오르는 건 없었다.

'애초에 내 몸도 아니고…….'

《입.양.각》에 딱히 나 같은 조연 엑스트라에 대한 설명은 나오지 않았으니 말이다. 내가 고개를 젓자 에르노 에탐은 어쩐지 조금 안도한 표정으로 고개를 끄덕였다. 그는 가볍게 내 이마에 입을 맞추곤 내가 잠이 들 때까지 한참을 기다려 주었다.

* * *

춥고 싸늘하며 때때로 따뜻한 변덕스러운 봄이 지나고 지독한 더위와 함께 여름이 찾아왔다. 태양이 내리쬐는 여름은 고통스러울 정도로 숨이 턱턱 막혔다. 우리가 함께한 시간은 석 달이었지만 우리는 누구보다 빠르게 가까워졌다. 얼마 남지 않은 시간을 모두가 알고 있다는 듯 우리는 최선을 다해 친해졌다. 그래야만 했다. 그리고 우리의 예상보다도 빠르게 꿈에서 깰 시간이 다가왔다.

나는 오늘도 언제나처럼 사나흘에 한 번씩 있는 에노쉬와 릴리안과의 작은 다과회에 가는 길이었다.

"루시, 이거 언냐랑 에노시가 조아할까?"

"좋아할 겁니다."

그렇게 말한 루실리온이 보란 듯이 커프스 링크를 내게 내보였다. 오는 내내 그는 평소와는 다르게 헤픈 웃음을 입가에 매달고 있었다. 최근 쇼핑을 갔다가 사 온 선물을 전달해 줬을 뿐인데 저렇게나 좋아하는 것이 신기하기도 하고 미안하기도 했다.

'……좀 더 자주 사 줄 걸 그랬나?'

사실 맨날 날 쫓아 온갖 수발을 다 드는데도 루실리온은 정식으로 고용된 것이 아니라 월급도 받지 않고 있었다. 너무 자연스럽게 곁에 있어서 내가 준 선물을 이렇게까지 마음에 들어 할 줄은 몰랐다.

'누군가의 선물을 골라 보는 게 얼마 만이었는지.'

그 옛날 눈앞에서 갈기갈기 찢기고 쓰레기통에 들어간 선물을 본 이후로 살 생각은 하지도 않았는데.

"정말 기쁩니다."

그의 눈동자를 닮은 새파란 커프스 링크가 루실리온의 손목께에서 반짝 빛났다.

"응. 조아했으면 좋겠다."

그렇게 부디 우리의 관계가 조금 더 단단하고 길게 지속되도록.

"의사! 의사를 부르세요! 당장! 황자 전하! 금방 의사가 올 겁니다. 조금만……."

"흐아아악!"

에노쉬의 억눌린 비명에 급히 달려 그의 방 앞에 가자 활짝 열린 방 밖에서 굳어 있는 릴리안 데이지가 보였다.

"언니!"

내 목소리를 들은 릴리안 데이지가 천천히 고개를 돌렸다. 새하얗게 질린 얼굴은 믿기지 않은 것을 본 사람처럼 벌벌 떨리고 있었다.

"에, 에이린……."

"언니 갠차나여?"

"2황자, 전하가……."

고개를 돌리자 침대 위에서 발작하며 온몸을 비틀고 비명을

지르는 에노쉬가 있었다.

"끄흑…… 아아악!"

그가 주변에 있는 물건을 마구잡이로 던지기 시작했다. 문득 고통에 일그러진 에노쉬의 시선이 우리가 있는 쪽에 닿았다. 그의 눈이 확 커지더니 이윽고 고통스럽게 일그러졌다.

"꺼져……!"

그가 근처에 있던 화병을 내던졌다. 화병이 날아와 문 옆에 부딪혀 산산조각이 났다. 그 격렬한 적의와 거부에 당황한 것은 나도 마찬가지였다.

"다 꺼져! 다 꺼지라고! 보지 말고 다 꺼지란 말이야! 꼴도 보기 싫으니까……. 끅……."

에노쉬가 가슴을 부여잡으며 몸을 바짝 웅크렸다.

"꺼져……."

식은땀을 줄줄 흘리며 읊조리는 목소리엔 명백한 거부감이 실려 있었다. 이불보엔 그가 토한 듯한 피가 한 움큼 있었고 그의 발버둥과 거친 행동에 시종과 시녀들은 감히 다가가지도 못했다.

"……."

앞으로 나선 것은 무표정한 얼굴로 에노쉬를 지켜보던 루실리온이었다.

"주인님."

"어……."

"근처에 가서 데이지 영애와 차라도 한잔하고 계세요. 금방 가겠습니다."

"너는……."

말이 끝나기도 전에 루실리온이 성큼성큼 에노쉬의 방으로 들어갔다.

에노쉬가 무언가를 잡으려고 하자 그가 가볍게 에노쉬의 손목을 붙잡아 침대에 처박으며 그를 제압했다.

"이거 놔……! 당장……! 흐윽……."

"다들 나가서 문 달아 주시겠습니까?"

루실리온의 말에 시종 시녀들이 주춤했다.

"아무리 전하의 친우분이라고 하셔도……."

"어서요."

루실리온의 새파란 눈동자에 새하얀 빛의 고리가 걸리는가 싶더니 시종 시녀들이 입을 꾹 다물며 밖으로 우르르 몰려나와 문을 꽉 닫았다.

"어……?"

"갑자기 왜……."

"왜 나오고 싶었더라……."

시종 시녀들은 의아하게 읊조리면서도 다시 안으로 들어갈 생각을 하진 않았다. 루실리온이 뭔가 수를 쓴 게 분명했다.

"……저렇게 아프신 줄은 몰랐어……."

벌벌 떨리는 목소리에 나도 정신을 차리고 릴리안을 보았다.

'일단…….'

루실리온이 문을 닫고 들어갔으니 어찌할 수도 없었다. 릴리안은 내 담당이었다.

"언냐, 가자."

나는 릴리안의 손을 붙잡았다. 얼음장처럼 차가워진 손을 작은 손으로 꼬옥 부여잡으며 나는 그녀를 살살 끌어당겼다.

"의원을 데리고 왔습니다!"

"황자는 어떤가."

"당장 문을 열게!"

시종과 의원의 뒤로 다급한 기색의 황제가 보였다. 굳은 시선이 나와 릴리안에게 닿았지만 그는 말없이 시선을 옮겼다. 나도 지금 그를 상대할 마음이 없었기에 릴리안과 함께 빈 응접실을 찾아 자리를 옮기려 했다.

"아, 그게······."

뒤에서 누군가가 루실리온이 안에 있다는 사실을 설명하는 듯했다.

"당장 강제로라도 열지 못할까!"

분노한 황제의 목소리에 나는 꿀꺽 침을 삼키며 후다닥 도망갔다. 그러지 않으면 잔뜩 분노한 황제에게 《입.양.각》이나 루실리온의 정체에 대해서 줄줄 불어 버릴 것 같았기 때문이다. 내게 거의 질질 끌리듯 걸어오던 릴리안이 응접실 소파에 무너지듯 주저앉았다.

"나는······ 전하가 이렇게까지 아프신 줄은 몰랐어."

"응."

"어떡해……. 정말 돌아가시면 어떡하지?"

어른스러운 척, 강한 척을 하던 어린 소녀가 손바닥에 얼굴을 묻으며 웅얼거렸다.

"지금까지도 여러 번 고비를 넘겼다고 들었는데 어쩐지……."

"……."

"오늘의 황자 전하는…… 멀리 떠나실 것 같았어."

릴리안의 얼굴이 고통스럽게 일그러졌다. 나는 그 표정을 보면서 주먹을 꽉 쥐었다.

"우리가…… 살릴 수 있을지도 몰라."

"어떻게……? 수많은 약초를 써도 어떤 의원이 와도 병명조차 알아내지 못했대!"

꾹꾹 울음을 참던 소녀가 일찍이 철든 후 처음으로 소리를 내지르듯 비명처럼 소리쳤다.

"나는…… 나는……."

릴리안의 숙인 고개 아래로 눈물이 후두둑 떨어져 붉은 러그를 한층 더 짙게 물들였다.

"전하를 사랑해……."

전하지 못했던 고백이 기어코 터져 나왔다. 나는 잠시 그녀를 보다가 릴리안의 팔을 붙잡았다.

"언냐, 내가 책을 봤는데 만병통치약이 있대."

"만병……통치약?"

"응 '드라고니아'라는 약초가 있는데 이거를 먹으면 무슨 병이든 다 낫는대."

"……그런 풀 이름은 처음 듣는데."

"사전에 있었써."

판타지 세계관이니까 만병통치약 하나쯤은 있지 않을까 생각해서 식물도감을 첫 장부터 끝까지 정독한 끝에 알아낸 것이었다.

'키우는 방법 부분이 조금 찢어져 있기는 했지만…….'

사전에 있을 정도면 거짓말은 아닐 거다. 그 약초는 씨앗을 구하기가 무척 어렵지만 키워 내기만 하면 무슨 병이든 치료할 수 있다고 했다.

"그런 약초가 있을 리가……."

그렇게 말하면서도 릴리안의 눈동자는 잘게 떨리고 있었다.

"그래도 해 보자!"

어차피 에노쉬는 죽을 운명이 확정됐다. 저대로 둔다면 무력하게 죽는 걸 지켜보는 수밖에 없었다. 그러니 무엇이든 도전하지 않는 것보단 도전하는 것이 후회하지 않는 길이었다. 그것이 꿈만 같은 이야기라고 할지라도.

릴리안은 가만히 나를 바라보다가 천천히 고개를 끄덕였다. 짙은 보랏빛 드레스가 오늘따라 유독 그녀에게 잘 어울렸다. 나는 활짝 웃으며 릴리안에게 준비해 온 선물을 내밀었다. 그녀의 눈동자를 닮은 주황색 브로치였다.

"선물이야."

"선물······?"

"응. 에노시랑 루시랑 언냐 거랑 내 거! 넷이 세트야."

선물 포장을 풀어 내용물을 본 릴리안이 서툴게 웃었다.

"······예쁘네."

"응."

"이거 차고 계속 같이 다과회를 하면 좋겠다."

릴리안이 자그마한 소망을 뱉었다. 본래라면 결코 이루어질 수 없을 작은 소망이었다. 나는 물끄러미 그녀를 보며 고개를 끄덕였다. 그건 나 역시도 바라는 소망이었다.

똑똑.

그녀가 손수건으로 막 눈물을 꾹꾹 눌러 닦는데 노크 소리가 들렸다.

"네."

짤막하게 대답하자 문고리가 돌아가며 루실리온이 안으로 들어왔다.

"주인님."

"······루시?"

"네."

루실리온은 에노쉬와 몇 차례 몸싸움이라도 있었는지 옷 몇 군데가 조금 구겨져 있기는 했지만 크게 달라진 곳 없이 멀끔했다.

"황자 전하는 괜찮나요?"

릴리안이 급히 물었다. 루실리온은 발갛게 물든 그녀의 눈을 본체만체하며 묵묵히 입을 열었다.

"네. 당장은 괜찮아졌지만 오늘은 별로 만나고 싶지 않다고 했습니다."

"그럼 다음엔……."

루실리온은 잠시 침묵한 끝에 빙긋 웃었다.

"사흘 뒤에 다시 보자고 하더군요."

그 대답에 릴리안이 안도의 숨을 뱉었다.

"에노시는 정말 괜찮나……?"

"네. '오늘은' 괜찮습니다. 하지만…… 위험하긴 하군요."

루실리안의 말에 릴리안 영애의 얼굴이 다시 새파래졌다. 나는 더 묻지 않고 입을 꾹 다물었다.

"오늘은 이만 갈게요. 에이린, 조만간 따로 연락할게요."

"……응."

그녀는 입술을 꾹 깨물었지만 방 밖을 나갈 땐 아무 일도 없었다는 듯 어깨와 허리를 곧게 폈다. 그리고 그날부터 나와 릴리안의 '드라고니아' 약초 키우기 프로젝트가 시작됐다.

\* \* \*

드라고니아 약초는 말 그대로 환상처럼 여겨지는 약초였다. 씨앗을 얻기 위해서는 세 가지 꽃을 먼저 키워서 인공수정을 시켜야 했는데, 그 세 가지 꽃을 키우는 것이 그야말로 지옥 같다고 했다.

첫 번째 꽃은 설빙화였다. 설빙화는 이름 그대로 눈이 내리는 빙하 위에서 자라는 꽃이었다. 몹시 추운 곳에서 싹이 트는 특수한 꽃이었던 터라 나는 칼란 에탐에게 매달려 이런저런 부탁을 해야 했다.

"뭐, 크흠. 여동생이 원한다면 못 해 줄 것도 없지."

"정말?"

"응. 대신 나랑 일주일 동안 같이 손 꼭 붙잡고 자기! 어때?"

"어……."

사실 대가라고 하기엔 너무 쉬웠다. 나는 외로움을 많이 탔고 누구랑 같이 자는 건 좋아해서 당연히 거절할 이유는 없었다.

"조아!"

"정말이지! 약속했다! 너랑 나랑 단둘이서만 자는 거야! 불청객 없이! 알았지?"

"응……!"

"오라버니가 멋지게 키워다 줄게!"

그렇게 설빙화는 칼란 에탐이 키우게 되었다.

두 번째 꽃은 염옥화. 이름에서 알 수 있듯 이번에는 불지옥보다도 더 뜨거운 열기에서만 자라는 꽃이었다. 그러니까 즉 활화산 근처에서나 드물게 볼 수 있는 꽃이라는 얘기다.

"아휴……."

솔직히 이건 어떻게 해야 할지 모르겠다. 설빙화와 염옥화를 수정해서 맺힌 열매를 심어서 새로운 꽃을 만들면 그게 바로 '설옥화'라는 꽃이 된다고 한다. 그 꽃을 또 세 번째 꽃인 '심해화'와 수정해서 나온 열매의 씨앗을 심어 나온 꽃을 불에 태우면 웬 씨앗이 하나 나오는데, 그게 바로 '드라고니아'의 씨앗이라고 한다.

'그 씨앗을 키우는 방법을 모르겠지만······.'

드라고니아 씨앗을 많이 만들어서 이런저런 실험을 해 보면 하나쯤은 싹을 틔우지 않을까 하는 생각이었다. 아, 심해화는 이름 그대로 심해에서 자라는 꽃이다.

'나는 솔직히 능력이 안 되고······.'

키울 자신도 없고 그 꽃을 무사히 가져올 자신도 없다. 칼란에탐에게 꽃 하나를 떠넘겼다고 한들 나에겐 두 가지 커다란 난제가 남았다.

'음······.'

이 꽃을 누구한테 떠넘기지? 나는 팔짱을 끼고 진지하게 고민했다. 내가 키우는 건 애초에 포기했다. 아무리 생각해도 나는 평범한 도마뱀이고 평범한 도마뱀은 염옥화를 구하러 갔다가 도마뱀 구이가 될 거고 심해화 키우러 갔다가 상어 먹잇감이나 될 거다.

"푸후······."

한숨을 푹 내쉬자 뒤에서 그림자가 짙게 졌다.

"솜털아, 어린 것이 무슨 한숨을 그렇게 쉬느냐."

"어……? 하라부지."

"오냐, 아주 황성이나 오고 가더니 나는 쏙 잊었더구나. 고얀 것, 즐거웠느냐?"

어, 왜 토라진 것 같지? 아쉬울 게 많았던 나는 그에게 두 팔을 뻗으며 고개를 저었다.

"아녜여. 보고 시퍼써여……."

"하지 않던 애교를 피우는 걸 보니 바라는 것이 있는 모양이구나."

뜨끔.

정확히 정곡을 찔렸다. 내가 실실 웃자 그가 코웃음을 치며 나를 자연스럽게 품에 안았다.

"네 덕분에 그 망나니 자식이 조금은 사람처럼 굴더구나."

"망나니여?"

"네 아비 말이다. 순 뺀질거리며 후계자 자리를 물려받을 생각도 없이 방탕하게 되는 대로 놀더니 드디어 생각이 들었는지 후계자 자리를 넘겨받았다."

그건 좀 의외네. 전혀 생각 없어 보였는데.

"와아, 추카해여."

어쩐지 그래서 표정이 좀 밝아 보였나? 그는 내 엉덩이를 팔로 받쳐 자연스럽게 날 안은 채 집무실로 들어갔다.

'……어?'

집무실이 이렇게 어지러웠나? 사방에 조각상 같은 것이 많았다. 그것도 도마뱀 조각상. 뭔가 도마뱀 인형도 보였다. 내가 입을 벌리고 집무실을 보자 그가 조금 우악스럽게 내 뒤통수를 눌러 제 가슴팍에 묻게 했다.

"하, 하라부지?!"

"빨리……!"

속닥거리듯 아주아주 작은 목소리로 미르엘 공작이 누군가에게 지시했다. 바스락거리며 사람들이 움직이는 소리가 귀에 다 들리는데 그는 태연하게 집무실 책상 앞 소파에 나를 내려놓았다. 시야가 되돌아왔을 땐 언제 그랬냐는 듯 집무실은 아주 깨끗하고 깔끔했다.

'……어.'

이걸 순식간에 치워 버렸네. 제법 양이 되는 것 같았는데.

'아아, 혹시 덕질이라도 하는 건가?'

하긴 취미 생활이 도마뱀 같은 파충류 조각상을 모으는 것일 수도 있으니까. 덕질을 들키는 건 체통에 좋지 않다고 생각할 수도 있었다.

'……이런 내용은 《입.양.각》에도 없었던 것 같은데.'

역시 소설에는 생략된 게 많은 모양이다.

'수인은 싫은데 파충류는 좋다니…….'

아주 약간 마음이 상하기는 하지만 말이다. 나는 머리를 흔들었다.

'사치야, 사치.'

지금도 충분히 복에 겨운데 더 욕심을 내진 말자. 욕심을 내는 순간 균형은 깨어지기 마련이었다.

"크흠, 방이 좀 지저분했지. 평소엔 정리를 잘 안 해서 말이다."

"갠차나여."

나는 눈치 빠르니까 모른 척해 줄게요. 아무래도 취향은 존중해야 하니까. 나도 말린 약초나 독초 책갈피를 만들어 두는 게 취미였던 시절이 있었지. 고개를 주억거렸다.

"가정교사와 공부하는 건 어떻지? 선생은 네가 아주 뛰어나다고 하는구나."

"재미써여!"

내가 활짝 웃으며 대답하자 눈을 동그랗게 뜬 미르엘 공작이 고개를 불쑥 내밀었다.

"재밌다고?"

"네!"

"그 제왕학이니 예법이니 하는 뭔가가?"

"네!"

사실 그냥저냥이었지만 기껏 사교육을 붙여 준 거니까 싫다곤 할 수 없었다. 그리고 힐 로즈먼트는 처음에 내게 무례하게 굴었던 것만 제외하면 그 이후엔 착실히 교사 노릇을 해 주었다. 끝나고 차를 한잔하자느니 좋아하는 건 뭐냐느니 이상하게 건네는 시시콜콜한 대화만 아니었다면 말이다.

"허어…… 그게 재밌다니 너는 정말…… 타고났을지도 모르겠구나."

작게 중얼거리는 미르엘 공작은 뭐가 그리 기특한지 껄껄 웃으며 내 머리를 엉망으로 헝클였다.

"허…… 참, 네 아비가 네 반만 닮았으면 얼마나 좋았을꼬!"

미르엘 공작이 허탈한 듯 소리쳤다.

'그럼 소설은 재미가 없었겠죠…….'

예의 바르고 공붓벌레인 후계자가 능력 좋은 딸까지 얻어 승승장구하는 얘기가 펼쳐졌을 테니까……. 나는 그냥 빙긋 웃어 보였다.

"그래서 너같이 쪼끄만 것이 뭣 때문에 그렇게 한숨을 쉬었느냐?"

"아…… 꽃이 피료해서여."

"꽃? 말만 하면 화원까지도 가져다줄 것을. 무슨 꽃이냐?"

"염옥화랑…… 심해화여."

내 말이 끝나기가 무섭게 꼬리는 주인의 의사를 반영하듯 축 처지고 미르엘 공작의 미간은 한층 좁아졌다.

"염옥화랑 심해화? 그 까탈스러운 꽃들을 네가 어디에 쓰려고?"

키우기 어려운 만큼이나 모르는 사람이 없는 꽃이었다.

"그냥 피료해서여……."

자세한 얘기는 하지 않기로 했다.

'괜히 허튼 일을 한다고 도와주지 않을 수도 있으니까.'

그런 건 싫었다. 설령 에노쉬가 살아나지 못하더라도 나는 마지막 희망을 걸고 싶은 거다.

"흠…… 그래?"

그러나 미르엘 공작은 자세한 얘기를 캐묻지도 않고 그저 턱을 문지를 뿐이었다.

"알겠다."

그는 가볍게 고개를 끄덕였다. 갑자기 뭐가 알겠는데……?

"소식을 전해 줄 테니 며칠 기다리거라. 그리고 2황자의 몸이 좋지 않아서 한동안 방문은 삼가 달라더구나."

"……네?"

"황제의 직인이 찍힌 연락이 왔단다."

에노쉬가 결국 만나는 것을 고사하기로 한 모양이었다. 나는 천천히 고개를 끄덕였다. 어차피 한동안은 나도 드라고니아를 만드느라 바쁠 테니까.

'릴리안에게 편지를 써야겠다.'

분명히 그쪽도 충격받고 있을 테니까.

"이만 가 보거라."

"네. 안뇽히 계세여!"

나는 꾸벅 고개를 숙이곤 타박타박 걸어가 집무실을 벗어났다.

"아가씨, 대화는 잘 나누셨나요?"

불쑥 튀어나온 얼굴에 나는 그저 입을 꾹 다물며 어색하게 웃었다. 시녀 로랑이었다. 내가 맨날 두고 다녀서 나를 찾으러 다니는 데만 선수가 된 그녀는 오늘도 나를 발견해 냈다.

"미아내, 로랑."

"아니에요. 그러실 수도 있죠. 제가 조금 더 임팩트 있게 기억되지 않은 게 실수일지도 모르겠어요."

"아냐, 아냐……."

그리고 로랑은 내 아픈 부분을 엄청나게 자극했다.

"나 편지 쓸래. 펜이랑 종이 좀 줄래?"

"네, 금방 준비하겠습니다. 아가씨가 이제 절 버리고 도망가지만 않으신다면요."

"안 가께……."

뒤끝이 길게 느껴지는 목소리였다. 사실 그녀가 내 전담으로 재배정된 게 벌써 석 달쨈데 나는 맨날 루실리온이랑 이리저리 돌아다니곤 했으니 말이다.

'근데 루실리온은 대체 언제 나갈 생각인 거지?'

이러다가 정말로 눌러앉는 게 아닌지 걱정될 정도였다.

'아, 편지 쓰는 김에 리하르트에게도 써야지.'

돌아온다던 애가 아직도 돌아오지 않고 있으니 솔직히 화가 많이 났을 것 같았다.

'답장이 오지 않아도…….'

어쩔 수 없는 거겠지. 내가 가볍게 여긴 만큼 리하르트는 이미 날 잊었을 수도 있으니까. 내 잘못이니까 기대는 하지 말자.

"아가씨, 가져왔어요!"

밝은 얼굴로 달려온 로랑이 내게 물건을 내밀었다. 나는 로랑이 가져다준 크레파스와 편지지를 보며 잠시 말문이 막혔다.

"로랑…… 나 펜 줘……."

"앗, 하지만 그게 더 귀여운……."

"으응?"

"아, 아닙니다……. 일단 크레파스로 먼저 연습을 해 보시는 건 어떨까요?"

굳이 펜도 아니고 크레파스로? 로랑이 두 손을 모아 반짝이는 눈으로 날 바라보고 있었다.

'확실히 그립감은 이게 더 좋은데…….'

작은 손아귀엔 크레파스를 주먹 쥐어 잡는 것이 훨씬 편하기는 했다. 나는 검은색 크레파스를 쥐고 편지지에 글자를 적었다.

'일단 리하르트한테…….'

또 까먹기 전에 먼저 쓰자.

리, 하, 르트에게…….

삐뚤빼뚤하고 큼직한 글씨가 편지지 세 줄을 꽉 채웠다.

'아이씨…….'

왜 이렇게 크기 조절이 잘되지 않는지 모르겠다. 크레파스가 굵어서 그런지 글자 크기가 한층 더 큰 느낌이다. 불만스러운 기분에 꼬리가 멋대로 움직여 탁탁 바닥을 내리쳤다.

'앗…….'

감정이 꼬리로 드러나다니. 아무리 생각해도 불편하다.

"크흡……."

두 손으로 입을 틀어막던 로랑이 소매에서 무언가 둥근 것을 꺼냈다. 보아하니 요즘 저택 내에 자주 보이는 영상석이나 사진석인 모양이었다.

"아가씨, 저 따악 사진 한 장만 찍어도 될까요……?"

"으응……?"

"따악 한 장만요……."

로랑이 두 손을 모아 잡고 간절하게 말했다.

'내 사진을 대체 어디에 쓰려는 거지……?'

내 몸이 꽤 귀엽기는 하지만…….

'아, 이게 그 육아물 소설에서 아버지의 팔불출…… 뭐 그런 건가?'

에르노 에탐은 나를 꽤 좋게 생각하고 있으니까.

'그래서 로랑이 저렇게 필사적이구나.'

에르노 에탐이 분명히 하루에 한 장씩 사진을 제출하라고 했을지도 모른다.

"갠차나."

에르노 에탐이 얼마나 무서웠으면 저렇게 두 손까지 모아 잡고 부탁을 하는 걸까?

'아빠가 아빠여서 다행이지 상사였으면 나도 싫었어.'

하하, 하물며 지도 교수였다고 해도 싫었을 거다. 비위 맞추느라 얼마나 고생했을지.

"정말요?"

"응."

엎드려 있는 사진쯤이야, 뭐. 나는 다시 크레파스를 붙잡고 천천히 글씨를 다시 써 내려갔다. 크레파스를 꾹꾹 눌러 글을 쓰는 동안 뒤에선 흥분에 가득 찬 중얼거리는 목소리가 들렸다.

"딱 한 장이야, 로랑. 딱 한 장이라고……. 제대로 찍어야 해. 이 각도보단 저 각도가…… 아니, 이쪽에서 찍어야 꼬리 부분이…… 꼬리가 탁탁……. 하……."

도대체 무슨 말을 하는지도 모를 정도로 뭉개진 발음이 속사포처럼 흘러나와서 살짝 소름이 끼칠 정도였다.

'나 괜찮은 거 맞지?'

위험한 느낌이 드는 건 괜한 착각이겠지? 로랑은 내가 여러 장의 편지를 쓰는 동안 한참이나 무언가를 주문처럼 외우다가 이내 화사한 미소를 지으며 내 편지를 잘 갈무리해서 가져갔다.

'……무섭네.'

나는 편지를 보며 한숨을 푹 내쉬었다.

\* \* \*

리하르트 콜린은 그야말로 우울의 극치를 찍는 중이었다. 처음으로 자기 것처럼 여겨졌던 가족이 자신을 버리고 떠났다. 절대 버리지 않겠다고 했으면서 결국엔 자신을 버렸다. 그 사실이 미치도록 충격적이라서 헤어날 수가 없었다. 간신히 찾은 아버지가 무슨 말을 해도 리하르트는 아무것도 귀에 들어오지 않았다.

"도련님, 편지가 왔습니다."

"필요 없어."

또 귀찮은 사교계 편지나 아카데미 입학 권유 편지 따위일 것이다. 그런 것은 원하지 않았다. 귀족이 되고 싶었던 게 아니다. 그저, 그저…….

'가족을 원했을 뿐인데.'

내가 주운 내 가족이 사라졌다. 내가 살려서, 내 곁에 있겠다고 한 가족이.

"돌려보낼까요……? 에탐 가문에서 왔는데요."

"……뭐?"

"에탐 공작가에서 온 편지입니다. 아, 무슨 선물도 같이 동봉되어 있었어요."

살짝 머리가 멍해졌다. 갑작스럽게 생긴 아버지, 콜린 공작이 전해 주었던 에이린의 소식 중에는 에탐에 관련된 것도 분명히 있었다. 지금 에이린이 그곳에 있다고 했다.

"발신인이…… 아! 에이린 님이라고 하네요."

"내놔!"

리하르트가 시녀에게서 빼앗듯 편지를 받았다. 시녀가 잠시 당황한 듯 눈을 크게 떴다가 이내 허리를 숙이며 두 걸음 뒤로 물러났다.

"용서하지 않을 거야, 못된 뱀뱀이……."

그렇게 말하면서도 리하르트는 조급한 사람처럼 급히 편지 봉투를 뜯었다.

리, 하, 르트에게…….
안녕 리하르트……? 나 에이린이야……. 잘 지내고 있니?
일단은 미안해. 내가 너무 늦게 연락을 했지?

겨우 저만큼 썼는데 편지지 한 장이 꼬박 닳았다. 크레파스로 쓴 큼직한 글씨를 마저 읽고자 리하르트는 다급히 다음 편지지를 펼쳤다.

내게도 사정이 조금 있었어. 나는 지금 에탐 공작가에서 지내고 있어. 약속을 지키지 못해서 미안해. 나는 너와 가족은 될 수 없을 것 같아.

심장이 쿵 떨어지는 말이었다. 리하르트는 두 번째 장에서 느낀 감정을 애써 삭이며 꼬깃꼬깃 접힌 다음 장을 펼쳤다.

그 대신 우리 친구는 어떨까? 나는 친구가 많지 않으니까 너와 친구가 되고 싶어. 지금은 만나기가 어려우니까 일단 펜팔 친구는 어떨까? 편지를 주고받는 친구를 말하는 거야. 매일매일 편지를 쓰자.

"멍청한 뱀뱀이…… 연락이 너무 늦잖아?"

리하르트가 얼굴을 확 구기며 작게 중얼거렸다. 방울방울 맺혔던 눈물이 후두둑 떨어졌다. 버려진 줄로만 알았다. 주먹을 쥐고 눈을 슥슥 닦은 리하르트가 코를 훌쩍이며 마저 다음 장을 읽었다. 눈이 나쁜 사람도 볼 수 있을 정도로 글씨는 정말로 컸다.

만약 좋다면 답장을 써 줘. 싫다면…… 상처 줘서 미안해. 그래도 선물 하나 동봉할게! 할아버지 방에 있어서 하나 달라고 했어. 날 닮진 않았지만 이게 조금이나마 위로가 되면 좋겠어. 그럼 안녕. 다음에 또 네게 편지를 쓸 기회가 있기를 바라며.

― 에이린, 네 뱀뱀이가.

마지막 장까지 읽은 리하르트가 훌쩍였다. 정말 버림받은 줄 알고…….

'다음에 만나면 가둬 두려고 했는데.'

그래도 버린 것이 아니라니 그나마 다행이었다. 리하르트가 뒤에 있는 시녀에게 손을 내밀었다.

"선물! 줘."

"아, 네!"

시녀가 포장을 잘 뜯고 상자를 열어 내밀었다. 안에는 작은 나무 조각이 들어 있었는데 생김새가 뱀뱀이 버전 에이린을 똑 닮아 있었다.

'뭐야, 이 기분 나쁠 정도로 닮은 건……?'

뱀뱀이 버전 에이린을 원하는 만큼 주물럭거렸던 리하르트는 나뭇조각을 만지는 순간 알 수 있었다. 이건 분명히 에이린을 본떠서 만든 것이다.

'비율이 틀렸잖아?'

몸과 꼬리의 비율도 틀렸고 무게도 다르다. 심지어 등에 살짝 있던 오돌토돌한 2개의 종기(?) 같은 것도 보이지 않았다.

"어, 이건……."

옆에서 지켜보던 시녀의 말에 리하르트가 눈을 샐쭉하게 떴다.

"뭐야? 아는 거야?"

"아…… 그게……."

시녀가 당황한 듯 눈을 두렷두렷 굴렸다. 그녀가 무언가 숨기고 있다는 사실을 눈치챈 리하르트가 눈을 매섭게 치켜뜨고 으름장을 놓았다.

"뭔데? 제대로 말하지 않으면 앞으로 네 시중 안 받을 거야."

"예? 아, 아니 근데 하지만 그건 좀…… 엄청 개인적이고 엄청 사생활인 거라서……."

당황한 시녀가 횡설수설 말을 얼버무리자 리하르트의 눈이 한층 뾰족해졌다.

"좋아. 비밀로 할 테니까 어디 말해 봐."

"아, 진짜 안 되는데…… 공작 각하한텐 절대 절대로 비밀이에요. 아셨죠?"

"……좋아, 뭔데?"

리하르트가 콧김을 혹 내뿜으며 고개를 끄덕였다.

"그게 사실은……."

시녀가 울상인 얼굴로 운을 뗐다. 운을 뗀 시녀는 얼굴을 몇 번 쓸더니 손바닥에 얼굴을 한번 묻고 심호흡까지 크게 했다.

"그게…… 뒤에 그런 게 있는데요……."

"그런 거?"

"그, 콜린 공작 각하나…… 에탐 공작 각하 같은 분들을…… 그…… 모시는…… 곳이 있다고 해야 할까요?"

"모셔?"

"그러니까…… 그런 분들의 인형이나 사진이나 그분들이 사용했던 제품과 같은 모델을 값싸게 만드는 등…… 그냥…… 좋아하는 분에 관한 것을 열성적으로 모으는 사람들이 있거든요……."

시녀가 한숨을 푹 쉬며 목걸이 안쪽에서 로켓 펜던트를 꺼냈다. 로켓 펜던트 안에는 콜린 공작의 사진이 있었다. 언제나처럼 날카로운 시선이 아닌 조금은 부드러운 눈으로 어딘가를 바라보고 있는데 아주 미미하게 입꼬리가 올라간 표정이었다.

"이게 한정판 '미카엘 콜린' 공작 각하 컬렉션으로 7개만 나온 로켓 펜던트 중 하나예요. 이런 것들을 모아 두고 파는 곳이 있어요."

"……너 아버지 좋아해?"

리하르트 콜린이 충격받은 얼굴로 시녀를 보았다. 시녀가 당황해서 고개를 냅다 저으며 두 손으로 손사래까지 쳤다. 그녀가 발을 동동 구르더니 몸을 낮춰 리하르트 콜린과 시선까지 맞췄다.

"그, 그게 아니라……. 그런 거 있잖아요! 멋진 인형은 모아 두고 싶잖아요? 그런 것처럼 콜린 공작 각하는 잘생기셨고 아주 멋지시니까…… 그걸 본뜬 인형이나 이런 멋진 장면을 사진으로 만들어서 동경하는 사람들끼리 공유한다고 해야 할까요……?"

설명하던 시녀는 거의 울음을 터뜨리기 직전이었다. 얼굴은 벌겋게 물들었고, 눈에는 눈물이 맺혀 있었다. 수치심 때문인지 귓불까지 새빨갛게 달아오른 그녀를 보며 리하르트가 팔짱을 끼곤 고개를 끄덕였다.

"이성은 아니라는 거지?"

"네! 당연하죠. 마님께서도 계시고 도련님도 이렇게 계시는걸요. 이성으로 좋아하는 게 아니에요. 그냥 닿을 수 없는 것에 대한 동경이나…… 그, 선망! 뭐 그런 거예요."

"그래?"

리하르트가 고개를 끄덕였다.

"그래서 그거랑 이게 무슨 상관인데?"

"거기에…… 이런 시리즈도 있거든요."

"이게?"

"네, '에이린'이라는 수인분 맞죠? 요즘 한창 '마켓'의 신흥 인기인으로 떠오르고 있어요. 굿즈 수도 조금씩 늘어나더라고요."

"이런 게 있다고?"

리하르트 콜린이 제법 정교한 도마뱀 모양의 나뭇조각을 들어 올리며 말했다.

"네. 봉제 인형도 있고 최근 사진도 있어요. 판매자 등록을 하면 직접 만들어 팔 수도 있고요."

"……그래?"

리하르트가 눈을 살짝 아래로 내리깔았다.

'뱀뱀이가 아예 없으면 외로우니까…….'

푹신푹신한 인형 하나 정도는 사도 되지 않을까?

"좋아. 안내해."

"……네?"

"안내해. 가 봐야겠어."

오만한 소년이 턱을 까딱거리며 말했다.

"안내하라고. 그 마켓인가 뭔가."

설마 자신이 모시는 도련님을 거기에 데려갈 줄은 몰랐던 터라 시녀는 울상인 얼굴로 입술만 뻐끔거렸다.

"안 해?"

사납게 눈을 치켜뜨는 소년의 으름장에 시녀가 결국 울며 겨자 먹기로 고개를 끄덕였다. 훗날 리하르트 콜린은 '하트'라는 닉네임으로 '마켓'에서 유명세를 떨치게 된다.

\* \* \*

"에이린."

아침부터 찾아온 칼란 에탐이 뿌듯한 얼굴로 내게 불쑥 얼굴을 내밀었다.

"부탁한 거 다 됐어!"

"벌써……?"

"응, 벌써!"

아직 일주일밖에 되지 않았는데? 신기한 얼굴로 그를 보자 칼란 에탐이 헤실거리며 나를 가만히 바라보았다.

'아!'

나는 냉큼 그를 확 끌어안았다. 그러자 칼란 에탐이 나를 마주 끌어안곤 제자리에서 뱅글뱅글 돌았다.

"조금 어렵고 복잡하긴 했지만 못할 건 아니었어! 네 오라버니는 대단하니까!"

"응……! 오라버니 최고야!"

칼란이 히죽히죽 웃었다.

"그렇지? 내가 최고지? 실리안은 아무것도 못 했어. 다 내가 했다고."

가슴을 주먹으로 팡팡 내리치는 모습에 나는 고개를 끄덕였다. 그가 나를 안고 후다닥 정원 뒤로 향했다. 뒤뜰에는 작은 화단이 새하얗고 투명한 막으로 둘러싸여 있었다. 안에는 새하얀 빙하가 단단하게 얼어 있고 그 위에는 새하얗게 서리가 앉은 꽃이 위풍당당하게 피어 있었다. 손을 대면 녹을 것처럼 살짝 투명하기까지 한 이파리를 가진 아름다운 꽃이었다. 한 송이도 아니고 화단에 가득 핀 설빙화는 족히 100송이는 넘을 것 같았다. 설빙화 100송이가 흐드러지게 핀 광경은 그야말로 말문이 턱 막힐 정도였다.

"약속은 지키기로 했다!"

"응! 오늘부터 밤에 꼬박꼬박 오라버니 방으로 가께."

"좋아……! 내가 따뜻한 우유 준비해 둘게."

칼란 에탐이 입꼬리를 바들바들 떨며 흐뭇하게 고개를 끄덕였다. 100송이라면 연구를 하기에는 충분한 수량이었다.

"근데 이건 뭘 하려고?"

"무슨 꽃의 씨앗을 만드 꺼야."

"꽃의 씨앗?"

칼란 에탐이 이상한 표정으로 나를 보더니 뭐 어떻냐는 듯 고개를 끄덕였다.

"힘내! 나는 조금 자야겠다."

"응. 고마어!"

설마 이렇게까지 해 줄 줄 몰라서 한 번 더 그를 끌어안자 칼란 에탐이 활짝 웃었다.

"내가 더 고맙지. 네가 도와준 일이 더 많은데."

칼란 에탐은 정말 피곤한 모양인지 손을 휘휘 저으며 금세 모습을 감췄다. 그리고 그날 오후 나는 염옥화와 심해화를 그야말로 무더기로 받을 수 있었다. 칼란 에탐의 설빙화 100송이 따위는 그야말로 귀여운 수준이었다.

"……."

"왜? 마음에 안 드냐?"

의기양양하게 나를 데리러 왔던 미르엘 공작이 무섭게 인상을 구기며 물었다.

"아, 아녀."

에탐 가문의 공터 한쪽에 불바다와 물바다가 생겨났다. 특수한 마법이 걸린 듯 투명한 유리 상자에 담긴 거대한 바다와 거대한 용암에 절로 말문이 막혔다.

"하라부지…… 요거……."

"화산을 옮길 수는 없으니 용암을 옮겼단다. 안에는 온도를 유지할 수 있게 마법을 걸었지."

"……."

"이건 그냥 바다를 퍼 왔단다. 간단한 작업이었지. 조금 멀어서 시간이 걸렸을 뿐."

미르엘 공작이 별것 아니라는 듯 가벼운 말투로 말했다. 심해를 그대로 떠온 것처럼 정말로 상자 안에는 심해어로 보이는 물고기도 있었다. 그리고 그 군데군데에 내가 찾는 꽃이 보였다. 문제는 내가 꺼낼 수가 없다는 거지.

"여기 버튼 보이느냐?"

내 생각을 눈치채기라도 한 걸까? 미르엘 공작이 나를 투명한 유리 상자의 한쪽 벽면으로 데리고 가더니 어딘가를 가리켜 보였다. 손바닥을 올릴 수 있는 작은 센서 같은 곳이 있었다.

"여기에 손을 올리면 꽃이 한 송이씩 나올 거란다."

'……싱싱한 꽃 자판기가 있네.'

과학이 발전한 21세기 대한민국보다 더 미래 같은 판타지 세계에서 나는 그저 말문이 막혔다.

"근데 이걸로 뭘 하려는 거냐?"

"꽃을 만들 거예여!"

"꽃? 무슨 꽃을?"

"드라고니아여!"

내 말이 끝나기가 무섭게 미르엘 공작의 표정이 어두워졌다.

"하라부지?"

"……드라고니아 약초는 만병통치약으로 통하지. 그것으로 2황자를 살리고 싶은 것이냐?"

"네."

"확실히 그거라면 살릴 수 있을지도 모르겠구나."

"네. 안 델지도 모르지만여."

미르엘 공작은 나를 내려다보며 몇 차례 입술을 달싹이곤 그저 할 말을 삼키며 설핏 웃었다. 그러고는 커다란 손으로 내 머리를 슥슥 쓰다듬었다.

"잘됐으면 좋겠구나."

그렇게 들려오는 목소리는 단 한 번도 들어보지 못했을 정도로 다정했지만 어쩐지 씁쓸하게도 느껴져서…… 나는 눈을 동그랗게 떴다. 마치 아직 미숙한 어린아이에게 다정하게 용기를 북돋아 주는 듯한 태도였다.

"네."

나는 가만히 그를 보다가 고개를 끄덕였다. 그날부터 나와 릴리안은 거의 매일 만나서 꽃에 대해 공부하고 열매를 맺게 하고 또 그 열매를 심는 일을 반복했다. 그사이에도 에노쉬에게선 연락이 오지 않았다. 다만 루실리온이 혼자서 황성으로 불려 가는 일은 종종 있었다. 무슨 이야기를 나누는지는 몰라도 그는 일주일에 두세 번 에노쉬를 만나러 갔다. 나나 릴리안이 전해 주는 선물이나 편지도 꼬박꼬박 챙겨 갔다. 그사이 나는 리하르트와 자주 편지를 주고받아야 했고 칼란과 약속을 지키기 위해 그와 함께 잠을 잤으며 힐 로즈먼트에게 수업을 받았다.

가을이 막 다가오고 있을 때쯤 염옥화와 설빙화를 수정하는데 성공한 우리는 '설옥화'를 얻는 데도 성공했다. 그리고 그해 겨울이 오기 전 '설옥화'와 '심해화' 수정도 성공해서 100개의 씨앗을 심었다. 그리고 겨울의 초입에 들어섰을 때…… 우리는 마침내 드라고니아의 씨앗을 얻었다. 기나긴 고생의 결실이었다.

그러나 성과가 대단하냐면 그건 아니었다. 조촐하기 짝이 없었다. 100송이 꽃으로 도전했지만 얻은 씨앗은 겨우 8개뿐이었다. 나와 릴리안은 그것을 4개씩 가지기로 했다. 각자 여러 가지 방법으로 키우기로 한 것이다. 그렇게 본격적인 겨울이 찾아왔다.

"그래서 그 드라고니아 약초가 자라지 않는다고?"

"네. 다른 약초 사전에도 드라고니아는 없구…… 키우는 방법도 찢겨서……."

나는 작아진 목소리로 말했다. 황성에서 받아 온 사전 이외엔 드라고니아에 대해 적힌 곳이 없었다. 그렇다고 혼자서 끙끙대 봐야 더는 답이 나오지 않아서 결국 에르노 에탐에게까지 온 것이다. 미르엘 공작에게도 살짝 떠봤지만 그는 말을 얼버무릴 뿐 내게 제대로 된 답을 주지 않았다.

"이제 한 개밖에 남지 않아써여……. 아빠는 혹시 아라여?"

이런저런 방법을 써 봤지만 씨앗은 모두 발아하지 못하고 썩어 가기만 했다. 남은 것은 손에 쥔 것 하나뿐이었다. 릴리안이 이미 자신이 키우던 것은 다 망가졌다며 한참을 울다가 돌아간 후였다.

"……."

내 물음에도 에르노 에탐은 한동안 그저 조용히 입을 다물었다. 그는 어떻게 해야만 내게 이 일을 잘 설명할 수 있을지 깊이 고민하는 듯한 표정이었다.

"씨앗을 얻어 낸 것은 정말 놀랍지만……."

에르노 에탐은 가만히 내 머리를 쓰다듬었다. 그는 한참이나 말을 고르는 듯 입을 열지 않았다.

"그 약초는 더 이상 이 땅에선 자라지 않는단다."

"……왜여?"

"그걸 키우는 데 가장 중요한 재료가 더는 세상에 없으니까."

에르노 에탐이 한참 만에 선고하듯 말했다.

\* \* \*

드라고니아.

통칭 드래곤의 풀이라고 불리는 '전설의 식물'은 이미 오래전에 자취를 감췄다. 드라고니아의 싹을 틔우는 데 필요한 것은 다름 아닌 드래곤이다. 오로지 드래곤만이 키울 수 있는 꽃이 바로 드라고니아였다. 평범한 인간이 아무리 매달리고 노력해 봐야 결코 얻을 수 없다. 씨앗을 얻는 것조차 쉽지 않았다. 예민하기 짝이 없는 생명체들을 낮이고 밤이고 돌봐야 했고 까다롭게 키워야만 했으니까. 하지만 그 전부를 해내고 여기까지 왔을 줄은 에르노 에탐조차 짐작하지 못했다.

"아빠도 안 돼요……?"

"……그래. 미안하구나."

에르노 에탐은 두 손으로 화분을 품고 있는 아이를 내려다보았다. 절망한 시선을 보며 그의 미간이 찌푸려졌다.

'드래곤의 흔적이라곤 전혀 없었으니…….'

매장된 뼈라도 있으면 그 뼈를 갈아다 비료로 써 보라고 했을 것이고 오래된 썩은 피라도 있다면 그것이라도 뿌려 보라고 했을 것이다. 에이린이 하필이면 '드라고니아'를 구한다는 걸 알게 된 미르엘 공작도, 에르노 에탐도 보이지 않는 곳에서 제법 발품을 팔았으나 결국 성과는 없었다. 희석된 드래곤의 피를 가진 그들조차 꽃을 키워 낼 순 없었다. 에르노 에탐은 손바닥에 난 상처를 능숙하게 감추며 아이의 뒤통수를 보았다.

'황제는 이런 서적을 뭐 하러 안겨 줘서는…….'

에르노 에탐은 아이를 달래면서도 속으로 혀를 찼다. 황실이 아니면 '드라고니아'에 대한 정보는 남아 있지도 않았다. 그것을 생각 없이 내어 준 황제에게 헛웃음마저 흘러나왔다.

"……."

에이린은 힘없이 고개를 떨구었다. 밤이고 낮이고 아이가 시도 때도 없이 화단을 드나들었다는 것을 안다. 매일같이 릴리안 데이지를 만나 이야기를 나누고 함께 흙을 뒤집어쓴 것도 알고 있다.

"네……."

에이린이 그의 무릎에서 폴짝 뛰어내렸다. 품에는 여전히 싹이 트지 않은 화분이 안겨져 있었다.

"알고 이쎴어여……."

에이린이 고개를 떨구었다. 그러더니 언제 그랬냐는 듯 활짝 웃으며 그를 보았다. 능숙하게 표정을 숨긴 아이가 해맑은 어린 아이처럼 웃으며 쪼르르 문으로 갔다.

"피고내서 일찍 가 보께여, 아빠."

에이린이 고개를 꾸벅 숙이며 방을 빠져나갔다. 에르노 에탐은 물끄러미 아이가 나간 자취를 눈에 담았다. 축 늘어진 꼬리가 바닥에 질질 끌린 자국이 보였다. 에르노 에탐이 얼굴을 한 차례 쓸었다. 그는 딱히 타인의 아픔에 깊이 공감할 수 있는 사람은 아니었다. 그러니 효율적으로 아이를 달래는 법 또한 알지 못했다. 그저 말을 조금 더 고르고 단어를 신중히 선택하는 것 정도다. 그러나 제 아이가 풀이 죽어 있는 것을 보고 있으면 기분이 썩 좋지는 않았다.

"테렘."

"네."

"2황자의 상태는 어떻다지?"

"썩 좋지 않은 듯합니다. 아마 길어야 내년 봄을 넘기면 다행인 거라고……."

제 앞에 부복한 사내의 대답에 에르노 에탐이 조용해졌다.

"의원이나 병에 대해 수소문해 봤나?"

"네. 선천적으로 약한 몸은 어떻게 할 수 없다고 합니다. 그러한 병명에 대해서도 알지 못한다고 했습니다."

도움을 주고 싶어도 도움을 줄 수가 없었다.

"……그래, 에이린의 친부는?"

"그게, 아예 외국으로 뜬 모양이라서 시간이 조금 더 걸릴 것 같습니다."

"한 달이다. 이미 시간을 많이 준 것 같은데."

"……네, 죄송합니다."

테렘의 말이 끝나기가 무섭게 에르노 에탐이 고개를 까딱였다. 테렘이 모습을 감췄다.

"……따님이 우는 건 보고 싶지 않은데."

그는 짧은 한숨을 뱉었다. 평생 쉴 일이 없었던 한숨이 최근 들어 급격히 늘어난 느낌이었다.

'생소하군.'

칼란이나 실리안을 키울 땐 전혀 느끼지 못했던 감각이었다.

"딸이라 그런가……."

뭘 해도 불안하기만 했다. 아이의 꼬리가 축 처지기만 해도 머릿속이 새하얘지는 기분이었다. 뭘 어떻게 해야 할지 모르는 사람처럼.

"어디 살아 있는 드래곤이라도 있었으면 좋겠군."

드래곤 한 마리를 잡아 드래곤 슬레이어가 되는 것이 차라리 딸 아이의 침울한 모습을 보는 것보단 훨씬 마음이 편할 테니 말이다.

\* \* \*

'……역시 안 되는구나.'

마음 어딘가에선 너무 허울 좋은 꿈만 같은 이야기라고는 생각했다. 가장 필요하다고 생각할 때 운 좋게 나타난 만병통치약에 대한 정보라니. 너무나도 타이밍이 딱딱 맞지 않던가. 무서울 정도의 우연이었다.

'그렇지. 될 리가 없지.'

이미 정해진 운명을 내가 바꿀 수 있을 리가 없었다. 나는 멍하니 화분을 내려다보았다. 마음 한편에서는 분명히 안 될 확률도 생각을 해 뒀을 텐데.

'결국 죽는구나.'

어떻게 해도 달라지진 않았다. 판타지 소설 속이라고 해서 만병통치약 따위가 존재하면 애초에 여주인공이 이미 해결했겠지. 그런 허울 좋은 만병통치약을 구할 수 없었기 때문에 에노쉬는 죽은 것이다.

후두둑.

적당량의 습도를 맞춰 놓은 화분 위로 눈물이 흠뻑 떨어졌다.

"미안내……."

릴리안에게도 에노쉬에게도 미안했다. 릴리안에겐 헛된 희망을 줘서 더 큰 절망으로 빠뜨렸고 에노쉬는 나로 인해 릴리안을 미련으로 두었을 것이다. 어떻게 할 수 없었다면 그냥 모른 척

하는 편이 좋았을 텐데. 도와줄 수 없다면 만나지 않았어야 했다. 오만이었다.

'다 같이 다과회를 한 번 더 하고 싶었을 뿐인데……'

그저 그런 소망이 있었을 뿐이었다. 처음 사귄 친구들이었다. 내겐 늘 친구가 없었는데 친구다운 친구가 생겼으니까. 그 사실에 들떠서 상대를 생각하지 못했다. 울음이 터져 나왔다. 억울함과 미안함과 고통이 뒤섞인, 그저 무력함 때문에 흘리는 눈물이었다.

\* \* \*

"어머, 세상에. 아가씨!"

"응……."

나를 깨우러 온 로랑이 아연실색하여 입을 떡하니 벌렸다.

"세상에, 밤새 무슨 일이 있으셨어요?! 이 고운 얼굴이……."

그녀는 정말 사색이 되어 내 얼굴을 이리저리 살피더니 자신이 더 울상이 되었다. 슬쩍 고개를 돌려 거울을 보니 이게 무슨 몬스터 한 마린가 싶기는 했다. 눈이고 입이고 뺨이고 퉁퉁 불어서는 무슨 심해어 한 마리를 보는 기분이다. 눈도 제대로 떠지질 않았다. 내가 봐도 내 꼴이 말이 아니다.

'그래도 오늘은……'

루실리온이 황성에 가는 날이니까 반드시 따라가야지. 그래서…….

'뭘 해야 하지?'

그냥 언제나처럼 대화를 나누면 좋겠다. 에노쉬가 나으면 좋겠다.

"아이고. 얼른 얼음 가지고 올게요. 대체 밤새 무슨 일이 있으셨던 거예요? 무서운 꿈이라도 꾸셨어요?"

로랑이 다른 시녀를 시켜 급히 얼음과 주머니를 가지고 오게 했다.

"응."

꿈이라면 무서운 꿈이었지. 내 꿈이 깨어지는 꿈이었으니까.

'오늘따라 몸이 뜨겁네…….'

열도 조금 나는 것 같다. 기분이 조금 이상했다. 로랑이 얼음 팩을 가져다 대니 조금 기분이 괜찮아졌지만.

'루실리온에게 가 보자.'

아마 슬슬 나갈 준비를 하고 있을지도 모르니까. 나는 로랑에게 빨리 옷을 입혀 달라고 채근하며 발을 동동 굴렸다. 내 얼굴을 다 식히지 못한 로랑이 결국 내 채근을 이기지 못하고 옷을 입혀 주었다.

'화분 들고 가야지.'

햇볕이 잘 드는 곳에 두었던 화분을 품에 안은 나는 굳을 수밖에 없었다. 에르노 에탐이 키울 수 없다고 단언했던 씨앗에서 아주 작은 싹이 움터 있었으니까.

'뭐지?'

키울 수 없다고 했던 거 아니었나? 루실리온과 함께 마차에 앉아 있으면서도 머릿속이 뒤죽박죽이었다.

"그건 무슨 씨앗인가요, 주인님?"

맞은편에 앉아 있던 루실리온이 바싹 얼굴을 들이밀며 물었다.

"드라고니아래."

"드라고니아……? 아……."

루실리온이 작은 목소리로 읊조리더니 이내 작게 탄성을 내질렀다.

"근데 아빠가 이건 더 키울 수 없는 거래."

에르노 에탐이 망나니인 것에 반해 똑똑하다는 설정을 생각하면 그가 틀릴 일은 극히 드문데 이상한 일이었다.

"역시……."

루실리온이 가만히 아주 작게 난 싹을 들여다보다가 작게 중얼거렸다.

"응?"

"어쩌면 세상에서 주인님만 유일하게 키울 수 있는 걸지도요."

"무슨 마리야?"

"아무것도 아니에요."

루실리온이 해사하게 웃으며 내 옆으로 다가와 앉았다.

"에노시는 괜찮아……?"

"음…… 오래는 못 버틸 것 같아요."

"……이 꽃이 빨리 자라야 하는데…….."

루실리온은 아무런 말도 하지 않았다. 그저 입을 다문 채 내 손을 조용히 잡을 뿐이었다. 그것이 마치 상냥한 위로 같아서 나는 애써 그를 보지 않으려고 노력했다.

빠르게 움직인 마차는 머지않아 황성에 도착했다. 나는 루실리온의 뒤를 졸졸 따라 움직이면서도 터져 나오는 한숨을 참지 못했다. 모든 것이 불확실했다.

"주인님, 아까도 말했지만 황자 전하는 여러모로 예민한 상태라서 주인님을 반기지 않을 수도 있어요."

"……괜찮아."

화분을 전해 주고 싶었다. 꽃이 다 자랄 때까지만 버텨 달라고 하고 싶었다. 바라는 것은 단지 그것뿐이었다.

"황자 전하, 들어가겠습니다."

루실리온은 답지 않게 제법 정중한 어투로 말하며 노크했다. 안에서 답이 들려오지 않았으나 그는 개의치 않고 안으로 들어갔다.

퍽—!

문이 열리는 것과 동시에 베개가 날아와 그의 가슴팍을 때리고 주르륵 미끄러졌다.

"내가 허락하지 않았잖아!"

들려온 것은 날카롭지만 바스러진 사막의 모래만큼이나 메마른 목소리였다. 루실리온의 어깨 너머로 뼈가 보일 정도로 빼빼 말라서 우울한 분위기를 풍기고 있는 에노쉬가 보였다. 눈 아래는 움푹 팼고 마지막으로 봤던 때보다 손목은 가느다래져 있었으며 절망이 서린 눈동자엔 생기보다는 그저 울분만이 가득 내재해 있었다. 코앞까지 다가온 죽음을 견딜 수 없는 듯 소년은 온몸으로 살고 싶다 외치고 있었다. 심장이 쿵 떨어지는 것만 같았다. 나와 릴리안이 열심히 씨앗을 찾는 동안 에노쉬는 죽음과 싸웠을 것이 분명했다.

"왜 들어왔어, 왜! 내가 허락하지 않았는데 대체 왜!"

에노쉬는 손바닥에 얼굴을 묻은 채 밭은 숨을 몰아쉬었다. 그의 주변에는 손수건이 늘어져 있었고 바닥으로 내동댕이쳐진 손수건마다 피가 묻어 있었다. 날카로운 물건이나 위험한 물건은 방 안 어디에도 존재하지 않았다. 던질 수 있는 것이라곤 베개 외엔 아무것도 존재하지 않았다.

"젠장……."

낮게 읊조린 에노쉬가 본인의 머리를 쥐어뜯으며 고개를 푹 숙였다. 이불을 덮은 채 침대에 앉아 있는 소년은 곧이라도 울음을 터뜨릴 것 같았다.

"안 오면 안 온다고 불만을 터뜨릴 거면서."

루실리온이 귀찮다는 듯 낮게 혀를 차며 베개를 줍고는 에노쉬에게 가볍게 던졌다. 깃털 베개가 에노쉬의 얼굴을 맞고 주르륵 떨어졌다.

"무엄한 놈……. 너는 언제까지 황족을 공경하지 않고 오만하게 굴 것이냐?"

"먼저 던지질 말던가요."

루실리온이 나를 흘긋 보고는 성큼성큼 앞으로 걸어갔다. 에노쉬가 그제야 천천히 고개를 들었다. 움푹 들어간 뺨은 그간의 고생을 보여 주었고 말라비틀어진 목과 바싹 마른 나뭇가지 같은 손은 내가 알던 에노쉬가 맞는지 의심스러울 정도였다.

"……뭐야, 너."

루실리온에게 닿던 에노쉬의 시선이 내게 향했다.

"안뇽, 에노시……."

"……반죽."

나는 멋쩍게 웃으며 인사를 건넸다. 그 순간 에노쉬의 얼굴이 새하얗게 질리더니 이내 이를 악물었다.

"너! 이 몸의 허락도 없이 누가 들어오래?! 연락할 때까지 오지 말라고 했잖아! 누구 멋대로 들어와서……."

나는 화분을 든 채 입술만 뻐끔거리다가 그냥 성큼성큼 그에게 걸어가 화분을 한쪽에 올려 두곤 에노쉬를 끌어안았다.

"그냥…… 보구 시퍼써."

에노쉬가 당황한 듯 눈을 크게 뜨더니 입술을 꾹 깨물었다. 그러더니 내 어깨를 밀어냈다.

"동정 따윈 필요 없으니까……."

"아냐, 그냥……."

나는 그의 어깨에 조심스럽게 이마를 문질렀다.

"네가 보고 시퍼써."

몸에서 풍기는 약품 특유의 알싸한 냄새와 약물 냄새에 머리가 어지러웠다. 팔뚝에는 주사 자국이 가득했고 마른 입술은 물어뜯은 흔적들로 가득했다.

"날 비웃기라도 하러 왔어?"

"아니."

"그럼 뭐 하러 왔는데."

"보고 시퍼서."

담담하게 대답하자 에노쉬가 이를 악물었다. 뒤에서 손이 뻗어와 나를 품에 끌어안았다. 안겼던 몸이 훅 떨어지게 되자 당황스러웠다. 눈을 끔뻑이며 고개를 돌려보니 루실리온이 나를 안고 있었다.

"루시……."

"네. 언제까지 끌어안고 있을 거예요?"

퉁명스러운 목소리에 나는 눈을 가늘게 떴다. 얘는 분위기를 못 잡게 하네.

"……그래, 다 죽어 가는 꼴 보니까 만족해?"

에노쉬가 벌게진 눈으로 물었다.

"아니……. 하지만……."

이대로 영영 만나지 못한 채 잃어버리곤 어쩔 수 없었다고 여기는 것이 더 싫다.

"칭구자나. 계속 곁에 있구 시퍼."

"난 싫어. 꺼져."

"······릴리 언냐가 마니 우러써."

그 말에 에노쉬의 어깨가 크게 떨렸다. 일그러진 얼굴로 그가 나를 노려봤다.

"······잊으라고 해."

"너 살리려고 힘내써. 나도, 언니도."

"살려? 제국의 모든 의원이 나를 봤는데도 안 된대! 이번 겨울을 넘기기가 어려울 거래. 넘긴다 해도 봄이 최대래."

내 말이 역린을 건드리기라도 했는지 에노쉬가 울분을 터뜨렸다. 그러나 이내 울분 사이로 울음이 뒤섞이기 시작했다. 나는 그저 멍하니 그를 보았다.

"네가 어떻게 날 살릴 건데?"

"이거······."

나는 화분을 조심스레 내밀었다.

"뭐야? 이게."

"만병통치약이래. 꽃만 자라면 대. 그러면······ 살 쑤 이쓸 거야."

"하······."

그가 허탈하게 웃었다. 멍청한 어린애를 보는 시선엔 경멸마저 담겨 있었다.

'물론 말도 안 되는 것처럼 들리는 건 알지만······.'

미르엘 공작이나 에르노 에탐이나 이 꽃의 존재 자체를 부정하진 않았다. 다만 세상엔 더는 존재하지 않는다고 했을 뿐이다. 그 말은 즉 효능은 진짜배기라는 뜻이다.

"야, 나는……."

에노쉬가 손바닥에 본인의 얼굴을 묻었다.

"더는 싫어. 기대하고 싶지도 않고 실망하고 싶지도 않아. 제발…… 내게 헛된 희망을 심는 건 관둬."

몇 번이고 꺾이고 꺾여 이제 단단한 척 세워 두었던 그 줄기마저 흔들거리기 시작한 소년은 무게를 이기지 못하고 상체를 숙였다.

"날 그냥, 조용히 죽게 내버려 둬."

에노쉬가 기어코 무너졌다. 단단하게 심지를 쌓아 올리며 버티고 있던 아이는 다가올 죽음 앞에서 결국 어떤 말도 할 수 없는 사람이 되었다. 나는 입술을 빼끔거리다가 고개를 떨구었다.

'여기까지 왔는데…….'

포기할 수는 없다. 싹이 자랐다는 건 언젠가 꽃이 핀다는 얘기다. 그러니까…….

"그게 무슨 소린가요……?"

또각.

단정한 걸음 소리에 에노쉬의 어깨가 눈에 띄게 흔들렸다. 나도 깜짝 놀라 고개를 돌렸다.

"릴리 언니?"

"지금 본인이 무슨 말씀을 하셨는지 알고는 계신가요?"

성큼성큼 안으로 들어온 릴리안의 눈에는 발갛게 부은 흔적이 남아 있었다.

"……릴리안 영애? 여긴 어떻게……."

"그건 중요한 게 아니에요. 지금 전하께서 하신 발언은 당신을 살리기 위해서 애쓰는 모든 사람의 노력을 무시하는 발언이에요."

"……시끄러워. 그대가 신경 쓸 일이 아니야."

그는 릴리안의 눈을 피한 채 입술을 달싹였다. 그러더니 이불을 끌어당겨 휙 돌아누워 버렸다.

"나 잘 거야. 전부 돌아가. 다시는 멋대로 쳐들어오지 마."

"전하."

"시끄러워. 시끄럽다고! 입바른 소리 좀 그만해! 그래서 내가 지금 낫고 있어?! 아니잖아! 제발, 제발! 날 그냥 둬. 나는……."

후두둑.

돌아누운 에노쉬의 머리 위로 그림자가 지더니 이내 그의 뺨에 눈물이 떨어졌다.

"……."

에노쉬의 눈이 커졌다. 그가 당황한 듯 엉거주춤 자리에서 일어났다. 어느새 그가 고개 돌린 침대 건너편엔 릴리안이 서 있었다.

"……왜, 영애가 울어?"

"저는, 전하와 계속 만나고 싶습니다."

"……."

"전하와 대화를 나누고 다과를 먹고 시시콜콜한 이야기를 나누다가 몇 년 뒤에는 제 데뷔탕트에 함께 파트너로서 가 주셨으면 해요."

"릴리안 영애."

"그냥 그렇게 나중에는……."

릴리안이 진심을 드러낸 만큼 그녀의 뺨도 축축하게 젖어 갔다.

"설령 그게 안 되더라도 추억을 쌓아도 쌓아도 모자란데, 왜…… 왜 자꾸 전하께선……."

늘 강하고 의연하게만 보였던 릴리안의 약한 모습에 에노쉬가 숨을 크게 들이마시곤 천천히 그녀를 향해 두 팔을 벌렸다.

"미안."

메마른 나뭇가지 같은 가느다란 손가락이 어린 소녀의 머리를 단단하게 끌어안았다.

"내가 잘못했어."

어쩐지 내가 거기에 계속 있으면 안 될 것 같은 분위기였다. 화분을 들고 슬쩍 자리를 벗어났다. 루실리온은 나를 보며 설핏 미소를 지었지만 따라 나오진 않았다.

'기분이 이상하네.'

누군가가 죽을 예정이라고 해서 펑펑 울어 주는 것은 소설이나 드라마 속 얘기라고 생각했다.

'그 사람들은 내가 죽어도 울지 않았겠지.'

아마 드디어 죽었다며 통쾌하게 생각했을지도 모를 일이다.

"으음."

생각하니 우울하군. 아냐. 뭐 기껏 새 가족이 생겼는데 우울해할 필요가 뭐가 있겠어. 꽃이나 열심히 키워서 에노쉬에게 가져다줘야지.

'아, 머리 아프다.'

이상하게 머리가 뜨끈뜨끈했다.

'조금 쉬어야겠다.'

몸이 이리저리 비척거리는 것에 이상함을 느끼며 나는 대충 눈에 보이는 방으로 흐느적거리며 들어갔다.

'여긴 응접실인가……?'

천천히 눈을 감은 나는 밭은 숨을 몰아쉬었다. 푹신하고 널찍한 소파가 보였다. 소파 테이블에 화분을 올려 둔 나는 소파에 기어 올라갔다.

'조금만 자자.'

평소라면 어떻게든 집에 갔겠으나 지금은 눈꺼풀이 무거워서 견딜 수가 없었다. 온몸이 축축 늘어지는 느낌이다. 꼬리가 힘없이 툭 늘어졌다.

'화분, 누가 가져가진 않겠…….'

생각을 채 마치지도 못하고 정신이 순식간에 암전되었다.

\* \* \*

색색거리는 숨소리가 고요하고 평화로운 응접실 안을 울렸다.

투둑.

마치 균열이 일어나듯 작은 소리와 함께 화분에 있던 새싹이 조금씩 크기를 키우며 자라나기 시작했다. 에이린의 몸에서 새어 나오는 은빛 마력을 화분이 게걸스럽게 삼켰다. 훌륭한 양분을 찾았다는 듯 강제로 에이린의 마력을 끌어오는 것처럼도 보였다. 새싹은 순식간에 줄기를 키우며 자라나더니 이내 단단히 줄기를 세우며 봉오리를 맺었다.

방금까지 새끼손톱만 한 새싹이었다곤 믿을 수 없을 정도로 빠른 성장 속도였다. 다만 그럴수록 에이린의 몸은 점점 작게 줄어들었다. 인간화가 점점 풀리는가 싶더니 이내 완전히 도마뱀의 모습으로 바뀌었다. 처음보다 훨씬 커진 에이린의 등에는 둥근 혹 두 개가 볼록 튀어나와 있었다. 이윽고 화분에 맺혀 있던 봉오리는 꽃을 활짝 피우며 마력을 흡수하던 것을 완전히 멈췄다.

힘없이 색색 숨을 내쉬고 있는 작은 도마뱀은 입고 있던 옷에 거의 파묻혔다. 드레스 위로 아주 조금 볼록 튀어나온 것을 제외하면 꼬리가 조금 튀어나온 것이 전부였다. 도마뱀이 되어 사지를 축 벌리고 늘어진 에이린이 불편한 잠을 청하고 있을 때, 응접실 문이 빼꼼히 열렸다.

"……주인님."

루실리온이었다. 마치 에이린이 어디에 있는지 이미 알고 있었다는 듯 자연스럽게 들어온 소년이 어느새 꽃을 피운 낯익은 화분을 바라보았다. 그러고는 이내 널브러진 옷가지를 보곤 옷 사이에서 에이린을 찾았다.

"……보세요. 역시 주인님은 평범한 도마뱀이 아니라니까요."

역시 그가 예상한 대로 에이린은 이미 사라졌어야 할 고대의 잔재였다. 그는 옷을 잘 접어 어디선가 가져온 가방에 챙겨 넣곤 품에 도마뱀을 곱게 안았다.

'드래곤에 대해선 아는 게 별로 없으니.'

난감할 따름이다. 그 존재도 정보도 아득히 옛날에 소실됐다. 수없이 이용당한 드래곤이 더는 자신들의 정보가 세상에 남지 않도록 소멸했다는 이야기도 있었다. 그는 한 손에 든 화분을 에노쉬의 방 안에 놓아두었다.

두 사람은 아직 서로를 끌어안은 채 대화를 나누고 있었다. 릴리안이 본다면 이 화분이 무엇인지 한눈에 알아볼 테니 구태여 설명은 남기지 않았다. 일련의 일을 마친 루실리온은 곧장 황성을 빠져나가기 위해 걸음을 옮겼다. 점점 열이 오르는 에이린의 몸이 평소와는 조금 다르게 느껴졌다. 어쩐지 불안한 느낌을 숨길 수가 없었다.

\* \* \*

"야, 누나야. 진짜 일어날 생각을 안 하네."

"넌 또 여기에 있냐?"

"그러는 형은?"

쏟아지는 햇빛에 눈이 부셨다. 귓가로 파고드는 목소리가 무척 낯익었다. 귀에 익으면서도 그다지 그립지 않았던 목소리.

'왜 내가 여기에 있더라?'

처음으로 사고를 할 수 있게 됐다. 부유하던 정신이 조금이나마 돌아온 기분이었다.

'뭐더라?'

떠오르는 것은 단지 한순간의 기억이었다.

'아…….'

그냥 집에서 잠을 자고 있었던 것 같은데. 아닌가? 사고가 났었나? 커다란 덤프트럭에 치인 것도 같고. 생각하려고 하니 머리가 지끈거렸다.

"그냥, 버릇이지."

또렷한 목소리가 유난히 귓가에 거슬리게 스며든다. 분명히 아까까지만 해도 뭔가를 하고 있었던 것 같은데. 뭘 하고 있었더라? 심해 속에 잠긴 듯 온몸에 기력은 없고 축축했다. 늘 추를 매단 것처럼 무겁던 눈꺼풀이 처음으로 조금씩 움직이기 시작했다.

"진짜 언제 깨어난다냐."

파르르 떨리던 눈꺼풀을 힘주어 열자 쏟아지는 햇살에 조금 고통스러워져 다시 눈을 질끈 감았다.

"……어?"

"또 왜? 너 저번에도 그렇게 말하고……."

"야, 누나 방금 눈 뜬 것 같은데."

"무슨 소리야. 저번에도 결국……."

시끄러운 소리가 귀를 두드렸다. 조금 짜증이 났다. 분명히 햇살 아래에서 기분 좋게 잠들었던 것 같은데 지금은 이 햇빛이 너무 강하게 느껴졌다.

"누나, 일어났으면 눈 떠 봐."

어깨를 붙잡은 거친 손길에 몸을 파드득 떨면서 나는 다시 한번 눈을 떴다. 때맞춰 누군가가 커튼을 쳤다. 사위가 조금 어두워지자 천천히 눈을 떴다.

"……."

"누나?"

눈앞에 불쑥 들어온 청년의 얼굴에 나는 잠시 인상을 찌푸렸다. 불쾌한 감각이 온몸을 지배했다.

"야, 누나 놀라잖아."

뒤에서 잡아당긴 손길에 얼굴을 불쑥 내밀었던 그가 물러났.

"……."

왜, 나 여기에 있지? 툭툭 규칙적으로 떨어지는 링거에 속이 울렁거렸다. 눈앞에 있는 저주스러운 얼굴에 토가 나올 것 같았다.

"아냐……."

숨이 절로 멎는 기분이었다. 나는 여기에 있으면 안 되잖아. 내가 있을 곳은 여기가 아니다.

"누나, 의사 부를 테니까 잠시만……."

"꺼져, 꺼져! 꺼지라고!"

나는 다급히 링거 주삿바늘을 강제로 빼냈다. 바늘 자국에서 피가 솟아나며 뚝뚝 떨어졌다.

"이게 아냐."

살고 싶은 게 아니야. 이런 곳에서 살고 싶은 게 아니라고.

"야, 너 미쳤어?! 이걸 왜 뽑아!"

"이 미친, 누나!"

피가 철철 나는 내 손을 붙잡고 이름조차 기억하고 싶지 않은 둘째가 윽박을 질렀다.

"내 몸에 손대지 말고 꺼져, 꺼져! 꺼져 달라고……. 제발……. 날 돌려보내 줘."

나는 머리를 붙잡으며 중얼거렸다. 현기증이 날 정도로 지독한 알코올 냄새, 병원의 특유의 그 냄새도 끔찍했다.

"돌려보내 달라니 어딜!"

"집……."

"병원은 금방 퇴원할 수 있어. 돌아갈 수 있으니까 좀 진정해 봐, 누나."

나를 왜 다시 여기로 데리고 온 거야. 차라리 그곳에 있게 두면 좋았을 텐데.

"집으로 갈래."

눈시울이 뜨거워지나 싶더니 이내 눈물이 뚝뚝 떨어졌다.

"누나, 울어?"

그들은 무척 놀란 듯 나를 보고 있었으나 그건 그다지 중요하지 않았다. 내가 우는 모습을 보고 무슨 생각을 했는지 두 사람이 누그러진 목소리로 나를 달래려 들었다.

"아, 우리 집은 금방 갈 수 있으니까…… 잠시만. 금방 의사가 올 거야."

"아냐. 그건 너희 집이지. 내 집이 아니잖아."

나는 머리를 움켜쥐며 말했다. 그곳은 단 한 번도 내 집이었던 적이 없는 공간이었다. 톱니바퀴의 어딘가가 어긋난 것처럼 심장이 빠르게 뛰었다.

"뭐……?"

"난 내 가족들이 있는 내 집으로 돌아갈 거야."

고개를 숙인 채 나는 멍하니 읊조렸다. 자르지 못한 머리가 산발로 늘어지고 손등에는 피가 몽글몽글 배어 나오는 구멍이 크게 뚫려 있었다.

"무슨 소리야? 누나 가족은 우리잖아? 어딜 돌아가겠다는 거야?"

"그 자취방이라면 곧 돌아갈 수 있게 해 줄 테니까……."

두 청년의 말에 나는 피식 웃었다.

"난 너희랑 가족 아니야. 가족이었던 적이 없잖아. 나는 불청객이었어."

인생에 제목을 붙일 수 있다면 아마 딱 그런 이름이 붙었을 것이다. '불청객' 그 단어 하나로 내 삶은 정의할 수 있었으니까.

"아빠……."

정신이 한 꺼풀 밖에 있는 듯 이상했다. 마치 타인의 몸에 들어온 것 같은 기분에 나는 멍하니 중얼거렸다.

"아빠…… 어딨어……."

"아빠는 지금 회사에……."

나는 나를 달래듯이 구는 그의 멱살을 붙잡았다.

"제발 내 눈앞에서 사라져. 나는…… 너도 너희 아빠도 너희 엄마도 전부 끔찍……."

'에이린…….'

멀리서 들려오는 작은 목소리에 나는 대번에 눈을 크게 떴다.

"……아빠."

나는 급히 이불을 끌어 덮으며 다시 눈을 감았다. 지금 잠들지 않으면 어쩐지 돌아갈 수 없을 것만 같은 기분이 들었다.

"누나!"

"환자가 깨어났다고 들었는데……!"

나는 눈을 질끈 감았다. 잠들게 해 줘. 제발 부탁이니까. 다시 잠들게 해 줘.

"야, 누나! 차미소!"

그 소원을 이뤄 주듯 정신이 순식간에 바닥으로 꺼졌다.

끼익, 철컹—

마치 꿈과 현실이 다시 뒤바뀌듯 기이한 소리가 났다. 톱니바퀴의 흐름이 뒤바뀌는 것 같은 소리였으나 언제든 다시 돌아갈 수 있다는 유예를 남겨 둔 것만 같은 불안한 소리 같기도 했다. 잘못 끼워져 고장 난 무언가를 다시 고치려는 듯 나는 꽤 긴 시간 어둠 속을 부유했다.

허공을 편안하게 유영하고 또 유영하다 보니 어느 순간 갑자기 눈을 떠야만 할 것 같은 기분에 사로잡혔다. 레몬이라도 한껏 깨문 듯 정신이 퍼뜩 들었다. 화들짝 놀라 눈을 번쩍 뜨자 보이는 것은 에르노 에탐이었다. 시야 가득 들어오는 에르노 에탐의 잘생긴 얼굴에 나는 눈을 끔뻑였다. 그는 놀란 듯 살짝 동공이 커져 있었다.

"꾸웅……."

눈을 끔뻑이는 사이 예상하지 못한 기이한 소리가 흘러 나갔다. 나는 푹신푹신한 방석에 누워 잠을 잔 모양이었다. 둥글게 말고 자던 몸을 살짝 펴자 찌뿌둥한 몸이 한층 개운해졌다.

'긴 꿈을 꾼 것 같은데…….'

무슨 꿈을 꿨더라? 전혀 기억이 나질 않았다. 나는 하품을 길게 하며 주변을 돌아보았다.

"잘 잤니, 에이린."

"뀨꾸!"

미묘하게 목소리가 살짝 굵다. 인사를 하려고 앞발을 툭 들어 올리는데 앞발도 어쩐지 컸다.

'크네?'

도마뱀이라기보단 왕도마뱀이라고 해야 할까? 무슨 손바닥이 나무토막 같은 느낌이었다. 비늘은 웬일인지 평소보다 더 반짝거렸고 크기도 좀 커진 기분이었다. 나는 네발로 툭 일어났다. 시야가 기억하던 것보단 훨씬 높다. 폴짝 뛰어 앉았는데 심지어 앉은 자세도 가능했다.

'……도마뱀이 앉은 자세를?'

이 세계에 '세상에 요렇고 저런 일이?!'라는 프로그램이 있다면 분명히 나는 거기에 나갈 수 있었을 거다. 내가 고개를 갸웃거리자 에르노 에탑이 낮게 웃었다.

"아이는 성장기에 많이 잔다더니 꽤 오래 기다렸단다."

"뀨?"

"돌아온 걸 환영한다, 따님."

나는 활짝 웃으며 그가 벌린 품으로 폴짝 날아올라 안겼다.

파닥파닥.

'……날아?'

내가 어떻게 나는데? 등줄기가 서늘해지는 순간이었다.

## VII

 세상에 날 수 있는 도마뱀이 존재했던가? 아니, 물론 있을 수야 있겠지. 근데 좀 파닥파닥하고 나는 건 이상하잖아. 나는 날개 부근을 열심히 움직였다. 정말로 파닥파닥하는 소리가 났다. 내가 아는 날아다니는 도마뱀은 보통 앞발 밑에 날다람쥐 같은 비막이 달려 있거나 그냥 몸을 날려 나는 뱀 정도만 있는 것으로 안다. 나는 내가 이상한데 에르노 에탐은 모든 걸 예상한 사람처럼 자연스럽게 나를 품에 안고 등을 토닥거렸다.
 '……아니, 뭔가 이상하잖아.'
 정상적이지 않잖아. 어? 이상하다고. 나는 당황한 얼굴로 고개를 들었지만 에르노 에탐은 여태까지 본 어떤 것보다 흐뭇하고 다정한 표정을 하고 있었다. 그걸 보고 있으니 나도 마음이 흐물흐물 녹아내려서 뭐 어떨까 싶었다.

'그래, 뭐 나쁜 건 아니잖아?'

날개도 달렸으니 날아다니는 희귀 돌연변이 도마뱀이 된 거지.

"네가 일어나길 기다렸단다."

"뀨?"

"몸은 어떠니?"

나는 고개를 끄덕이며 앞발로 가슴을 퉁퉁 쳐 보였다. 멀쩡하다는 걸 보여 주기 위해서였다. 그는 나를 이곳저곳 꼼꼼하게 살피더니 이내 내 뺨을 쓸었다.

"방금 일어나서 피곤하겠지만 날 좀 도와줄 수 있겠니?"

에르노 에탐이 내게 물었다. 은근히 초조한 기색이 느껴졌다. 뭔데 그러지? 내가 고개를 끄덕이자 에르노 에탐의 미소가 한층 더 짙어졌다.

'화가 난 건…… 아니겠지?'

이 사람은 화가 나면 날수록 미소가 짙어지니까 어느 쪽이 진심인지 잘 모르겠다. 그래도 손길은 무척 다정해서 굳이 입으로 묻진 않아도 될 것 같았다.

"네게 줄 게 아주 많단다. 무려 5년 치 선물이 밀렸으니까."

"……뀨우?"

5년이라니 무슨 소리를 하는 건지 잘 모르겠다. 내가 고개를 갸웃하자 에르노 에탐은 내 뺨을 몇 차례 쓸었다.

"에이린, 네가 성장을 위해 수면기에 든 후로 5년이 지났단다."

예? 도마뱀의 평균 수명이 몇 년이나 되더라? 내가 입을 떡 벌리자 그는 빙긋 웃으며 자리에서 일어나더니 책상 한쪽에 쌓인 서류 뭉텅이를 내려놓으며 한 장씩 내게 내밀었다.

"자, 일단 여기에 사인을 먼저 해 보겠니?"

무슨 사인을 이런 손으로 하는데요. 뭉툭해서 펜 하나도 쥘 수 없는 손이다. 사실 손이 아니라 앞발에 가깝지.

"발 도장이면 된단다."

사인이 발 도장이라니 그게 더 이상한데. 에르노 에탐이 내 이마에 짧게 입을 맞추었다. 다정한 시선에 가만히 그를 보고 있으려니 에르노 에탐이 붉은 인주를 내 앞발에 묻히며 앞발을 종이에다가 가져다 댔다. 정말 이렇게 한다고?!

툭, 툭, 툭.

눈에 보이지 않을 정도의 빠른 속도로 손을 거의 기계적으로 움직인 에르노 에탐은 이내 둥근 발 도장이 찍힌 두툼해 보이는 서류 뭉텅이를 한군데에 정리했다.

"따님."

내가 고개를 툭 기울이자 그가 인주가 묻은 내 앞발을 조심스럽게 닦으며 날 책상 위에 올려 주었다.

"……물론 나는 따님이 어떤 모습이라도 좋긴 하지만."

그의 커다란 손이 내 머리에 툭 얹어졌다. 온기에 입가가 절로 풀렸다.

"이제 인간으로 바꾸어 주지 않겠니? 오랜만에 품에 안고 싶구나."

나는 작은 몸집의 고개를 젖혀 그를 보았다. 눈을 한차례 끔뻑하자 그가 한쪽 무릎을 꿇으며 나와 시선을 마주했다.

"따님, 부탁해도 될까?"

잘게 흔들리는 것만 같은 눈을 한참이나 바라보던 나는 천천히 고개를 끄덕였다. 만약 불가능하다고 해도 된다고 말해야 할 것만 같은 기분이었다. 그리고 어쩐지 할 수 있을 것만 같았다.

'인간이 되고 싶어.'

그렇게 소망하는 순간 눈앞이 새하얗게 번졌다. 눈을 질끈 감았다가 뜨니 나는 어느새 몸이 불쑥 커져 있었다. 내가 눈을 채 뜨기도 전에 커다란 담요가 내 몸을 둘둘 감쌌다.

"아……빠……?"

아주 오랜만에 발음하는 것 같은 기분이었다. 입술이 열리는 감각도 목소리가 나오는 느낌도 생경하게 느껴질 정도였다.

"그래, 에이린."

그가 담요에 둘둘 감싸인 나를 힘껏 끌어안으며 대답했다.

"보고 싶었단다."

"네……."

어? 뭔가 발음도 멀쩡하게 느껴졌다. 하지만 시야는 여전히 낮았다.

"네가 일어나지 않아서 심장이 떨어지는 줄 알았어. 황제 목을 따 버릴 뻔했지."

"……네?"

그거 반역이에요, 반역. 살벌한 소리를 아무렇지도 않게 한다. 누가 미친 사이코패스 아니랄까 봐.

'그래도……'

이 품에 있으니까 너무 좋았다. 나는 짧은 팔을 힘껏 뻗어 에르노 에탐을 확 끌어안았다. 어쩐지 마음이 확 안정되는 기분이었다.

"아빠……"

"그래, 따님."

나는 아련한 얼굴로 그를 끌어안으며 아까부터 궁금했던 것을 결국 입 밖에 끄집어냈다.

"……정말 5년이 지났어요?"

조금의 혀 짧은 소리도 없이 자연스레 나오는 말을 애써 모른 체하며 나는 에르노 에탐에게 물었다.

"그래."

"……나 혀만 자랐어요?"

왜 말투만 멀쩡하고 키는 그대로인 것 같지? 폴짝 뛰어내려 아래에 섰지만 여전히 키는 그대로다.

'음.'

이상하네. 고개를 설핏 돌려 봐도 역시 키는 그대로였다. 그냥 황금빛 눈동자가 조금 더 기이한 빛을 띠고 있는 것만 제외하면.

'어? 꼬리는 없네.'

늘 살랑거리던 꼬리가 사라졌다. 나도 인간화를 제대로 할 수 있도록 성장한 걸까? 음, 그거라면 뿌듯한 일이지.

"배는 안 고프니?"

때마침 배에서 꼬르륵 소리가 울렸다. 약간 민망함에 뺨을 붉히며 고개를 숙이자 에르노 에탐이 웃었다.

"……고파요."

"일단 식당으로 가자꾸나."

"응."

"그리고 밥을 다 먹은 후에는 5년간 받지 못했던 선물을 받으려무나."

"네!"

나는 힘차게 대답했다. 그가 왜 선물에 집착하는지는 모르겠지만 말이다. 마치 내가 눈을 뜨자마자 그간 벼르고 별렀던 사람처럼 속전속결로 뭔가를 해치우려는 것 같았다.

"……에이린?"

고개를 돌리자 훤칠한 소년이 나를 보고 있었다. 붉은 머리카락에 황금빛 눈동자의…….

'어?'

뭔가 굉장히 칼란 에탐을 닮았네.

"너 일어난 거야?"

칼란 에탐을 닮은 키 큰 소년이 훌쩍 다가와 내게 얼굴을 불쑥 내밀었다.

"미친……."

그가 낮게 신음하듯 욕설을 뱉더니 두 팔을 뻗어 나를 확 끌어안았다.

"너무 늦게 일어난 거 아니냐고……."

"카, 칼란…… 오라버니……?"

"응."

세상에, 진짜였구나.

"키가 컸네……?"

"5년이나 지났으니까."

"엄청 컸네……?"

"5년이나 지났으니까."

에르노 에탐과 이제 겨우 머리통 하나 정도의 차이밖에 나지 않았다.

"진짜네. 꿈이 아니야……. 젠장."

"수, 숨 막혀……."

그는 나를 힘껏 품에 끌어안더니 내 겨드랑이 밑에 손을 넣고 제자리에서 한 바퀴 빙그르르 도는 것도 모자라 내 뺨을 조물조물 만져 대기까지 했다.

"정말 진짜네……."

"칼란, 그만하거라. 에이린이 당황하잖니."

뭇 이성들이 엉엉 우는 것이 아닐까 싶을 정도로 훤칠하게 자란 소년을 보며 나는 입을 벌렸다. 여러분, 꼬꼬마였던 시절이 어제만 같은데 자고 일어났더니 5년이 지났대요…….

"이럴 게 아니지. 실리안도 데리고 와야겠다. 아버지 어디 가세요?"

"식당."

"걔가 너 없어지고 무슨 도마뱀 인형만 모으더니 나중에는 인형 제작까지……. 어휴, 아니다. 너는 몰라도 되는 세계야."

알 수 없는 말을 작게 중얼거리던 칼란 에탑이 내 머리를 슥슥 쓰다듬더니 그 눈부신 외모로 활짝 웃었다.

"무사히 잘 돌아왔어, 에이린."

"……응. 다녀왔습니다."

나는 입안에 맴돌던 말을 간신히 한 글자 한 글자 내뱉었다. 너무나도 해 보고 싶었던 말이었다.

"응!"

그는 내 뺨까지 두어 번 쓰다듬더니 어딘가로 급히 사라졌다.

'실리안도 저렇게 컸으려나?'

장성한 아들들을 보는 기분이 이럴까? 비뚤어짐 없이 흐뭇하게 훈훈한 외모로 자란 걸 보고 있노라니 기분이 묘했다.

"어……? 아가씨?"

이번에는 시녀 로랑이었다. 그녀는 나를 보더니 입을 떡 벌리고 제자리에 굳어선 입술을 빼끔거리다가 이내 커다란 눈물방울을 후두둑 떨어뜨리기 시작했다.

"어……?"

"아가씨이이……."

로랑이 나를 한참이나 보더니 믿기지 않는 듯 다가왔다.

"하……."

에르노 에탐의 짜증 섞인 한숨이 설핏 들렸다. 로랑은 그런 건 아무런 상관도 없다는 듯 다가와 내 손을 조심스럽게 붙잡았다.

"일어나셨군요……."

"으응……."

"다행이에요……."

로랑은 걱정했다는 둥 한참이나 제 앞에서 서럽게 울음을 터뜨리다가 에르노 에탐의 짜증 섞인 목소리에 결국 주춤주춤 물러났다.

"다음에 보자!"

"꼭이에요……. 제가 찾아뵐 거예요……."

"으응."

나는 로랑에게 일부러 방긋 웃으며 손까지 살살 흔들어 주었다.

"뭐가 그렇게 좋아서 웃고 있느냐?"

"네?"

"웃고 있길래 왜 웃나 해서."

내가 웃고 있었나? 더듬더듬 손을 올리니 확실히 입꼬리가 올라가 있기는 했다. 왜 웃냐니…….

"절 걱정해 줬잖아요."

"그래서?"

"그냥 저 걱정해 주고 울어 주고 반가워해 주는 게 너무 좋아서요."

그래, 지금은 그게 너무 좋았다. 그냥 이대로 행복한 것이 즐거웠다.

"……는데."

"네?"

"나도 따님 걱정 많이 했다."

에르노 에탐이 어쩐지 뚱한 얼굴로 말했다. 나는 조금 당황해서 그를 보다가 까르르 웃음을 터뜨리며 에르노 에탐의 목을 확 끌어안았다.

"응. 아빠가 제일 좋아요."

그의 목덜미에 얼굴을 비비며 나는 히히 웃었다.

"……알고 있다."

그는 짧은 침묵 끝에 당연한 소리는 하지도 말라는 식으로 대답했다. 마침 점심시간이기라도 했는지 식당에는 이미 선객이 있었다.

"할아버지?"

"……솜털?"

5년 전이나 지금이나 외모에 거의 변화가 없는 미르엘 공작이 나를 보더니 자리에서 일어났다. 그는 막 식사를 하려고 했던 듯 손에는 식기를 쥐고 있었고 식탁 위에는 이미 진수성찬이 가득했다.

"고얀 놈. 드디어 일어난 게냐, 솜털아."

"……에이린이에여."

솜털 아니고 에이린이라고. 에이린!

"허, 진짜구나. 솜털이 동면에 들어가더니 드디어 일어났구나."

그가 나를 끌어안기라도 하려는 듯 팔을 뻗는 순간이었다. 내 몸이 훅 뒤로 빠졌다. 정확히는 나를 끌어안고 있는 누군가가 뒤로 물러난 것이라고 해야 옳겠지.

"……."

"……."

"따님, 더러운 거엔 닿으면 안 된다."

"……에르노 에탐. 이 패륜아, 사기꾼, 후레자식 같은 것이!"

미르엘 공작의 잇새로 분노에 가득 찬 호칭이 튀어나왔다. 눈에서 불이 뚝뚝 떨어지는 걸 보고 있노라니 내가 잠들어 있던 사이 또 무슨 일이라도 있었나 싶었다.

"봐라. 저런 노망 옮는다."

"이, 이…… 망할 놈의……!"

미르엘 공작은 내가 있어서인지 차마 그 이상의 욕을 내뱉진 못했다. 에르노 에탐은 얼굴색 하나 변하지 않으며 그를 마주했다. 그는 자연스럽게 나를 미르엘 공작이 있던 상석에 앉혔다.

'……으응?'

상석에 내가 왜 앉아? 21세기에서 노인 공경과 장유유서, 약자 보호 등을 배우고 자란 유교걸인 나는 가시방석에 앉은 기분이었다. 내가 엉덩이를 꾸물거리자 에르노 에탐이 빙긋 웃으며 내 이마에 입을 맞췄다.

"금방 방석을 가져오라고 하마."

그가 어긋난 핀트를 붙잡은 채 손가락을 까딱이자 시녀들이 밖으로 나가더니 각자 다양한 색상과 모양의 방석을 손에 쥐고 돌아왔다.

"골라 보렴. 원할 것 같은 방석들이 준비되어 있단다."

나는 눈앞에 늘어진 색색의 방석을 보며 잠시 말을 잃었다. 고양이나 토끼, 호랑이 등 동물 모양의 방석부터 사탕 모양이나 일반 방석 등 종류가 아주 다양했다. 다만 왜 방석 가게도 아닌 공작가에 이렇게 방석이 많냐는 것이 문제다.

"아, 아무거나……."

다 동글동글 귀엽게 생겼다. 내가 간신히 입술을 달싹이자 에르노 에탐은 나를 대신해 고민하는 듯하더니 방석 몇 개를 골라 내 의자에 쌓아 주었다.

'아니……'

근데 아무리 봐도 여기는 미르엘 공작의 자리잖아. 내가 당황해서 미르엘 공작을 보자 그는 황당한 듯 헛웃음을 터뜨리고 있었다. 그러면서도 그는 자연스럽게 상석 바로 아래의 오른쪽 첫 번째 자리에 앉았다. 그리고 미르엘 공작의 맞은편이자 내 왼편에는 에르노 에탐이 자리 잡았고.

'……아니, 뭔가 이상하지 않아?'

왜 다들 아무도 여기에 태클을 걸지 않는 거지? 왜 제일 어린 꼬맹이가 뻔히 할아버지를 두고 상석에 앉아 있는데!

"아빠."

"그래. 따님."

"여기…… 할아버지 자린데……?"

"네 자리란다."

대답은 에르노 에탐에게서 들려왔다.

"아닌데. 할아버지가 앉아 있었는데……."

나는 어떻게든 이 불편한 자리에서 벗어나고자 의견을 피력했다.

"노망이 나서 그렇단다."

"그 노망난 것이 네 아비다, 이놈아. 아주 패륜을 밥 먹듯이 하는구나!"

"노망나도 뇌가 다리 사이에 있다면 그 짓은 할 수 있으니 어쩔 수 없지 않겠습니까."

"……에라이, 미친놈."

미르엘 공작이 나이프를 에르노 에탐에게 날렸다. 에르노 에탐이 코웃음을 치며 고개를 살짝 비스듬히 꺾었다. 뱅글뱅글 날아가던 나이프가 대리석에 푹 꽂혔다.

"……."

진흙도 아닌 대리석에 나이프가 꽂히네. 미르엘 공작은 살짝 던진 것 같았는데 안에 들어간 힘은 그렇지 않았던 모양이다.

'무서운 집안.'

나는 꿀꺽 침을 삼켰다. 그나저나 먹음직스러운 음식들이 후각을 쉬지 않고 자극했다. 당장이라도 먹고 싶었다.

"아빠…… 이 자리 불편한데……."

"아직 인간화를 한 지 얼마 되지 않아서 그런가 보구나."

아니. 그런 거 아니라고요.

"앞으론 네 자리란다."

"여기는 제일 높은 사람이 앉는 자리잖아요."

"그래. 그러니까 네 자리지. 상석은 가주들이 앉는 자리니까. 자, 얼른 먹으렴."

그가 고기를 썰어 내 앞접시에 덜어 주더니 입에 고기를 넣어 주기까지 했다.

'……지금 뭔가 무서운 게 자연스럽게 스쳐 지나간 것 같은데.'

나는 생각하기도 무서워져서 일단 먹는 것에 집중하기로 했다. 현실 외면이었다.

"하읍……."

처음에는 입에 넣는 것만 받아먹다가 어느 순간 정신을 차리니 이미 눈앞에 있는 걸 와구와구 먹고 있었다. 식탁을 가득 채운 양에도 불구하고 어쩐지 부족할 것만 같은 느낌이 계속 들었다. 에르노 에탐이 살짝 손가락을 까딱하자 시녀들이 우르르 빠져나갔다.

"손은 안 된다, 따님."

에르노 에탐은 내가 포크질로는 감당이 되지 않아 버릇처럼 손을 뻗는 것을 가볍게 제지했다.

"싫어……."

왜 밥을 먹지 못하게 하는 건지 모르겠다. 머릿속이 새하얘진 듯 살짝 억울한 감정마저 샘솟았다. 음식에 대한 욕심이 이성을 약간 억누른 기분이었다.

"안 돼."

에르노 에탐이 단호하게 말하며 내 손에 포크를 쥐여 주었다. 내가 뺨을 부풀리며 쳐다보자 그가 내 머리를 가볍게 쓰다듬었다. 덕분에 기분이 조금 나아졌다.

"음식은 도망가지 않으니 천천히 먹거라."

한참이나 불만스럽게 음식을 노려보던 나는 천천히 고개를 끄덕였다.

'아빠가 그렇다는데, 뭐…….'

어쩌겠어.

에르노 에탐은 내 앞접시에 음식이 사라지지 않도록 꾸준히 먹기 좋게 자른 요리들을 덜어 주었다. 덕분에 멀리 있는 음식도 먹을 수 있어서 불만은 차츰 사그라들었다. 열심히 앞접시에 시선을 고정하고 음식을 먹다가 조금 배가 부른 기분에 정신을 차리고 보니 식탁은 이미 텅 비어 있었다.

"아……."

순간적으로 충격이 몰려왔다. 아무리 먹을 게 좋아도 그렇지나 좀 심하지 않았나.

"다 먹었어, 에이린?"

들려온 다정한 목소리에 고개를 들자 어느새 칼란 에탐과 실리안 에탐도 와 있었다.

'그래도 저번처럼 엉망은 아니네.'

포크로 쿡쿡 찍어 먹은 덕분인지 주변이 엉망이거나 내가 식탁 위에 기어오르는 일은 없었다.

'와, 실리안도 엄청나게 컸네.'

시녀가 다가와 내 손을 닦아 주는 것도 모르고 나는 그저 감탄했다.

'에르노 주니어……'

실리안은 에르노 에탐과 꼭 닮은 외양이었다. 날카로운 턱선과 또렷한 이목구비를 비롯해서 말이다. 차분한 얼굴로 실리안이 성큼성큼 다가왔다.

"네가 깨어나지 않는다는 소리를 듣고 너무 놀랐어."

"응. 이제 괜찮아."

"다행이야. 황제를 죽일 뻔했거든."

산뜻한 얼굴로 에르노 에탐과 정확히 같은 소리를 하는 것이 살짝 소름 돋았다.

'실리안이 크면 아빠처럼 되는 걸까?'

에르노 에탐의 머리카락이 조금 덜 곱슬곱슬한 것만 제외하면 도플갱어라고 해도 믿을 것 같다.

"언제 이렇게 쑥쑥 자란 건지."

실리안 에탐이 냉큼 나를 품에 안으며 말했다. 훌쩍 큰 그는 나를 아무렇지도 않게 안아 들었다. 못 본 사이 변한 이들을 보다가 내 짤막하고 변함없는 몸뚱어리를 내려다보니 기분이 이상했다.

"근데 왜 나는 혀만 자라고…… 키는 안 자랐어?"

아무리 잠만 잤다고 한들 몸은 자라 줘야 하는 거 아닐까? 발음만 또렷해지면 뭐 해.

"금세 쑥쑥 클 거란다."

에르노 에탐은 마치 그렇게 확신하는 듯 말했다.

'음, 다 좋은데…….'

왜 내가 이 상석에 앉아 있다는 사실에 태클을 거는 사람이 아무도 없는지는 알 수가 없었다.

"아, 따님. 선물이 있다고 했지?"

그가 가볍게 손을 내밀자 시녀가 에르노 에탐의 앞에 상자를 내려놓았다. 에르노 에탐이 내게 상자를 내밀었다. 얼떨결에 두 손으로 그것을 받아 들자 그가 웃었다.

"축하한다, 에이린. 오늘부로 네가 에탐 가문의 가주란다."

"……네?"

그야말로 청천벽력 같은 소리에 나는 상자를 끌어안은 채 돌처럼 굳어 버렸다. 무슨 이야기가 어떻게 흘러가면 이런 이상한 결말에 이르는 걸까?

'《입.양.각》이 용두사망이라고 해서 가문의 운명까지 용두사망일 필요는 없잖아?'

내가 입을 벌리자 에르노 에탐이 내 상자를 자연스럽게 열어주었다. 안에는 황금색 열쇠가 들어 있었다.

"가문 창고 열쇠란다. 가주만이 가질 수 있지."

"왜……."

그러니까 내가 왜 가주인데?!

"저 아직 다섯 살…… 아니 열 살인데여……?"

"내 귀한 따님은 역대 최연소 가주가 되겠구나."

지금 그게 중요하다고 생각해? 내가 흔들리는 눈동자로 미르엘 공작을 바라보자 공작은 팔짱을 끼고 코웃음을 치고 있었다. 그러나 딱히 이 사태를 말릴 마음은 없어 보인다.

"고얀 놈."

"할아버지……?"

내가 그를 부르자 미르엘 공작은 기다렸다는 듯 발을 구르며 사납게 입을 열었다.

"네 아비가 자기가 공작 작위를 받겠다고 그렇게 성실한 척 생 연기를 하더니! 내가 작위를 넘겨주자마자 네게 곧장 이양하는 서류를 작성하더구나!"

무슨 그런 사기꾼 같은 행동을…… 내가 입을 떡하니 벌리자 에르노 에탐은 자연스럽게 내 뺨을 쓰다듬었다.

"반년 정도는 가주를 했단다."

그가 산뜻하게 말했다.

"그러면서 내 재산의 반을 네게 주었고. 물론 가주의 재산도 네게 넘어왔지. 휴양지가 부족할 것 같아서 네가 쉬는 동안 섬 몇 개도 사 두었고 멀리 가긴 귀찮을 것 같아서 남쪽 땅 하나도 점령했단다."

"……."

나는 에르노 에탐의 말을 단번에 이해하지 못하고 여러 차례 곱씹었다. 아, 물론 여러 차례 곱씹었다고 해서 이해가 됐다는 말은 아니고.

"아, 가주가 됐다곤 하지만 실무는 나와 전 가주님이 할 거란다. 필요한 허락은 네게 받겠지."

그렇게 다정한 얼굴로 줄줄이 말해도 하나도 이해 안 되거든요.

"나 아빠 호적에도 없었잖아요……."

콜린 공작으로 인해 가문에 입적도 못 한 데다가 냉정하게 따지고 보면 타인일 것이 분명한 도마뱀 수인인 내가 대체 어떻게 이 가문의 가주가 되는 거냐 말이다. 하고 싶은 말이 너무 많았다. 에르노 에탐은 내 말을 가만히 듣더니 해사하게 웃었다.

"다 알아서 해결했단다."

"……."

콜린 공작님. 살아 계시는 거 맞겠지? 표정이 너무 산뜻해서 오히려 무서울 지경이다.

"할아버지…… 괜찮아요?"

"떼잉. 괜찮겠느냐! 눈뜨고 코가 베였는데! 네게 넘겨주려거든 최소한 네가 성인이 되어야 하지 않겠느냐."

아니, 지금 그게 문제야? 에탐 가문이 도마뱀한테 넘어가게 생겼는데?! 미르엘 공작은 에탐 가문에 엄청난 자부심이 있다고 들었는데 아니었나?

"아니, 저는…… 하찮은 잡종 도마뱀인데…… 대체 왜……."

단체로 약을 한 걸까? 아니면 사실 병에 걸려서 아프기라도 한 것일까? 당황한 내가 눈동자를 굴리며 작은 목소리로 항의했다.

"……누가."

미르엘 공작의 얼굴이 대번에 사나워졌다. 딱딱하게 굳은 얼굴에서 분노가 느껴졌다.

"어떤 놈이 감히 네게 하찮은 도마뱀이라고 말했느냐!"

"누, 누가 말한 건 아닌데요……!"

나는 화들짝 놀라 반사적으로 대답했다. 곁에 있던 실리안도 빙긋 웃고 있었다.

"말한다고 해서 벌하지 않을 테니 말해 볼래? 그냥 조금 혼만 낼게."

방금 일어났는데 누가 그런 말을 했겠냐고. 단지 정말 그렇다고 생각한 것뿐이다.

'근데 날개 달린 도마뱀…….'

갑자기 떠오른 파닥파닥 날개에 잠시 말문이 막혔다. 외면하고 있었던 현실이 살짝 돌아왔다.

"애초에 네가 왜 도마뱀이야?"

칼란 에탐이 헛웃음을 삼키며 반문했다. 팔짱을 낀 그는 뭔가 답답하다는 듯 나를 보고 있었다.

"너 일어나서 네 모습 안 봤어?"

두어 번 눈을 깜빡인 나는 고개를 끄덕였다.

"아버지, 말 안 해 줬어요?"

"그래. 천천히 말해도 좋을 것 같아서."

"아, 그래요?"

칼란 에탐이 식탁에 턱을 괸 채 픽 웃었다. 그러더니 고개를 까딱이며 입을 열었다.

"너 도마뱀 아니야."

"으응. 도마뱀이 아니구나······."

"드래곤이지."

"아하, 난 드래고······ 응?"

뒤통수를 얻어맞은 기분에 나는 입을 벌리곤 고개를 돌렸다.

"너 드래곤이야."

"왜······?"

내가 왜 드래곤인데? 분명히 손바닥만 한 하찮은 도마뱀이었잖은가. 돌연변이 도마뱀이라고만 생각했다.

'하지만 도마뱀에게 날개는 없지.'

근데 내가 드래곤일 확률보다 도마뱀에게 날개가 있을 확률이 더 높은 게 아닐까?

"거짓말."

난 도마뱀인데? 내가 그런 대단하고 무서운 생명체일 리가 없잖아. 내 동공이 잘게 떨리는 걸 봤는지 칼란 에탐이 성큼성큼 다가왔다. 그는 내 겨드랑이를 붙잡고 나를 가볍게 안아 들었다.

"세상에 남은 드래곤의 핏줄은 오로지 에탐 가문밖에 없어. 그리고 드래곤이 남긴 고대 문헌에 따르면 극히 낮은 확률이긴 하지만 에탐 가문의 핏줄에선 드래곤이 태어날 수도 있대."

어느새 훌쩍 큰 소년이 나를 하늘 높이 안아 들며 웃었다.

"네가 우리 복덩이라는 얘기야, 에이린."

눈이 잘게 떨렸다.

"내가……?"

"응, 네가."

칼란이 나를 힘껏 품에 끌어안았다. 얼떨떨한 기분이었다. 늘 애물단지 역할만 했던 나였는데.

"칼란."

"네에……."

에르노 에탐의 부름에 방해받았다고 생각했는지 칼란 에탐이 뚱하게 대답했다.

"에이린이 놀랐을 테니 내려놓거라."

"……진짜 욕심도 많으셔선."

칼란이 작게 중얼거리면서도 나를 상석에 놓아 주었다.

"따님."

"네."

"일단 디저트나 먹자꾸나."

그가 내 입가에 타르트를 내밀며 말했다. 청포도가 가득 들어간 타르트는 싱그럽게까지 보였다. 먹을 걸 앞에 두니 별로 다른 생각을 하고 싶진 않아졌다. 내가 입을 벌리자 에르노 에탑이 타르트를 입에 넣어 주었다. 양껏 베어 물어 우물우물 씹자 달콤하고 상큼한 향이 입안 가득 퍼졌다.

"우음……."

얼마나 맛있는지 절로 몸이 떨렸다.

"마시써여!"

우물거리며 신나서 대답하자 그가 타르트를 내 접시에 쌓아 주었다. 디저트와 음료까지 가득 먹고 나서야 배가 빵빵해졌다. 포만감에 숨을 훅 뱉었다.

"잘 먹었습니다!"

"잘 먹으니 보기는 좋구나."

미르엘 공작이 내 머리를 슥슥 쓰다듬었다.

"나는 처리할 일이 있어서 이만 가 보마."

"안녕히 가세요!"

"오냐."

"그럼 우리도 이만 가자꾸나. 하고 싶은 말도, 듣고 싶은 말도 많을 테니까."

"네."

에르노 에탐이 자연스레 나를 품에 안았다.

"내일 같이 식사하자, 에이린."

"응. 좋아."

"나도!"

"좋아!"

실리안과 칼란을 마지막으로 상대하곤 우리는 식당을 빠져나갔다. 방으로 돌아가는 내내 에르노 에탐은 말이 없었다. 그리고 나 역시 아무런 말도 하지 않았다.

'드래곤이라고…….'

아무리 생각해도 도저히 믿기지 않았던 탓이다.

　　*[그리고 저런 도마뱀 생태 도감은 필요 없을 겁니다.]*

　　*[……]*

　　*[필요 없다니?]*

　　*[주인님께선 아마도 평범한 도마뱀이 아닐 테니까요.]*

　　*[……도마뱀이 아니라고?]*

　　*[네.]*

문득 예전에 루실리온이 했던 말이 머리 한편을 스쳤다.

'설마 루실리온은 이미 알고 있었던 걸까?'

내가 도마뱀이 아니라는 사실을. 그렇다면 왜 내게 말해 주지 않았지? 의문이 꼬리에 꼬리를 물었다.

'내가 드래곤이라고?'

다시 생각해도 도저히 믿기질 않았다. 확실히 도마뱀 중엔 이런 이상한 색이 없기는 한데. 그래도 갑자기 드래곤이라니…….

'발바닥도 뭔가 비슷하긴 했지.'

둥글고 납작하고. 그래, 마치 왕도마뱀처럼…….

"아빠, 내가 사실 왕도마뱀일 수도 있잖아요."

"네가 잠들어 있는 동안 남쪽 대륙의 코모도 가문을 납치…… 아니, 데려와서 확인한 적이 있지만 아니라더구나."

"……음."

"왜? 네가 드래곤인 게 싫니?"

에르노 에탐의 질문에 나는 고개를 저었다. 종족이 큰 문제가 되는 건 아니지만…….

"만약에 아니면 어떡해요……?"

이렇게 주변 사람들이 기대를 하고 있는데 그 기대에 미치지 못하면 어쩌나 싶었다.

"아니면……."

에르노 에탐이 피식 웃었다.

"아닌 거지."

그는 별것 아니라는 듯 어깨를 가볍게 으쓱였다.

"그럼 그냥 넌 내 딸인 거야. 물론 가주직은 애초부터 줄 생각이었단다."

"네?"

"본래라면 5년 전 네 생일에 줬을 거야. 딱히 네가 드래곤이라서 주는 게 아니다."

어찌나 단호하게 말하는지 불안한 의심마저도 전부 씻겨 내려가는 기분이었다.

"그러니 뭐든지 좋다. 네가 하고 싶은 걸 하렴."

"……."

감동적인 말에 나도 조금 눈시울이 뜨거워졌다. 그러나 아무리 그래도 가주직은 너무한 게 아닌가 싶은데, 그렇게 생각하면서도 그 애정이 좋아서 나는 그냥 고개를 끄덕였다.

"네."

뭔지는 모르지만 열심히 해 보면 되겠지. 아빠의 커다란 손이 내 머리를 슥슥 쓰다듬었다. 나는 그의 품에 안겨 가만히 잠에 빠졌다.

\* \* \*

"에이리인, 좋은 아침."

"언니, 안녕!"

"으응. 우리 에이린 여전히 작고 소중하고 귀여워……."

못 본 새 훌쩍 큰 샤르네가 나를 품에 끌어안았다. 겨우 열세 살밖에 되지 않았을 텐데 이미 훌륭한 사교계의 레이디가 된 것처럼 그녀에게선 기품이 흘렀다.

'역시 여주인공 버프.'

나는 픽 웃으며 샤르네의 머리를 톡톡 두드렸다. 샤르네가 내 뺨에 입을 맞췄다.

"오늘도 놀자!"

"으응. 언니 내 방에 계속 와도 돼?"

벌써 일주일째라고. 샤르네는 내가 눈을 떴다는 소식을 들은 다음 날부터 일주일째 맨날 아침에 왔다가 자기 전에야 간신히 헤어지는 생활을 하고 있었다. 오죽하면 에르노 에탐이 샤르네를 강제로 쫓아내기도 할 정도였다. 물론 그때마다 훌륭하게 성장한 여주인공은 어느새 각성한 제 능력을 이용해 흐물흐물해진 경비를 뚫고 내 옆으로 돌아왔지만.

"하지만 5년 치를 채우려면 24시간 365일을 붙어 있어도 부족해."

"으응……."

하지만 내게도 혼자만의 시간이 필요하단다.

"게다가 오늘은 어차피 같이 황성에 가는 날이잖아."

"언니도 가?"

"응. 난 오늘 네 보호자로 가게 됐어."

샤르네가 콧김을 훅 뿜으며 가슴을 쭉 내밀었다. 제비뽑기에서 승리했다며 당당하게 말하는 목소리가 꽤 자신만만했다.

'제비뽑기라니……'

겨우 황성에 가는 일인데 무슨 그런 거창한 일까지 필요할까 싶어서 나는 그저 웃었다.

"준비는 다 한 거야?"

"응."

"역시 예쁘다."

내가 보기에는 여전히 작은데 말이다. 쑥쑥 자란 샤르네에 비해서 나는 아직 꼬꼬마 시절 그대로였다. 내가 살짝 주눅 든 기색을 보였는지 샤르네가 나를 품에 안은 채 다정하게 입을 열었다.

"드래곤은 사랑을 아주 많이 받아야 쑥쑥 큰대. 잠들어 있는 동안 성장하지 않은 것뿐이니까 걱정하지 마."

"응……."

"우리가 이렇게 사랑해 주는데 아마 금세 키가 3미터가 될지도 몰라."

그건 좀 징그럽고. 내 표정이 썩어드는 것을 본 건지 샤르네가 모른 척 웃으며 내 손을 잡아당겼다.

"가자!"

내가 1층으로 내려가자 에르노 에탐이 와 있었다.

"아빠!"

샤르네의 손을 놓고 내가 도도도 달려가자 그가 나를 단번에 품에 안았다.

"그래. 에이린."

"아빠도 가요?"

"아니. 아쉽지만 오늘은 일이 있단다."

"그래요……?"

이유는 모르지만 어쩐지 실망스러운 기분이 들었다.

'아빠한테 사랑받아야 하는데.'

나도 모르게 문득 든 생각에 입술을 툭 내밀자 에르노 에탐이 내 이마에 자신의 이마를 맞댔다.

"대신 저녁쯤에 데리러 가마."

"정말요?"

"물론."

"네."

허락을 받고 나니 또 기분이 다시 원래대로 돌아왔다.

'이상하네…….'

원래 이렇게까지 아빠의 행동 하나하나에 예민했던가? 그러진 않았던 것 같은데.

"얼른 가자, 에이린."

샤르네가 발을 동동 굴렀다. 내가 픽 웃으며 그녀에게 다가가자 기사가 내게 고개를 숙여 왔다.

"안녕하십니까, 아가씨. 오늘 아가씨의 호위를 맡게 된 질 하이먼츠입니다."

"아, 응."

무뚝뚝한 인상의 남자였다. 단단한 근육과 커다란 떡대는 무슨 일이 있어도 우리를 지켜 줄 것처럼 든든하긴 했다.

"잘 부탁해, 질!"

"……저야말로 호위하게 되어 영광입니다."

그렇게 대답하곤 나를 조심스럽게 마차 위에 태워 주는 그의 귓불이 살짝 붉었다. 날 붙잡은 손아귀에 힘이 조금도 들어가지 않아서 자칫 미끄러지면 어쩌나 싶기도 했다. 질은 밖에서 말을 타고 온다고 했다. 이윽고 나와 샤르네를 실은 마차가 출발했다.

'황성이라니…….'

누군가 나를 찾는다고 해서 가고는 있지만 마음은 좋지 않았다.

'에노쉬는 무사할까?'

에르노 에탐에게 물었을 때 그는 직접 가서 확인하는 게 좋겠다며 말을 아꼈다. 그래서 황성으로 가는 길이 두려우면서도 옅은 기대감을 숨길 순 없었다. 싹이 튼 화분이 있었으니까 릴리안이 그것을 잘 키워서 에노쉬를 낫게 하지 않았을까?

'잘못됐으면 어쩌지?'

가서 맞이한 소식이 그리 좋지 않은 것이면 어떤 표정을 지어야 할지 모르겠다. 황성으로 가는 길목에 살짝 창문을 열어 보았는데 거리의 분위기는 그다지 좋지 않았다. 마지막으로 기억하는 것보다 한층 더 침울하게 가라앉은 느낌이었다. 골목길 안에는 쓰러진 사람도 보였다.

"언니, 요즘 무슨 일 있어?"

"응? 무슨 일? 없는데?"

샤르네의 대답에 나는 가만히 고개를 기울였다.

'그렇다면 괜찮지만…….'

어쩐지 느낌이 싸했다.

'5년……. 여주인공이 열세 살…….'

소설에 무슨 내용이 있었던가?

'그러고 보니 신기하네. 소설에서도 한 5년이 그냥 생략됐던 것 같은데.'

육아물 소설의 특성상 모든 시기를 글로 옮겨 적을 수 없는 터라 때때로 시간을 뛰어넘는 경우가 있었다. 공교롭게 여주인공이 시간을 뛰어넘는 시기와 내가 잠든 시기가 미묘하게 일치했다.

'우연이겠지?'

설마 그런 것까지 소설을 따라가기야 하겠어.

'열세 살이 된 여주인공이 맞이하게 되는 첫 사건이 뭐더라…….'

내가 눈을 가느다랗게 뜨자 샤르네가 환하게 웃으며 얼굴을 불쑥 내밀었다.

"뭐가 그렇게 심각해, 에이린?"

"아냐."

나는 물끄러미 살짝 열린 창문 틈새로 바깥을 보았다. 그 순간 거리에 있는 여자가 무언가를 마시더니 히죽히죽 웃으며 벽에 기대어 앉았다.

"아……."

 생각났다. 이맘때쯤 '하타르'라고 하는 음료로 인해 중독 사건이 일어난다. 하타르는 마치 물처럼 무색투명한데 달콤한 꿀이나 수액과 같은 맛이 나서 남녀노소 할 것 없이 누구나 빠져들었다. 하타르는 신경계를 마비시키는 효능이 있어서 진정제 역할을 대신하는 음료였다. 처음에는 이게 중독성 있는 독약인 줄 모른 채 음료수라고 생각하고 접하다가 순식간에 제국 전역으로 퍼지게 된다. 여주인공도 이걸 마시게 됐다가 힐 로즈먼트와 엮이게 되는 내용이었다. 이 사건의 범인이 힐 로즈먼트는 아니었지만 그는 일찍이 이 일의 범인을 알고도 모른 척했다. 황제 역시 자식이 죽은 충격에 이 하타르 사건을 알면서도 모른 척을 했고 한동안 제국 전역이 엉망이 되었다. 그리고 이 사건이 아마 위태위태하던 황제에게 반감을 품은 이들이 반역을 마음먹은 시초가 되었던 것 같다.

 '그러면 안 되는데.'

 힐 로즈먼트라면 이 일을 막을 수 있을 거다. 그러려면 일단…….

 '힐 로즈먼트의 호감을 사야 하는데.'

 음. 그 미친놈 호감을 어떻게 사지?

 '모르겠다.'

 일단 지금 급한 것은 에노쉬였다.

 "에이린? 무슨 생각 해?"

"응? 아, 그냥…… 떨려서."

"괜찮을 거야."

황성에 도착한 우리는 곧장 황성 사용인의 안내를 받아 응접실로 향했다. 응접실 문 앞에 서자 심장이 쿵쿵 빨리 뛰었다.

'괜찮아.'

괜찮을 거야. 샤르네가 내 손을 꽉 잡아 주었다. 살짝 그녀를 보곤 고개를 끄덕이자 시종이 문을 열어 주었다. 문이 활짝 열리자 정면에서 쏟아지는 햇빛에 눈이 부셔 눈을 잠깐 감았다가 떴다. 천천히 돌아오는 시야에 나는 그저 멍하니 숨을 멈췄다. 역광에 비쳐 윤곽이 조금 흐릿하긴 했지만 목소리는 익숙했다.

"5년이나 지났는데도 여전히 쪼끄만 반죽이구나, 너는."

오만불손하면서도 그리운 말투에 나는 그저 잠시 넋을 잃은 채 자리에 우뚝 서 있었다.

"왜 거기에 있어? 오랜만에 본 친구를 안아 줄 마음도 없나 보지?"

훤칠한 키와 자잘하게 붙은 듯한 근육 그리고 단단해 보이는 어깨에 잠시 넋을 놓은 나는 그가 벌린 품을 가만히 보았다.

"언제까지 이 몸이 팔을 벌리고 있게 할 거야? 황족 모독죄로 갇히고 싶어?"

오만한 말투지만 그 안에 악의는 없었다. 짓궂은 장난기라면 느껴졌지만 말이다.

"야, 슬슬 진짜 팔 아프다. 반주……."

나는 후다닥 달려가 앉아 있는 그의 품에 덥석 매달렸다.

"어이구, 참나……."

그는 살짝 놀란 듯 보였지만 이내 웃으면서 나를 품에 꽉 끌어안았다.

"오랜만이야, 반죽."

에노쉬는 마지막으로 봤을 때보다 훨씬 건강해진 모습으로 여전히 오만한 얼굴을 한 채 인사를 건넸다.

"무사했구나…… 에노쉬."

"이 몸이 누군데 쉽게 죽겠어? 당연히 무사하지. 뭐…… 네가 쓰러진 뒤로 에탑 놈들에게 암살 위협을 좀 받긴 했지만."

뒤에 덧붙이는 말은 살짝 모른 척한 채 나는 에노쉬를 한참이나 보았다. 나는 가만히 그를 품에 끌어안은 채 입술을 꽉 깨물었다.

"다행이다……."

무사해서 다행이었다. 내가 어쭙잖게 나선 일이 단순한 희망 고문으로 끝나지 않아서 다행이었다.

"야, 우냐?"

"안 울어."

홀쩍.

나는 에노쉬의 가슴팍에 얼굴을 좀 더 묻었다.

"우는데?"

"콧물이야."

"이 반죽이 감히 황족을 코 푸는 손수건으로 쓰네."

그러면서도 에노쉬는 나를 끌어안은 팔을 쉽게 풀어 주진 않았다. 내가 한참을 얼굴을 묻은 채 훌쩍이다가 고개를 들자 에노쉬가 풉, 웃음을 터뜨리곤 키득거렸다.

"뭐……!"

"야, 너 진짜 못생긴 반죽이다."

"……너는!"

나는 에노쉬를 노려보다가 입을 꾹 다물었다.

'잘생기긴 겁나 잘생겼네…….'

에이씨.

지적할 부분이 딱히 눈에 들어오지 않았다. 날카로운 눈매가 둥글게 휘어졌다.

"인사가 다 끝났으면 제게도 기회를 주지 않겠어요, 전하?"

"아, 그렇지."

에노쉬가 나를 덜렁 안아 들더니 옆자리에 앉혔다. 고개를 들자 눈에 익은 소녀가 눈앞에 앉아 있었다.

"오랜만이에요, 에이린."

"……릴리 언니?"

한층 화려하게 피어난 그녀를 보며 나도 모르게 입을 벌렸다.

"언니가 아깝다……."

내가 반사적으로 중얼거리자 릴리안이 웃음을 터뜨렸다. 방울이 울려 퍼지는 듯한 맑은 웃음소리에 나도 모르게 입을 벌렸다.

'악녀여도 멋있겠는데…….'

화려한 붉은 머리카락의 릴리안은 마지막으로 봤을 때보다 한층 밝은 얼굴이었다.

"보고 싶었어요, 에이린."

릴리안이 두 팔을 뻗어 나를 냉큼 품에 끌어안았다.

"에이린."

"네?"

그녀가 나를 품에 끌어안은 채 입을 열었다.

"황자 전하를 살려 줘서 고마워요."

"……."

"나랑 같이 머리를 맞대고 끊임없이 고민해 줘서 고마워요."

"언니?"

"이렇게 돌아와 줘서 고마워요."

그 진심 어린 다정한 목소리에 나는 그저 조금 넋을 잃은 채 그녀의 품에 안겨 있었다.

"에이린이 피워 준 꽃 덕분에 전하께서 무사히 눈을 뜨셨습니다."

"응, 다행이에요."

내가 활짝 웃자 릴리안이 물끄러미 날 보다가 한숨을 푹 쉬곤 고개를 들었다.

"전하, 역시 첫째는 에이린 같은 딸이 좋겠어요."

"그대는 이 반죽이 뭐가 예쁘다고……."

에노쉬가 릴리안의 품에 안긴 내 뒷덜미를 덜렁 들어 올리며 말했다.

"……."

"아니, 예뻐. 예쁘네. 나도 영애가 좋다는 아이면 다 좋아. 아예 반죽을 입양해서 키워도 좋겠지."

릴리안의 매서운 시선에 대번에 꼬리를 만 에노쉬가 나를 둥개둥개 어르는 척하며 말했다.

"저기 나 열 살이거든?"

"그래그래, 꼬마 반죽아."

에노쉬가 픽 웃으며 내 머리를 슥슥 문질렀다.

"야."

"왜?"

"사랑한다."

"……네?"

에노쉬는 제가 말해 놓고도 멋쩍은 듯 냉큼 나를 릴리안의 품으로 돌려주었다.

"에이린, 저도 사랑해요."

"……네?"

둘 다 왜 이래. 내가 당황해서 떨떠름한 기색을 보이자 릴리안도 약간 민망한 듯 손바닥으로 본인의 뺨을 쓸었다.

"……에이린은 사랑을 많이 줘야 쑥쑥 큰다고 하더라고요."

"아……."

"귀여운 에이린도 좋지만 역시 제 또래의 에이린이 더 좋으니까요. 그래야 다과회도 초대할 수 있고요."

내가 기억하는 에노쉬의 마지막 나이는 열두 살이었고 릴리안의 나이가 열 살이었다. 그러니까 지금은 에노쉬가 열일곱 살 릴리안이 열다섯 살이 되었을 것이다.

'에노쉬는 또래라고 하기엔 좀……'

나는 힐긋 에노쉬를 보았다. 응. 쟤는 이제 좀 어른이지.

"너 눈이 좀 불손하다?"

"아닌데?"

"아니. 맞는데."

"아닌데?"

"맞다고. 이 멍청한 반……죽은 귀엽기도 하지."

유치하게 굴던 에노쉬가 냉큼 말을 바꾸었다. 릴리안의 표정이 아주 매서웠던 모양이다.

"아, 그러고 보니 아바마마랑 어마마마께서 네게 선물을 줄 게 있다고 하셨는데."

"황제 폐하가?"

"응. 공작가로 돌아가기 전에 들러 봐."

"알겠어."

고개를 끄덕이자 그가 그제야 내 뒤를 흘긋 보았다.

"샤르네 영애도 오랜만이군."

"오랜만에 뵙습니다, 황자 전하. 데이지 영애."

"그래. 오늘은 보호자 역할로 그대가 왔군? 에르노 에탐이 올 줄 알았더니."

"제비뽑기에서 제가 이겼거든요."

뒤늦은 관심에도 샤르네가 웃으며 말했다.

"허, 지원자가 많았던 모양이지?"

"네. 공작 각하…… 아니, 전전 공작 각하께서도 지원하셨거든요."

"……전전? 에탐 공작이 정말로 그 말도 안 되는 일을 실행했군."

에노쉬가 황당하다는 듯 웃었다. 아니, 나만 모르는 소문이 대체 어디까지 퍼져 있는 거야.

'나만 내가 가주 되는 줄 몰랐어?'

몰랐겠지. 잠이나 질펀하게 자고 있었으니까. 도대체 잠을 이렇게까지 오래 잔 이유가 뭔지 모르겠다.

'성장기의 드래곤…….'

내가? 여전히 황당한 것도 사실이었다.

우리는 앉은 채 예전처럼 다과를 함께하며 이런저런 대화를 나눴다. 세상이 바뀌었다든가 내후년쯤 릴리안이 성년식을 치르면 결혼을 할 거라는 등 시시콜콜한 이야기였다.

"그나저나 반죽, 너 아직 루실리온은 못 만난 거냐?"

"아, 루실리온……."

그러게. 돌아와서 정신이 없어서 눈치를 못 챘는데 루실리온도 있었다.

'집으로 돌아갔나?'

신전이 그의 집이고 미래의 대신관이니 이미 돌아갔을 수도 있겠다는 생각이 들었다.

"응."

늘 졸졸 쫓아다니던 그가 없다는 사실이 조금 신기하긴 했지만 평생 함께할 수 없다는 사실도 알고 있었다.

"집에 간 게 아닐까?"

"집? 신전 말인가? 별로 거길 돌아가고 싶어 하는 것처럼 보이진 않았는데……. 나도 못 본 지 한두 해는 된 거 같군."

에노쉬가 팔짱을 끼곤 말했다.

'그래도 루실리온이라니…….'

그사이 정말 친구라도 된 모양이었다. 어쩐지 흐뭇한 기분에 고개를 끄덕이자 에노쉬가 얼굴을 일그러뜨렸다.

"야, 너 또 무슨 생각 했어?"

"음, 루실리온이랑 에노쉬가 친구가 됐다는 생각?"

"허, 그 예의 밥 말아 먹은 게 친구는 무슨……."

"저렇게 말하지만 루실리온 경이 필요로 하는 건 전부 구해다 줬어요."

"아하."

하여튼 이 입만 걸걸한 황자. 츤데레처럼 군다니까. 나는 음흉한 눈으로 그를 보며 고개를 끄덕였다.

"릴리안!"

"왜요?"

"아니. 내가 언제 그랬다고……."

"제 말이 틀렸나요, 전하?"

"그건 아닌데……."

못 본 새에 굉장히 우위가 바뀌었네. 릴리안이 에노쉬의 위에 앉아 있는 것이 훤히 보였다. 에노쉬가 나와 릴리안을 번갈아 보더니 짧게 한숨을 내쉬며 소파에 기대어 앉았다.

"생각해 보니 마지막으로 가져다준 성물이 거물급이었던 걸 보면…… 신전으로 다시 들어가는 게 거래였을지도 모르겠네."

"성물?"

무슨 소리를 하는지 모르겠어서 반문하자 에노쉬가 의아한 얼굴을 했다.

"잠들어 있는 동안 네가 성물(聖物)이나 성석(聖石)을 몇 개나 흡수했는지 알아?"

"성석?"

성석이면 성직자들이 만드는 마력과 상반되는 기운이 담긴 돌이 아니었나? 자연에서도 나는 마석과는 다르게 성석은 성직자가 만들거나 성직자의 시체 위에서 자라는 성력을 머금은 돌이었다.

"그래. 네가 그렇게 긴 시간 아무것도 먹지 않고 버틴 게 신기하지 않았어?"

"……."

그건 생각지도 못했다. 그냥 판타지 세계 속이라서 당연하게도 배가 고프지 않은 줄만 알았다. 내가 가만히 입을 벌리고 있으니 에노쉬가 허탈한 듯 웃었다.

"에탐 가문에서 아직 아무 얘기도 안 해 준 모양이군."

에노쉬가 조금 난감한 듯 입술 끝을 가볍게 깨물었다.

"황성 내의 고대 문헌까지 뒤져서 알아낸 사실이지만 성장기의 드래곤이 자라는 덴 마력이나 성력 등이 필요해."

"……응."

"문헌에 의하면 성력이 가장 좋은 먹잇감이지만 사실 성직자가 많은 것도 아니고 성직자라고 해서 성력이 남아도는 이는 그다지 많지 않아."

에노쉬가 단어를 고민하듯 아주 느릿느릿 설명했다.

"그러니 성력을 지속적으로 공급해 주는 건 어려운 일이지. 마력은 그 대체재야."

내가 고개를 끄덕이자 곁에 있던 릴리안이 입을 열었다.

"그래서 루실리온 경이 성석을 만들었어요."

"하지만 성석은……."

성직자의 몸에서 자라나는 게 아닌 이상 아무 돌에나 성력을 쑤셔 박는다고 되는 일이 아니었다. '공석(空石)'이라는 특수한 돌이 필요한데 이 돌은 나오는 곳이 한정된 데다가 내가 알기로 그 광산을 소유한 사람은 현 대신관이었다.

"처음엔 아무것도 몰라서 너 위험했었어."

"……."

"에탐 가주와 에르노 에탐이 와서 아바마마에게 황실 도서관을 열라고 협박하곤 며칠을 틀어박혔거든."

에노쉬가 재밌는 얘기를 말하듯 어깨를 으쓱였다.

"고대 문헌을 해독하느라 지방에 있는 고고학자까지 다 불러들였어."

"……."

생각지도 못한 말에 나는 조금 당황하고 말았다. 심장이 쿵쿵 뛰었다. 겨우 나 때문에 그들이 그랬다는 사실이 믿기질 않았다.

"성력을 채워 줘야 하는 때를 놓쳐서 루실리온이 초반엔 네 옆에 엄청나게 붙어 있었을걸."

"……."

대체 내가 뭐라고 그렇게까지 한 걸까?

"에르노 에탐은 고대 문헌을 기반으로 드래곤 레어까지 찾으러 다녔었고."

고개가 절로 숙여졌다. 눈시울이 뜨거워지는 기분에 나도 모르게 숨을 삼켰다.

"아, 에탐 가주는 신전에 쳐들어갔고 루실리온은 신전에 있는 성물이란 성물은 다 가져왔나 봐."

내가 주먹을 꽉 쥐자 샤르네와 릴리안이 양쪽에서 내 손을 하나씩 붙잡았다. 조금 울 것 같은 기분이 들었다.

"그러니까 금방 클 거야."

에노쉬가 팔짱을 낀 채 여전히 오만한 얼굴로 말했다.

"쪼끄만 반죽이라고 너무 풀 죽어 있지 말라는 거야. 반죽도 언젠가는 부풀어서 커다래지겠지."

에노쉬의 퉁명스러운 말에 나는 서툴게 웃었다.

"아, 그러고 보니 콜린 공작과 에르노 에탐이 크게 싸운 적도 있었지."

"싸워……?"

"응. 입양 문제로 말이야."

내가 눈을 동그랗게 뜨자 에노쉬가 씩 웃었다.

"궁금해?"

"응."

"궁금하면……."

에노쉬가 짓궂게 웃었다. 무슨 말을 들을지 두려워 침을 꿀꺽 삼켰다.

"다음에도 같이 다과 먹자."

"……어?"

"네가 몰라서 그러는데 지금 네 얼굴 보려고 줄을 선 사람이 한두 놈이 아니야."

내가 의아한 얼굴을 하자 에노쉬가 정말 모르냐는 듯 웃으며 입을 열었다.

"최대한 숨겼는데 네가 드래곤이라는 사실이 어디로 새어 나갔나 봐."

"……."

"그간은 네가 깨어나지 않아서 좀 줄어들긴 했었는데……."

아마 지금은 난리 났을 거라며 덧붙이는 목소리가 어쩐지 즐거워 보였다. 그래서 아빠가 마중까지 나오며 데리러 오겠다고 했던 건가?

"콜린 공작님이랑 아빠는 왜?"

"아…… 널 호적에 넣으려고 하는데 콜린 공작이 방해했거든. '당신 같은 미친 인간에게 그 애를 맡길 수 없습니다. 나중에 에이린이 선택할 문제입니다'라면서."

에노쉬는 소파에 나른하게 늘어지며 말했다. 내가 믿기지 않는 얼굴로 릴리안을 보자 릴리안도 고개를 끄덕였다. 샤르네도 마찬가지였다.

"무슨 짓을 했어?"

"음…… 너 쓰러지고 난 후 3년간 암살 길드의 최우수 고객이 에탐 전 공작이었다지, 아마."

"……아빠가?"

"응. 풍문엔 암살 길드가 지난 3년간 에탐에게 번 돈으로만 섬을 샀다더라."

대체 무슨 짓을 벌인 거야. 그럴 돈이 있으면 나나 주지! 내가 입을 떡 벌리자 에노쉬가 찻잔을 가볍게 기울였다.

"근데 어떻게 아빠가 성공했어?"

"아, 그거……."

에노쉬의 고개가 살짝 기울어지자 그의 머리카락이 찰랑거리며 흔들렸다. 다시 봐도 빼빼 말랐던 때와는 비교할 수 없을 정도로 건강해진 모습이 침대 위에서 죽어 가던 그 에노쉬라고는 믿기질 않았다.

"아바마마가 말을 철회했어."

"폐하가?"

"응."

"왜?"

"암살자가 아바마마께도 오기 시작했거든."

그거 범죄 아니야? 반역 아니냐고. 내가 당황해서 입을 뻐끔거리자 에노쉬가 비밀 이야기를 하듯 상체를 숙여 허리를 바싹 굽혔다.

"물론 무기는 들고 오지 않았는데……."

"……응?"

암살자라며?

"칼 대신 상소문을 들고 시도 때도 없이 찾아와서 잘 때도 일어날 때도 씻을 때도 불쑥불쑥 들어와 좀 살려 달라고 빌었대."

갑자기 빌어? 나는 도저히 이 이야기를 따라갈 자신이 없었다.

"응. 에탐가의 그림자에게 화풀이를 다 한 모양이더라고."

"아……."

황제한테 보낸 암살자는 그쪽 암살자구나. 암살 길드가 아니라 에탐 가문 내에도 그림자가 있었지.

"아바마마께선 그맘때쯤 불면증까지 생겼지."

"……아하."

"그래서 결국 아바마마께서 포기하셨어."

제 아버지가 당한 이야기가 퍽 즐거운 듯 말하는 내내 에노쉬의 표정은 밝았다.

'뭐, 웃으니까 보기 좋네.'

역시 우는 것보단 웃는 게 낫지. 예민하게 날이 서 있던 에노쉬를 생각하면 지금 이런 변화는 꿈만 같았다.

"전하, 슬슬 폐하께 보내 드려야 할 것 같아요."

"아, 그러네. 벌써 시간이 이렇게 됐군. 짧지만 만나서 반가웠어, 반죽."

끝까지 말이 곱지 않은 것은 썩 마음에 들지 않지만 말이다. 나는 고개를 끄덕이곤 자리에서 일어났다. 그러자 언제 왔는지 노년의 시종이 내게 빙긋 웃으며 허리를 숙였다. 나도 엉거주춤 허리를 숙이자 연륜 있어 보이는 시종이 싱긋 웃어 보였다.

"다음에 봐. 에노쉬, 릴리 언니!"

"나는 폐하를 만나진 못해서 여기에 있다가 갈게, 에이린."

샤르네의 말에 나는 고개를 끄덕였다. 내가 없는 사이 세 사람도 친해진 모양이다.

"응."

몸을 돌려 시종을 따라 나가려는 때였다.

"야, 에이린 에탐."

그 말에 나는 걸음을 멈추고 고개를 돌렸다. 새삼스럽게 풀네임을 부르나 싶었다.

"……."

에노쉬는 잠시 말이 없었다. 또 여느 때의 장난인가 싶어서 가던 길을 마저 가려고 했다.

"……살려 줘서 고맙다."

내가 놀라서 다시 몸을 돌렸지만 에노쉬는 이미 다른 곳을 보며 찻잔을 기울이고 있었다. 붉어진 귓불이 그의 감정을 여실히 드러냈다.

"응. 건강해져서 기뻐."

나는 환하게 웃으며 대답하곤 냉큼 방을 벗어났다. 어쩐지 감사 인사를 들었을 뿐인데 목이 홧홧했다. 곱씹을수록 그런 기분이라 나는 종종걸음으로 시종을 따라가다가 그만 걸음을 뚝 멈추고 말았다.

"괜찮으십니까 아가씨?"

"아, 네."

살짝 고개를 돌리자 호위 기사 질이 나를 걱정스러운 눈빛으로 바라보며 쫓아오고 있었다. 눈이 마주치자 그가 가볍게 고개를 까딱였다.

"2황자 전하께선 오랜 시간 저 말을 하고 싶으셨던 모양입니다."

늙은 시종이 나를 조심스럽게 품에 안으며 말했다. 그는 내 붉어진 얼굴의 이유를 알고 있는 듯 그렇게 말했다.

"말씀은 저렇게 하셔도 매달 성물을 구해서 보내시고 아가씨가 깨어났는지를 꾸준히 물어보셨습니다."

"……그랬어요?"

"네. 아가씨께서 자기 때문에 화가 났으면 어쩌나, 아가씨의 5년이 사라져서 어쩌나, 살려 준 걸 후회된다고 말하면 어쩌나 고민이 아주 많으셨습니다."

"……."

그런 생각을 했을 줄은 꿈에도 예상하지 못했다. 다른 게 아니라 그 폭군 황자 에노쉬가 아니던가. 오만불손하고 자신 이외엔 무엇도 믿지 않는 것처럼 보이던 소년. 이미 상처를 받을 대로 받아서 스스로의 삶을 더 이어 가는 것조차 거의 포기했던 사람.

"그러니까 아마 오늘 만남을 가장 학수고대했던 사람은 황자 전하이실 겁니다."

"……."

"저는 2황자 전하를 어릴 때부터 봤습니다. 그분은 저런 표정을 하시는 분이 아니셨지요. 늘 우울하고 어딘가 슬퍼 보이셨습니다. 어린 나이에 사방에서 죽는다는 얘기밖에 하지 않으니 철도 일찍 드셨지요."

나는 고개를 끄덕였다. 에노쉬에 대한 소설 속 묘사는 지금도 기억이 났다. 처연하다느니 병약하다느니 머지않아 죽을 거라느니 황가의 저주를 안고 태어났다느니. 사방을 떠도는 죽음과 관련된 말을 듣고 소년은 자라났다.

"이번에도 깨어났다는 소식을 듣자마자 곧장 연락을 드린 겁니다."

"그랬구나."

어쩌지. 얘기를 들으니 한층 민망해졌다. 어떤 표정을 할지 몰라서 이리저리 눈동자만 굴리자 뒤따라오던 질과 눈이 마주쳤다. 질은 나를 가만히 바라보고 있었다. 그 시선이 또 민망해서 냉큼 시선을 피해 버렸다.

도착한 곳은 황제가 직접 귀빈을 접대하는 응접실인 모양이었다. 문부터 화려하기 짝이 없었다. 시종이 날 내려 주고 노크를 한 뒤 함께 방 안으로 들어갔다. 안으로 들어가니 상석에 앉아 있는 황제가 있었다. 그리고 그 옆에는 무척 단아한 여인이 함께였다. 그녀는 나를 보곤 빙긋 웃어 보였지만 황제는 어쩐지 대단한 골칫거리를 보듯 나를 바라보았다.

'뭐지?'

선연할 정도로 대비되는 표정에 내가 머뭇거리자 황제가 고개를 까딱였다.

"편히 앉아라."

아, 인사하는 거 깜빡했다.

"제국의 광영이신 태양을 뵙……."

"됐다. 됐으니 앉거라."

황제는 뭔가 귀찮다는 듯 손을 가볍게 털어 내며 말했다.

'너무 엉거주춤했나?'

사실 예법을 제대로 배운 적이 딱히 없었다. 힐 로즈먼트와 수업할 때도 예법은 꾸준히 해 나가야 하는 거라 천천히 해도 된다고 했었던 터라……. 근데 내가 잠들었지.

"네에……."

내가 총총총 걸어가 생각보다 높은 소파에 끙끙대며 올라가 앉자 황제가 나를 신기한 것 바라보듯 하고 있었다.

"폐하?"

"……그 상도도 위아래도 없는 놈이 왜 끼고도는진 알 것 같군."

황제가 알 수 없는 말을 했다.

"그래. 드디어 그 귀한 얼굴을 다시 보는구나."

어딘가 무척이나 지친 얼굴로 황제가 말했다.

"어…… 네."

귀한 얼굴까지는 아닌 것 같지만 뭐 오랫동안 못 봤으니까 말이다.

"황자는 만났느냐?"

"네."

"어떻더냐?"

"좋았어요."

내 짧은 대답에 황제가 황당하다는 표정을 했다. 그는 나를 유심히 보며 웃음을 터뜨리더니 이내 고개를 끄덕였다. 나는 고개를 갸웃했다.

"너로 인해 나라가 발칵 뒤집혔던 건 아느냐? 그 미친개를 막기엔 황실의 기사단으로도 부족하더구나."

누굴 말하는지 알 것 같았다.

"그래. 네가 내 아들을 살렸다. 원하는 것이 있으면 무엇이든 들어줄 테니 어디 말해 보거라."

"원하는 거요?"

지금은 딱히 없는데. 나는 손바닥으로 뺨을 몇 차례 문지르며 다리를 구르다가 고개를 기울였다가 그래도 생각이 나지 않아서 고개를 저었다.

"지금은 생각나는 게 없어요."

"그럼 나중에 필요한 게 있으면 언제든 말하거라."

"음. 그러면 황성에 자주 놀러 와도 돼요?"

"황성에?"

"네, 에노쉬…… 아니, 황자님이랑 릴리 언니 보려고요."

황실에 들어오는 것은 황족의 허락이 있어야만 가능한 일이었다.

"그거야 어렵지 않은 일이지. 나가기 전에 시종장에게 통행증을 받아 가거라."

나를 여기까지 데려다줬던 나이 든 시종이 살짝 허리를 굽히며 빙긋 웃었다.

'시종장이었어……?'

황실 시종장이라면 상당한 계급이 아니던가. 그런 사람이 나를 데리러 온 것이 조금 신기했다. 황제의 말이 끝날 때를 기다렸다는 듯 그의 옆에 있던 여인이 나를 보며 입을 열었다.

"드디어 이렇게 만나게 되는구나. 나는 에노쉬의 엄마 되는 사람이란다."

역시 황후였구나. 아름다운 루비빛 눈동자를 품은 그녀는 남색 머리카락을 위로 틀어 올리고 있었다. 무척 단아해 보이는 여성이었다. 목소리는 부드러웠고 눈매도 다정했으며 옛날 에노쉬랑 비슷하게 피부가 창백했다.

"에노쉬를 살려 주어서 고맙구나. 나는 그다지 힘이 없지만 내 도움이 필요한 일이 있으면 언제든 말하렴."

"네!"

"후후. 옛날부터 타인에겐 쥐뿔도 관심이 없었던 에탑 공자가 왜 그대를 그렇게 싸고돌았는지 알 것 같구나."

"네?"

"반항기 심하고 사람 구실도 제대로 못 할 것 같았는데 그래도 그대가 있어 에탑 공자가 그나마 사람 구실을 하는 모양이야. 좋은 부모가 되기 위해서 말이지."

좋은 부모는 열 살짜리에게 수십 억과 가주 자리를 넘겨주진 않는답니다. 다시 생각해도 부담스러웠다.

"콜린 공작이 그렇게 에탑 공자에게 그대를 맡기는 걸 반대했던 이유도 알 것 같고."

그녀는 무척 다정한 얼굴로 웃으며 편안하게 말했다. 에르노 에탐과 콜린 공작을 친근하게 말하는 게 조금 놀라웠다. 내 의아함을 눈치채기라도 한 듯 그녀가 먼저 입을 열었다.

"같은 아카데미를 다녔으니 알고 있지. 폐하께서도 비슷한 시기에 다니셨고."

아, 그런 거였구나. 어쩐지 그러지 않고서야 밤에 암살자를 보냈는데도 봐줄 리가 없겠지.

"네가 가주가 되었다고 들었다."

"아, 네……."

"그놈은 예전부터 아주 미친 짓만 골라 했다. 정상적인 사람이 저런 미친 짓을 하는 게 가능한가 싶을 정도로 미친 짓만 해 댔지."

황후의 말을 듣던 황제가 끼어들었다.

"네에……."

근데 왜 아빠를 욕하는 건지 모르겠다. 내가 까면 까는데 남에게 까이니 기분이 좋진 않았다.

"이번 일은 내가 본 미친 짓 중에서도 끝판왕이구나."

물론 이 말에는 동감한다. 세상에 어느 공작 가문이 열 살짜리에게 가주직을 넘겨주겠는가. 그것도 제 아버지에게 사기까지 쳐 가면서.

"그래도…… 이번 선물은 네가 가주가 되어서 줄 수 있게 됐구나."

"선물이요?"

"그래. 제국 남쪽에 있는 영지를 네게 주마. 토지가 가장 비옥하고 휴양하기도 좋은 데다가 다양한 과일이 특산품인 영지지."

황제가 손가락을 까딱이자 시종장이 뭔가를 챙겨서 가지고 나왔다. 돌돌 말린 고급스러운 양피지였다. 내가 눈을 동그랗게 뜨고 있자 시종장이 내게 양피지와 직인을 내밀었다.

"어…… 가, 감사합니다."

나는 얼떨결에 그것을 받아 들었다.

"그대의 아비가 눈독을 들이고 있거든. 조만간 쳐들어올 것 같아서 그냥 내가 내어 주기로 한 거다."

"아……."

도대체 아빠의 이미지는 세간에 어떻게 비치고 있는 걸까? 내가 어색하게 웃자 황제가 나를 물끄러미 보다가 픽, 웃음을 흘렸다.

"어쩌다 이런 순한 게 그놈에게 갔는지 모를 일이군. 아니, 차라리 너처럼 말랑한 것이 붙어 있어서 다행이라고 해야 할지도 모르겠군."

"네?"

내 반문에 황제가 어깨를 으쓱였다.

"혼잣말이다."

"네에."

"드래곤에게는 혜안이 있다더니 그대가 그 벌레가 깃드는 병을 미리 감지한 것도 다 그런 이유에서였군."

딱히 그런 건 아니지만 멋대로 오해를 해 주니 그렇다고 해 두자. 어설프게 고개를 끄덕이자 그가 짧게 숨을 뱉었다.

"그대의 주변엔 앞으로 폭풍이 일 거야."

피곤하게만 보였던 황제가 돌연 표정을 굳힌 채 말문을 열었다.

"에르노 에탐을 비롯한 에탐 가문이 그대를 필사적으로 지키 겠지만 그럼에도 호시탐탐 그대를 노리는 손길이 사방에서 뻗어 올 거다."

"……"

"그대는 앞으로 인간의 추한 민낯을 보게 될 거고 탐욕이 서린 호의를 받게 될 테지. 끊임없이 누군가를 의심할 수밖에 없을지도 몰라."

그의 목소리는 단단했고 단호했으며 또한 확신이 담겨 있었다. 나는 가만히 그를 마주 보았다.

"에탐 가문이 아직 어린 그대를 가주로 세운 건 아마 그래서일 확률이 높지. 에탐의 가주를 건드린다는 것은, 즉 그 괴물들과 전쟁을 벌이고 싶다는 뜻이 될 테니까."

나는 그를 보았다가 천천히 고개를 끄덕였다. 무엇을 각오하라고 하는지는 알 것 같았다.

'소설에서만 봐도 드래곤은 늘 폭풍의 중심에 있지.'

황제가 설핏 웃었다.

"앞으로는 모르는 게 죄가 될 거야. 그러니 많이 배우게. 힘의 흐름을 알고 사람의 마음을 읽을 수 있어야만 살아남을 수 있을 테니까."

"네."

"에탐 가문이 그대가 눈을 뜬 것을 계기로 본가로 직계와 방계 할 것 없이 전부 소환했어."

나는 눈을 동그랗게 떴다. 거의 방이랑 본채에서 나가지 않아서 전혀 눈치채지 못했던 사실이었다.

"에탐 가문은 직계가 눈에 띄기는 하지만 방계 역시 만만찮은 무력과 힘을 가지고 있어 무시할 수 없네."

그랬던가? 하긴 나중에 정쟁물로 변했을 때 여주인공과 함께 싸우는 이들은 바로 에탐 가문이었다.

'그러고 보니 반역은 이제 일어나지 않겠네.'

2황자가 살았고 황제는 미치지 않았으니 스토리가 이상한 곳으로 흐를 일도 없어졌다.

"그들이 화가 나면 아마 작은 나라 하나가 쑥대밭이 되는 것도 어려운 일은 아닐 거야."

그 정도란 말이야? 사실 주먹으로 단번에 테이블을 부수는 미르엘 공작을 보면 그다지 신빙성 없는 얘기가 아니라는 걸 안다.

'다른 사람들은 잘 몰랐는데……'

사실 칼란이나 실리안도 몸을 쓰는 걸 잘 보지 못했고 말이다.

"뭐, 잔소리는 여기까지만 하지. 나는 기왕이면 그대와 아주 오래 잘 지내고 싶으니 말이야."

방금까지와는 달리 가볍게 웃는 황제의 말에 나는 눈을 끔뻑였다.

"한 가지 부탁을 해도 되겠나?"

"부탁이요?"

"그래. 부디 악룡이 되지는 말아 주게."

악룡? 내가 의아한 얼굴을 했지만 황제는 설핏 웃을 뿐 더 말을 얹지 않았다.

"슬슬 방해꾼이 오겠군."

"방해꾼이요?"

"그래. 그대의 아비 말이야. 황성으로 들어온 것 같다."

"아하……."

아빠가 온다는 소식에 나는 눈을 반짝 빛냈다. 왜 기분이 이렇게 좋은지 모를 일이다.

"각인해서 그런지 말만 들어도 아비가 좋은 모양이야."

"네?"

"에르노 에탐이 네 각인을 놓치지 않기 위해서 5년을 네 옆에 딱 달라붙어 있었단다."

각인은 또 뭐고 달라붙어 있었다는 건 또 뭐지?

"뭐든 금방 싫증 내는 놈이 놀라운 일이지."

쾅—

문이 열리고 에르노 에탐이 들어왔다. 정말 거칠 것 없이 제멋대로인 방문이었다.

"자네는 여전히 예의라는 걸 모르는 모양이지?"

황제의 말에 에르노 에탐이 힐긋 그를 보곤 빙긋 웃으며 고개를 까딱였다.

"위대한 제국의 광영이신 태양을 뵙습니다."

에르노 에탐의 말에 황제가 미간을 찌푸렸다.

"그대가 그 말을 할 때마다 왜 비꼬는 것처럼 들릴까?"

"뭐 귀엔 뭐만 들린다고 하더군요."

"……그대는 황족 모독죄로 죽었으면 이미 수백 번도 더 죽었을 걸세."

"안 죽고 살아 있군요."

"……"

황제의 말에 한마디도 지지 않는 아빠는 자연스럽게 들어와 나를 품에 끌어안았다.

"잘 놀았니? 따님."

"네."

"다행이구나. 그럼 이만 돌아가자."

아빠가 내 뺨에 가볍게 입을 맞추며 말했다. 다정한 목소리에 고개를 끄덕이고 황제에게 시선을 옮기자 그는 체통도 벗어던지고 입을 떡 벌리고 있었다.

"뭘 봅니까?"

"자네 누군가?"

"……노망이 났으면 그냥 황제 때려치우십시오. 황후께서 고생이 많으시겠습니다."

"일상입니다."

아빠가 혀를 끌끌 차며 황후를 바라보며 말하자 황후가 옳다구나 맞장구를 쳤다.

"에르노, 당신은 많이 변했네요. 달리아가 분명 기뻐할 거예요."

"……."

황후의 입에서 나온 이름에 아빠의 미간이 설핏 구겨졌다.

"이만 가 보겠습니다."

"좋은 부모가 되어 주세요. 아이는 부모의 거울이라고 하지 않습니까."

"신경 끄십시오."

아빠가 코웃음을 치며 나를 안은 채 응접실을 막 나서려는 찰나였다. 문득 하타르 사건이 생각났던 나는 냉큼 입을 열었다.

"있잖아요, 황제 아저씨."

"아저……."

황제가 황당한 표정으로 고개를 들어 나를 보았다. 곁에 있던 황후가 풉, 웃음을 터뜨렸다.

"뭐냐."

"요즘 나라에 이상한 일이 있나요? 아까 오는데 누군가가 뭘 마시고 막 무섭게 웃는 걸 봤어요."

"……글쎄."

내 말에 황제가 눈을 가늘게 떴으나 이내 내겐 아무것도 아니라는 듯 빙긋 웃었다.

"대낮부터 술이라도 마신 모양이구나."

황제라서 그런가 무슨 생각을 하는지 도통 알 수가 없었다. 여기서 '하타르'니 중독이니 하는 이야기를 꺼낼 수도 없었던 터라 나는 그냥 고개를 끄덕이는 것으로 대답을 대신했다.

"그럼 가 보겠습니다."

"선물 감사합니다, 황제 아저씨!"

"……아까 했던 말 취소다. 끼리끼리 잘 만났구나."

황제가 헛웃음을 흘리면서도 내게 손을 흔들었다. 그래도 제법 나를 좋게 봐 주고 있는 모양이다. 밖으로 나온 아빠와 나는 어느새 돌아온 샤르네와 함께 마차를 탔다.

"근데 아빠."

"그래."

"각인이 뭐예요?"

"황제가 그런 걸 말했느냐?"

"네."

"하여튼 인생에 쓸모라곤 없는……."

황제를 저렇게 말하는 사람은 분명히 아빠밖에 없을 거다.

"드래곤에겐 부모가 필요하다고 하더구나. 태어날 때 부모에게 각인을 해야 하는데 너는 그러지 못한 모양이야."

아빠는 나를 무릎에 앉히며 이야기를 이어 갔다.

"네."

"그래서 해츨링이 되는 두 번째 성장기에서 각인을 한 번 더

한다고 들었다."

"……아."

"눈을 뜰 때 바로 곁에 있어야 한다기에 웬만하면 네 곁에 있었단다."

무려 5년을 그렇게 있었다는 건가? 한 사람이 한 가지 일을 꾸준히 한 달을 지속하는 것도 힘들다고 들었는데 그걸 5년이나 했다는 거잖아. 게다가 거의 집에서 나가지도 못했을 거다.

"왜 그렇게까지……."

"내가 네 아빠잖아."

그는 그거 이외의 다른 이유는 필요 없다는 사람처럼 여상하게 대답했다.

"따님, 내가 다른 놈한테 그 자릴 어떻게 넘겨주겠니."

아빠가 내 머리를 쓰다듬으며 대답했다. 생각지도 못한 말에 얼굴이 확 달아올랐다. 밑도 끝도 없는 것만 같은 애정은 그저 마주하는 것만으로도 항상 심장이 쿵쿵 뛰었다.

"네. 저도 아빠가 좋아요."

"당연히 그래야지."

그 오만한 말조차 듣기 좋았다. 나는 그의 가슴팍에 얼굴을 묻고 가만히 뺨을 기댔다.

'아빠라니 꿈만 같다.'

이렇게 질리도록 불러도, 무슨 짓을 해도 곁에 있어 주는 가족이라는 건 정말 소설 속 이야기였는데.

'이게 꿈이라면 평생 깨지 않았으면…….'

그래서 가족들이 모두 나를 계속 사랑해 줬으면 좋겠다.

"사랑한단다, 따님."

생각이 끝나기가 무섭게 들려오는 목소리에 나는 눈을 동그랗게 뜨곤 그를 올려다봤다. 내가 활짝 웃자 아빠가 나를 마주 보며 미소 지었다.

'으, 너무 좋아.'

나는 팔을 뻗어 힘껏 아빠의 목을 끌어안았다. 정말 너무 좋았다. 누군가가 나를 이렇게 좋아해 준다는 사실이.

'나도 가족이 있어.'

이제 드디어 정착할 곳이 생긴 거야. 드디어 나도 돌아갈 집이 생겼어.

"앗, 나도 사랑해! 에이린!"

"응!"

달려든 샤르네와도 마주 끌어안았다. 행복으로 온몸이 녹아내릴 것만 같은 기분이었다.

\* \* \*

"수업을 시작하겠습니다."

"……."

"아가씨?"

"왜 여기에 있어요……?"

"아가씨가 드디어 괜찮아지셨다고 교육을 계속 진행해 달라는 연락을 받았거든요."

힐 로즈먼트가 활짝 웃으며 말했다. 어느새 훤칠한 성년이 된 그는 여전히 순박해 보이는 얼굴이었다.

"무사하셔서 무척 기쁘네요."

"으응……."

말은 고마운데 왜 이렇게 불안하냐.

'그나저나 '하타르' 사건을 해결하려면 이 남자의 도움이 필요한데…….'

이 남자의 호감을 사는 건 쉬운 일이 아니었다.

'일단 웃는 얼굴로 인사라도 건네 볼까?'

나는 화악 밝아진 얼굴로 활짝 웃었다.

"보고 싶었어요, 선생님!"

"……네?"

"어쩐지 선생님 생각이 났어요."

그는 무슨 생각을 하는지 의미심장한 얼굴로 미소를 지은 채 고개를 끄덕였다.

"저도 아가씨가 보고 싶었습니다."

힐 로즈먼트가 맞장구를 치며 말했다. 아직 '아가씨'라고 불리는 이유는 내가 '에탐 가주'라는 사실이 정식으로 공표가 되지 않았기 때문이다. 아빠 말로는 나중에 기회를 봐서 성대하게 알릴 예정이라고 했다. 그때까지는 한동안 에탐 내부와 황제와 황족만 알고 있을 예정이라고.

'이 사람은 알까 모를까?'

명색이 정보 길드 수장이라 알 것 같기는 한데 이 사람도 무슨 생각을 하는지 잘 모르겠다.

'그래도 수완이 대단하긴 하네.'

아빠가 이중삼중으로 뒤를 캤을 텐데 먼지 한 톨 없이 깨끗했으니까 다시 고용된 것이 아니던가.

"최근 세간이 시끄럽답니다. 정말 드래곤이 있는 건지 없는 건지, 있다면 언제 모습을 드러내는 건지, 어떤 힘을 가졌는지…… 호기심이 아주 많더라고요."

"아하……."

"물론 저도 마찬가지입니다."

힐 로즈먼트는 아무것도 모르는 순박한 시골 귀족처럼 웃으며 말했다.

"그리고 보면 성마대전의 영웅도 요즘 모습을 드러낸다고 하고……."

알비온이? 왜 모습을 드러내지? 생각지도 못한 이름에 눈이 동그래졌다. 힐 로즈먼트가 나를 느리게 탐색했다.

"각인은 무사히 마치셨나요?"

"아마도요?"

"아마도?"

그가 눈을 가늘게 떴다. 뭔가를 살피는 듯 보이던 그가 짧게 한숨을 내쉬었다.

"아가씨의 각인 상대가 저였으면 좋았을 텐데요."

그때야말로 내가 악룡이 되는 거 아니고?

'잘 모르겠네. 얠 어떻게 회유하지?'

사실 방법은 있는데 그건 솔직히 최후의 수단으로 두고 싶다. 그러나 그 외에 좋은 방법이 생각나질 않았다. 그냥 대놓고 떠보는 것도 나쁘진 않을 것 같은데……. 에라 모르겠다.

"선생님, 저 얼마 전에 이상한 걸 봤어요."

"이상한 장면이요?"

"네. 마차를 타고 가는데 어떤 여자가 무슨 물 같은 걸 마시더니 갑자기 축 늘어져 주저앉으면서 막 무섭게 웃었어요."

찻잔을 기울이던 힐 로즈먼트의 움직임이 뚝 멈췄다.

"술이었겠죠."

"하지만 엄청 무서웠는데요?"

내가 고개를 갸웃하자 그가 빙긋 웃었다.

"이상한 걸 먹었을 수도 있죠."

"근데 그 모습을 보고 있으니까 기분이 좋지 않았어요."

"기분이 좋지 않아요?"

이렇게 말하면 드래곤이라서 느낄 수 있는 뭔가라고 생각하겠지. 내가 고개를 다시금 끄덕이자 그의 표정이 미묘해졌다. 그는 잠시 고민하듯 턱을 가볍게 긁었다.

"그게 뭔지 궁금한가요?"

"네. 선생님이면 알 것 같아서요. 선생님은 최고로 똑똑하잖아요."

내가 엄지를 치켜세우자 힐 로즈먼트가 가볍게 웃음을 터뜨렸다.

"글쎄요. 저도 잘 모르겠네요."

"……."

쳇, 쉽게 넘어오진 않네. 반응을 보니 알고 있는 것 같은데 말이다.

'힐 로즈먼트는…… 사람을 원했지.'

결코 배신하지 않고 자신만을 봐 줄 충성심이 강하며 뒤통수를 때리지 않을 사람. 누군가에게 항상 속고만 살았던 그는 의지할 사람을 원했다. 그러다가 눈에 들어온 여주인공을 약의 해독제를 미끼로 제 쪽으로 끌어들이려고 한 것이다.

'하지만 난 여주인공이 아니고 홍미를 끌 이유도 없지.'

드래곤이라는 사실이 그에게 홍미를 불러일으키는지는 모르겠지만 말이다.

"제가 그 정보를 아가씨께 알려 주면 아가씨는 제게 뭘 줄 건가요?"

역시 이럴 줄 알았다. 나는 잠시 고민하다가 입을 열었다.

"음, 으음…… 그러면 제가 선생님의 친구가 되어 줄게요."

그는 생각지도 못한 말을 들은 듯 눈을 동그랗게 떴다.

"갑자기 친구요? 하하, 그건 별로 제게 이득이 되는 게 아닌데요."

그는 참으로 귀여운 발상을 들었다는 듯 청량하게 웃었다. 흘러내린 머리카락을 쓸어 넘긴 그가 나를 보았다.

"필요할 땐 언제든 상담하고 고민도 나누고 도와주는 게 친구예요."

"그런 게 친구라면 제게도 친구는 많아요."

"저는 버리지 않을게요."

내 말에 검지로 찻잔을 쓸던 힐 로즈먼트의 유순했던 눈매가 일순 날카로워졌다. 그는 본인의 안경을 느리게 매만지며 금세 표정을 지웠다.

"저는 아가씨께서 무슨 소리를 하시는 건지 모르겠네요."

"저, 저는 드래곤이어서 남들이 소망하는 게 보여요!"

싸늘해진 분위기를 어떻게든 무마하고자 급히 입을 열었으나 한층 더 싸늘해졌다.

"그래서요?"

툭. 그의 고개가 기울어졌다. 입가에 은은하게 맺혀 있던 미소는 사라졌고 표정은 서늘해져 완전히 다른 사람 같았다.

"그래서 절 버리지 않는 제 친구가 되어 주시겠다고요? 그게 제 소망이라고?"

"네. 선생님도 제 진짜 친구가 되어 준다고 한다면 저는 어떤 거짓말도 하지 않을게요."

그는 제법 우스운 소리를 들은 사람처럼 입꼬리를 비죽 올리고 있었다.

"……어쩌죠. 저는 아가씨에 대해서 모르는 게 없는데요."

"많아요."

나는 단호하게 말했다. 솔직히 모르는 게 더 많을 거다. 내가 숨기는 게 한둘이어야지.

"그래서 날 친구로 얻게 된 아가씨께선 뭘 하고 싶은데요?"

그가 상체를 굽혀 내게 속삭이듯 은밀하게 물어왔다.

"단순히 소꿉놀이를 하자는 건가요?"

"하타르……."

그의 동공이 살짝 흔들렸다.

"그게 퍼지는 게 싫어요."

그게 돌면 여주인공도 고생하고 할아버지도 고생하고 칼란과 실리안도 고생하지만 뭣보다 아빠가 고생한다.

'아빠가 다치는 건 더 싫어.'

아빠를 지켜 주고 싶었다.

"하하. 드래곤으로서 각성하면 원래 이렇게 모든 걸 다 알게 되나요?"

힐 로즈먼트가 유쾌한 듯 웃음을 터뜨렸다. 다만 나는 대답 대신 침묵을 택했다. 그는 내 제안이 그리 싫지만은 않은 듯 단번에 답을 내놓지 않았다. 나는 안달 난 티를 내지 않고 그의 답을 기다렸다. 뒷세계의 왕이자 흑막 중의 흑막인 힐 로즈먼트만

이 조용히 유통되는 이 약을 아예 틀어막을 수 있었다.

'이 '하타르' 사건은 사실 타국에서 벌인 일이란 말이야.'

제국을 호시탐탐 노리는 나라는 아주 많았다. 나라 전체를 혼란에 빠뜨려 전쟁을 하고 금전적 이익을 취하려는 시도는 언제나 있었지만 이번 '하타르' 사건은 특히나 치밀했다. 음료수로 제국 전역에 유통된 이 액체가 중독성이 아주 강해서 사람을 망가뜨린다는 사실을 밝혀내는 데에도 꽤 오랜 시간이 걸렸다. 물론 그건 어디까지나 《입.양.각》 내의 일이지만 말이다.

'나는 이미 소설을 다 봤으니까.'

처음에는 값이 저렴해서 누구나 사 먹을 수 있었고 달콤한 걸 먹으면 살짝 기분이 좋아지는 정도였다. 먹지 않아도 단순히 갈증이 나고 그 음료수가 생각나는 정도였기 때문에 누구도 이 액체를 의심하지 않았다. 하지만 오래 먹을수록 점점 사고도 할 수 없게 되고 일주일 이상 마시지 않으면 그때부터 금단 증상이 생기는 거다.

'그래도 지금은 아직 완전히 초창기니까.'

이제 막 밑 작업을 진행하는 중일 것이다. 그리고 반응을 보아하니 힐 로즈먼트는 그 사실을 알고 있을 거고.

"호기심이 동하긴 하는데 솔직히 이번 일에는 별로 끼어들고 싶지가 않아서요."

힐 로즈먼트가 말했다. 그 말은 부드러운 거절에 가까웠다. 유순한 얼굴로 내뱉는 말은 놀라울 정도로 차분해서 어리숙한 척하던 사람이라곤 믿기지 않을 정도였다.

"아니면……."

그가 불쑥 내게 고개를 내밀었다.

"나한테 각인하는 건 어때요? 각인한 부모가 죽으면 다시 각인할 수 있게 된다던데."

힐 로즈먼트의 눈이 광기로 번들거렸다. 나는 입을 꾹 다물었다. 그가 왜 '각인'에 목을 매는지 모르지 않았던 탓이다.

'하는 수 없나.'

친구가 되어 준다는 호소는 역시 먹히지 않았다. 힐 로즈먼트가 어렸다면 효과가 있었을지도 모르겠지만.

'이미 너무 컸잖아.'

그래서 나는 기왕이면 마지막까지 묵혀 두고 싶었던 먹잇감을 그에게 내밀기로 했다.

"붉은색…… 날개 달린 도마뱀."

힐 로즈먼트의 눈길이 서서히 나에게 닿았다. 진심으로 파충류 애호가인 그는 내 짧은 말에 무언가 떠올린 듯 손가락 끝을 움찔거렸다.

"세로 동공을 가진 샛노란 눈동자에……."

힐 로즈먼트가 오만한 자세를 바꾸며 이내 상체를 앞으로 쭉 뺐다.

"어떤 불꽃도 견딜 수 있는 비늘……."

"그건……."

그의 눈동자가 반짝 빛났다. 나는 짧은 팔로 팔짱을 끼고 다리를 꼬려다 말았다. 오만하게 소파에 기대어 앉은 난 마저 말을 이었다.

"와이번."

그러나 내 말이 끝나기도 전에 힐 로즈먼트가 조금 더 빨랐다. 그의 안경알 너머로 흥분한 눈동자가 비쳤다.

"⋯⋯의 알이 있는 곳을 알아요. 제가 선생님께 알을 줄게요. 와이번도 각인해야 하는 건 알죠?"

본래라면 여주인공이 우연히 주워 왔다가 멋도 모르고 부화한 와이번과 각인해서 펫처럼 데리고 다닌다는 설정이었다. 그리고 《입.양.각》 속 힐 로즈먼트는 그것을 엄청나게 부러워했다. 오죽하면 여주인공이 알을 주웠다는 곳을 비롯해서 각종 뒷세계 시장까지 찾아 헤맸지만 결국 찾지는 못했다. 사실 와이번도 '검은 마물 숲'의 가장 안쪽에 산다는 소문만 무성하니까 말이다. 그리고 그 검은 마물 숲은 독기가 가득해서 아무나 들어갈 수 없었다. 그러니 그 알이 폐가의 창고에 있었던 것은 아주 엄청난 여주인공 버프였다.

'그렇다고 한들, 이 사람에게 주는 게 맞나 싶긴 한데⋯⋯.'

사람은 애완동물을 키우면 유순해진다고들 하니까⋯⋯. 어쩌면 힐 로즈먼트도 조금은 바뀔 확률이 있지 않을까 하고 생각하지만, 확신은 없다.

'미안해, 샤르네⋯⋯.'

네가 미래에 유용하게 쓸 것들을 내가 하나둘 다 가져다 쓰는 것 같아……. 흑흑. 속으로는 입을 주먹으로 막은 채 눈물을 줄줄 흘리고 있을 때였다.

"와이번의 알이 있는 곳을 안다고? 그것도 아직 부화하지 않은?"

"네."

오래된 창고에 보관된 알인데 나중에 여주인공이 우연히 발견하게 된다. 와이번의 알은 따뜻한 곳에서만 부화할 수 있다. 만약 환경이 갖춰지지 않으면 긴 잠을 자며 부화의 때를 기다린다. 달걀처럼 오래 부화하지 않는다고 썩거나 하는 것은 아니었다.

"……일단 실물을 봐야겠는데요."

"응. 다음 수업 시간까지 가져올게요. 그럼 선생님은 나한테 '하타르'에 대한 정보를 주세요."

힐 로즈먼트는 나를 물끄러미 바라보다가 픽 웃었다.

"내가 누군지 아세요? 아가씨?"

"네."

"누군지 말씀해 보시겠어요?"

그가 아주 느릿느릿 안경을 벗으며 말했다. 느리게 앞머리를 쓸어 올리는 그를 보며 나는 입을 열었다.

"명월의 길드장이요."

겨우 머리를 깔끔하게 뒤로 넘겼을 뿐인데 분위기가 뒤바뀌었다. 안경을 벗으니 둥글둥글했던 눈매가 사납게 보였다.

"그 대신관 후보가 말해 줬나요?"

대신관 후보? 루실리온을 말하는 건가? 걔가 여기서 또 왜 나와?

"아뇨."

"……그러면 이것도 드래곤의 혜안 중 하나인가."

그가 나직하게 중얼거렸다.

"거래를 확실히 하죠. 하타르에 대한 정보만 있으면 되는 건가요?"

힐 로즈먼트는 양 손가락을 얽어 깍지를 끼고 그 위에 제 턱을 얹으며 느긋하게 물었다. 나는 천천히 고개를 저었다. 어디서 은근슬쩍 넘어가려고.

"하타르의 유통을 막고 싶어."

내가 활짝 웃으며 말하자 그가 미간을 찌푸렸다.

"그건 제가 어떻게 할 수 있는 게 아닌데요. 시장이 돌아가는 상황까지 내가 어떻게 하겠어요."

힐 로즈먼트가 어깨를 으쓱였다.

"그리고 겨우 알 하나에 수지가 안 맞아요."

"와이번이잖아."

세상을 아무리 뒤져도 두 번째 알은 없을 것이 분명한 와이번이다. 그것도 부화하지 않은 와이번의 알은 평생 태어나 죽을 때까지 보기도 어려웠다.

"그리고 선생님은 할 수 있잖아."

내 말에 힐 로즈먼트가 눈동자만 도르륵 굴려 나를 보았다.

"선생님은 할 수 있어. 난 믿어."

내 단호한 말에 그는 입을 다물었다. 힐 로즈먼트의 정보망은 한낱 거지들 사이에도 있다고 일컬어질 정도로 유명했다. 그가 성년이 될 때까지 꾸려 온 거미줄은 귀족의 엉덩이에 난 털이 몇 개인지까지 알 수 있을 정도라고 묘사했었다. 미친 사이코패스, 악마의 재림 등의 기이한 명칭도 많긴 했지만…….

'황제조차 힐 로즈먼트의 정보량을 따라갈 수 없다고 표현했었지.'

그만큼 정보에 관해서는 힐 로즈먼트가 모르는 것이 없었다.

"역시 납치하는 걸 포기하지 말았어야 했어요. 내가 아가씨와 각인했으면 좋았을 텐데."

힐 로즈먼트는 긴 침묵 끝에 입맛을 다시며 말했다.

"납치?"

"아가씨가 드래곤이라는 게 밝혀지고 납치와 암살 시도가 얼마나 많았는지."

힐 로즈먼트는 그렇게 말하며 앞머리를 툭툭 털어 내리곤 다시 안경을 썼다.

"그랬어요……?"

"네. 그중에 80퍼센트가 나였지만."

그가 생글생글 웃는 얼굴로 덧붙였다.

"……."

근데 그걸 왜 나한테 밝히는 건데? 내가 일그러진 얼굴로 보자 그가 자리에서 일어났다.

"그러고 보니 각인은 진짜 혈육을 이기지 못한다던데…… 아가씨께선 진짜 부모가 돌아오지 않길 바라야겠어요."

그 의도를 모르겠는 말에 내가 인상을 찌푸리자 그는 다시 순박한 얼굴로 헤실헤실 웃었다.

"그럼 이만 가 보겠습니다, 아가씨."

꾸벅 고개를 숙이는 모습을 보며 나는 고개를 끄덕였다.

"다음 주까진 준비해 놓길 바라요."

"유의미한 성과를 기대할게요."

내 말에 그가 싱긋 웃으며 문을 열었다.

쿠당탕탕—!

그리고 그대로 앞으로 고꾸라졌다.

"아야야……."

바닥을 대차게 구른 그가 뒷머리를 슥슥 문질렀다. 이건 정말 아파 보였다. 그가 바닥에 주저앉아 두 손으로 뒷머리를 꾹 눌렀다.

'진짜 다친 거 아니야?'

나는 손수건에 근처에 있던 찬물을 쏟아붓고 그대로 달려가 그의 머리통에 손수건을 착 붙였다.

축축한 손수건에서 물이 줄줄 흘렀다.

"……아가씨?"

"혹 났을까 봐……."

말해 놓고도 멍청한 짓거리를 했다고 생각했다. 손수건을 안 짜서 물이 줄줄 흘러 그의 옷을 다 적셨다.

"미안."

"흠……."

힐 로즈먼트의 얼굴이 바싹 다가왔다.

"당신을 납치하는 건 아주 쉬운 일이겠네요."

호의를 베푼 나를 돌려 까는 말에 미간을 찌푸리자 그는 아무런 일도 없었다는 듯 자리에서 일어났다. 뒷머리를 보니 조금 부은 것도 같다.

"손수건 가져가. 그리고 일부러 넘어지는 건 그만둬. 아프잖아."

굳이 자기 자신을 그렇게 함부로 대하는 이유를 모르겠다. 힐 로즈먼트는 내가 준 축축한 손수건을 손에 쥐고 날 가만히 내려다보다가 몸을 돌렸다.

"약속한 물건이나 제대로 준비해 주세요."

멀어지는 그를 보며 나는 한숨을 푹 내쉬었다.

'왜 다들 어딘가 하나씩 망가진 것 같은지 모르겠네.'

힐 로즈먼트도 힐링이 필요한 사람이다.

'언젠가 모두의 품에 고양이를 한 마리씩 안겨 줘야지.'

고양이는 최강의 힐링 동물이니까. 혀를 끌끌 차며 생각하는 순간 뒤에서 반가운 목소리가 들려왔다.

"에이린."

"아빠."

"여기서 뭘 하고 있지?"

"선생님 배웅했어요. 아빠는요?"

"널 데리러 왔단다."

에르노 에탐이 웃으며 허리를 굽혀 나를 들어 안았다. 내가 익숙하게 품에 안기자 그가 내 등을 토닥거렸다.

"어디 가는데요?"

"회의. 네가 가주가 됐으니 소개해 줄 사람이 많아서 말이다."

"그거 농담 아니고 진짜예요?"

"진짜다."

"폐하께서 주신 영지도 있잖아요."

그것만 관리해도 머리가 아플 것 같은데.

"그래. 그쪽도 관리인을 뽑을 예정이다. 오늘 소개받은 후 네가 뽑아도 좋고."

"전 아무것도 모르는데요……?"

"옆에서 도와줄 테니 너무 부담 갖지는 말거라."

갑자기 에탐 가문을 줘 놓고 뭘 부담 가지지 말래?! 에탐 가문이 어떤 가문이던가. 제국의 기둥을 짊어지고 있는 가문 중 하나가 아니던가. 없는 것은 인성뿐이라고 할 만큼 자금, 권력, 명예 모든 것을 가진 가문이었다.

'한국으로 따지면 갑자기 대기업 회장이 된 거잖아.'

열 살짜리 회장이라니 말문이 막혔다. 연일 신문 헤드라인에 보도됐을 거야.

"근데 왜 절 준 거예요? 가주직이요. 제가 드래곤인 거 모를 때도 주려고 했다면서요."

일전에 에르노 에탐이 원래 내게 줄 예정이었다는 말을 했었다.

"네가……."

그가 느긋하게 입술을 달싹였다.

"가주직이라도 주면 집을 나갈 생각을 안 하지 않을까 싶어서."

"……네?"

"내가 첫 단추를 잘못 끼운 탓에 네가 우리를 진짜 가족으로 여기지 않는 것 같았단다."

"우리요……?"

마치 다른 사람들도 알고 있었다는 것처럼 들리는 건 내 착각일까?

"그래. 칼란과 실리안에게도 물어봤지."

"다른 가족들도 있잖아요. 아버지 형제라든가……."

에르노 에탐이 가소롭지도 않다는 듯 웃었다. 그 표정에서 그가 얼마나 다른 가족을 무시하고 있는지 훤히 보였다.

"패배자들에게 두 번의 기회는 없는 법이지."

에르노 에탐이 말했다. 하긴 아빠가 막내인데도 불구하고 가장 유력한 후계자라 본채에서 살고 있는 거니까……. 틀린 말은 아니다. 근데 좀 얄밉기도 했다.

'근데 그걸 받아서 날 줬다는 거지…….'

아마 아빠는 에탐 가문 사상 최단기간 가주직을 맡은 게 아니었을까?

"그래도 그분들의 자식들도⋯⋯."

"가주였던 내가 널 후계자로 삼고 물려줬는데 그게 무슨 상관이지?"

그가 뻔뻔하게 말했다. 그렇지. 후계자를 정하는 건 확실히 가주의 독자적인 권한이었지.

'할아버지 불쌍해⋯⋯.'

그렇게 사고만 치던 아빠가 드디어 물려받겠다고 해서 가주직을 넘겨줬는데 홀라당 내게 넘겨 버렸으니.

'나를 볼 때마다 뭔가 못마땅한 눈을 하는 것도 이해는 돼.'

나 같아도 내가 곱게 보이진 않을 것 같다. 그래서 지금 어딜 간다는 거지? 아빠의 품에 안겨 도착한 곳은 회의실이었다. 일전에 왔던 곳보다 훨씬 크다. 아빠가 안으로 들어가자 웅성거리던 좌중이 순식간에 조용해졌다. 커다란 원탁에는 처음 보는 사람들이 둘러앉아 있었다. 내가 당황해서 아빠의 옷자락을 꽉 붙잡자 그가 내 등을 가볍게 토닥였다. 그가 안으로 들어가 원탁의 가장 중심에 나를 앉히고 옆자리에 서자 하나같이 호기심 어린 시선으로 나를 보며 앉아 있던 어른들이 우르르 자리에서 일어났다.

"영원의 주인이신 가주님을 뵙습니다."

모두가 내게 고개를 숙였다. 고개를 숙이지 않는 것은 전 가주인 에르노 에탐과 전전 가주가 된 미르엘 공작뿐이었다. 예상치 못한 상황에 내가 눈동자만 굴리자 미르엘 공작이 입을 열었다.

"고개를 들라고 하면 된다."

"고, 고개를 들고 앉아 주세요……."

목소리가 벌벌 떨렸다. 내가 간신히 말하자 그들은 잘 훈련된 기사처럼 고개를 들고 다시 자리에 앉았다. 모두가 나를 보았다.

'……뭘 하라는 거야.'

나는 누구 앞에 서는 거 딱 질색이란 말이야. 옛날부터 조별 과제에서 자료 조사와 PPT 정리를 전부 맡을지언정 발표는 곧 죽어도 피하고 싶었던 나다. 누군가의 앞에 서면 제대로 되는 일이 없었다. 중학교, 고등학교 전부 내가 뭔가를 말하면 들려오는 것은 침묵이거나 킥킥거리는 비웃음뿐이었으니까. 나를 탐색하는 듯한 시선에 심장이 빠르게 뛰었다.

"인생을 되는대로 살던 망나니 막내가 갑자기 딸을 입양했다고 해서 꽤 놀랐는데 이거 참 귀여운 조카가 아닌가."

가장 먼저 입을 연 것은 아빠 옆에 있는 할아버지만큼이나 덩치가 크고 호쾌하게 생긴 남자였다. 검은 머리카락에 황금색 눈동자가 아빠랑 똑 닮았다. 다만 그는 밖에서 오래 생활했는지 피부가 살짝 탄 듯 어두웠다. 그는 고개 숙여 인사했던 때와는 다르게 제법 가벼운 목소리로 입을 열었다.

'아빠가 살짝 근육이 우락부락하고 선이 굵어진 느낌이라고 해야 하나?'

어, 근데 조카라고?

"나는 차르니엘 에탐이라고 한다. 이놈들의 첫째로, 장남이지."
내가 고개를 갸웃하자 그가 웃으며 자기소개를 해 왔다.
'그럼 이 사람들이 전부······.'
에탐의 직계나 방계라는 뜻이야?

[에탐 가문이 그대가 눈을 뜬 것을 계기로 본채로 직계와 방계 할 것 없이 전부 소환했어.]

일전에 황제 아저씨가 말하긴 했지만 정말로 다 불러 모았던 모양이다.
'아빠가 날 위해서······.'
눈이 절로 동그래졌다. 이번에는 차르니엘의 맞은편에 있는 한 주먹 하게 생긴 여자가 턱을 괸 채 심드렁하게 입을 열었다.
"그러게 말이야. 막내 주제에 귀염성이라곤 조금도 없어선. 저 혼자 일 다 끝내고 뒤늦게 사교계 소문으로나 듣게 하다니······."
부채를 탁 접으며 불만스러운 기색을 내비치는 그 모습이 당당한 여장부라고 해도 이상할 곳이 없어 보였다.
"아, 난 넬리아 자르단이란다. 조카야, 장녀고 둘째야."
옅은 금색 머리카락을 뒤로 넘긴 그녀가 설핏 웃었다. 얼핏얼핏 보이는 팔엔 자잘한 근육이 있었다. 자세히 보니 부채도 나무 같은 것이 아니라 묵직해 보이는 쇠로 된 부채로 보였다.

'뭐야, 무서워.'

마치 나뭇가지를 가지고 놀듯 그녀는 부채를 아무렇지도 않게 한 손으로 가지고 놀았다.

"아, 뭐래! 이거 나만 이상해? 넬 언니, 아무리 그래도 겨우 열 살짜리 아이에게 덥석 가주직을 맡기는 게 말이나 된다고 생각해? 우리가 무슨 한미한 가문도 아니고 무려 에탐 가문의 가주잖아!"

넬리아 자르단의 옆에 앉아 있던 여자가 탁자를 확 치며 일어났다. 새까만 머리카락이 탐스러운 여자였다. 외모만 따지자면 솔직히 아빠 다음가는 미녀였다. 역시 아빠가 최고다. 새초롬하게 생긴 여자는 부채를 들고 있긴 했지만 일반 부채였다.

'……이 사람도 도마뱀이 취향인가?'

부채에 도마뱀 그림이 있는 것도 같다. 그녀가 고개를 휙 돌려 나를 노려보았다. 내가 바싹 긴장해서 입을 꾹 다물자 한층 더 눈매가 매서워졌다.

"으음……. 뭐, 확실히 그건 좀 그렇지."

"그렇지?! 아직 애라고! 좀 더 뛰어놀고 나돌아다니면서 쑥쑥 성장해야 할 애잖아! 애초에 아직 키도 제대로 못 컸다면서?"

"……."

아픈 곳을 찔렸다. 키는 곧 큰다고 했는데…… 내가 시무룩한 얼굴로 머리를 꾹꾹 누르자 나를 본 새초롬한 여자가 흠칫 어깨를 떨었다.

"에잇, 너! 우리 영지에서 나는 우유랑 치즈를 보내 줄 테니 많이 먹도록 해! 얼른 쑥쑥 커야 경영을 하든 정치를 하든 하지! 최고급으로만 보낼 테니까 다 먹도록 해!"

여자가 부채를 쫙 펼쳤다. 그걸 보는 에르노 에탐의 표정이 구겨졌다. 넬리아 자르단이 헛웃음을 흘리더니 입을 열었다.

"아크레아? 그렇게 퉁명스럽게 굴 거면 일단 그 애들 장난감 같은 부채는 치워 버리는 게 어떻니."

부채에는 내가 그려져 있었다. 정확히는 거울에서 본 내 어릴 적 도마뱀 모습이 말이다. 그녀의 얼굴이 새빨갛게 달아올랐다.

"난! 아크레아 사파일! 막내 바로 위의 누나야."

성큼성큼 걸어온 아크레아 사파일이 내게 손을 쭉 내밀었다. 악수라도 해 달라는 모양새에 내가 엉거주춤 손을 내밀자 그녀가 냉큼 내 손을 맞잡고 위아래로 흔들었다.

"윽…… 생각보다 더 좋잖아."

한참이나 내 손을 잡고 있던 그녀가 뭐라고 중얼거리다가 에르노 에탐의 매서운 눈초리에 결국 자리로 돌아갔다.

"저 미친놈은 눈 치켜뜨는 게 어떻게 변하지도 않았어?"

"너도 뇌가 빈 게 여전하네."

"누님이라고 제대로 호칭해!"

"멍청한 것만 보면 두드러기가 나는 성격이라서."

에르노 에탐이 언제나와 같은 다정한 얼굴로 산뜻하게 대답했다. 아크레아 사파일이 삿대질을 하며 에르노 에탐을 노려보다가 이를 갈며 손을 내렸다.

"어, 아, 안녕……. 가주님. 난 하이엘 에탐이란다……. 차남이고 셋째야……."

"안녕하세요……."

굉장히 유약해 보이는 사람이었다. 품에는 검붉은 가죽 표지로 된 책을 들고 있었다. 다른 사람과는 다르게 몸도 호리호리했고 피부도 새하얬다. 그와 대비되게 눈 밑에는 다크서클이 짙었다. 옅은 물빛 눈동자와 검은색 머리카락이 무척 잘 어울렸다.

'저 사람이 아빠보다 나이가 많다고……?'

동안도 이런 동안이 따로 없다. 내가 빤히 바라보고 있으니 그가 부끄러웠는지 고개를 푹 숙이고 몸을 둥그렇게 말려고 했다. 신기한 눈으로 바라보자 넬리아 자르단이 웃었다.

"아서라. 쟤야말로 우리 중엔 제일 몹쓸 놈이다. 한번 열받으면 뵈는 거 없어. 예전에 네 친부 때려잡았던 게……."

"넬리아."

에르노 에탐이 넬리아 자르단의 말을 끊었다. 넬리아가 코웃음을 쳤다.

"아, 네 뒤에 있는 양·아·빠 말고 그 개망나니 말이야."

에르노 에탐이 내 귀를 가만히 손바닥으로 막았다. 그러더니 뭐라고 얘기하는 모양이었다. 눈을 동그랗게 뜬 넬리아의 손등에 힘줄이 툭 솟았다. 잔뜩 사나워진 얼굴로 뭐라고 말을 하는 것 같은데 전혀 들리지 않았다.

'귀를 그렇게 세게 막은 것 같지도 않은데…….'

마법이라도 쓴 걸까?

'궁금해.'

궁금한데 안 들려. 내가 끙끙 앓고 있으니 이내 귀가 뚫리며 귀를 덮었던 손이 멀어졌다.

"허참, 진짜……."

넬리아 자르단이 헛웃음을 삼켰다.

"어쨌든 쟤 열받으면 가게 두어 개는 그냥 부수니까 상대하지 마라."

"누니이임……!"

하이엘 에탐이 울상인 얼굴로 고개를 내저었다. 울먹거리는 얼굴이 퍽 귀엽다. 발을 동동 구를 것 같았다.

"뭐, 자기소개는 대략 끝났고…… 아, 너 아직 안 했니? 크루노."

크루노? 귀에 익은 이름에 고개를 들자 한쪽에 가만히 앉아만 있던 남자가 고개를 들었다. 곱슬기가 느껴지는 새까만 단발에 탁하고 어둑한 푸른색 눈동자의 남자였다. 정확히는 깊은 심해에 닿은 듯한 아주 짙은 남색에 가까웠다. 다른 사람들이 생기가 있는 눈이라면 그는 마치 죽은 사람처럼 탁하고 생기가 없는 시선이었다. 그야말로 무감정한 시선이었다. 새까만 옷을 입으면 어울릴 것 같은 남자는 새하얀 성직자를 위한 복장을 하고 있었다. 책상 위에는 성경책처럼 보이는 책이 가지런히 놓여 있다.

"……크루노 에탐이다."

그는 내키지 않는 듯 느리게 입을 열었다. 사막에 굴러다니는 모래알만큼이나 건조한 목소리였다. 버석버석한 나뭇잎을 밟으면 저런 바싹 마른 느낌이 드는 걸까?

'저 사람, 나 싫어하네.'

다른 사람들은 눈치채지 못했을지 몰라도 나는 알겠다. 그의 시선에서 나에 대한 경멸이 느껴졌다.

"저 음침한 자식은 열외로 둬도 돼. 청소년기에 들어서면서부터 계속 저 상태였어."

"아……."

"결혼도 안 하고 신전에 들어가더니 지금은 추기경이야. 아마 이번 모임도 오기 싫은 거 억지로 왔겠지. 에탐의 명령은 절대적이니까."

그런 거야? 내가 눈을 동그랗게 뜨자 차르니엘 에탐이 호탕하게 웃었다. 그의 옆에는 섬뜩할 정도로 잘 벼려진 커다란 대검이 놓여 있었다.

"그래, 할 일이 없어서 우릴 불러 모은 건 아닐 테고…… 역시 안건은 새 가주님 때문인가?"

"그래. 이것들아 어째 아비한테 인사를 하러 오는 놈들이 없냐. 진짜 자식 농사라곤 대차게 실패해선……."

"어머니께 그 말 전해 드리면 아마 도끼 들고 뛰어오실 겁니다."

차르니엘이 웃으며 말했다. 그러자 미르엘 에탐이 눈을 사납게 치켜뜨곤 고개를 홱 돌렸다.

"소문은 나도 들었다만 새 가주님이 드래곤이라는 게 정말이냐?"

"그래."

"믿기질 않는군. 초대가 드래곤의 피를 먹은 것으로 에탐 가문에도 드래곤의 피가 흐르게 됐지만 실제로 드래곤이 태어난 적은 없잖아?"

"드래곤이 직계도 아니고 그 개망나니 핏줄에서 태어났다는 게 난 더 신기한데."

그건 나도 신기해. 이들은 내가 고개를 주억거리고 있자 신기한 시선으로 나를 보았다.

"아가, 드래곤으로 변할 수 있니?"

넬리아의 물음에 나는 고개를 끄덕였다. 바라고자 한다면 원래대로 돌아갈 수 있었다.

"친자 검사는 해 봤나?"

"아직."

하려고 할 때마다 내가 쓰러지고 기절하고 이번에는 긴 잠까지 잤으니 딱히 하진 못했지.

"개망나니는?"

"누가 숨겨 주고 있는 것 같아. 흔적이 뚝 끊기더니 사라졌어."

"그것 참 난감하네."

차르니엘은 턱을 문질렀다.

"그러니까 여기 우리 각성하신 어린 가주님을 지켜야 한다

이거지?"

"그래."

"방계라 한들 혈육인지를 확인하지 않고 비호를 받게 할 수는 없을 텐데."

건조한 목소리에 모두의 시선이 그에게 닿았다. 크루노 에탐이었다.

"그를 붙잡아 와서 친자 검사를 먼저 하는 게 우선이라고 본다."

"……우리 셋째 형님께선 뭔가 마음에 안 드는 모양이야?"

에르노 에탐의 눈매가 사르르 휘었다. 심기가 대단히 불편한 기색이 역력했다.

"정론을 말한 것뿐이다."

"내 앞에서 언제 정론이 필요했나?"

"내 말이 틀린 말은 아니지 않습니까, 차르니엘 형님."

"그건 그렇지."

차르니엘이 크루노의 말에 동의했다. 다른 이들도 천천히 고개를 끄덕였다.

"나도 사병을 움직이려면 근거가 필요하거든."

그의 굵직한 손가락이 느리게 탁자 위를 쓸었다.

"하지만 그 개망나니가 실종 상태이니 당장 확인할 순 없지. 찾을 수 있겠나, 하이엘?"

차르니엘이 물었다. 바짝 목을 움츠린 하이엘이 눈치를 살피더니 고개를 끄덕였다.

"노력해 볼게."

"당장은 이 정도로 됐나, 크루노?"

크루노 에탐이 메마른 표정으로 고개를 끄덕였다. 차르니엘이 내게 시선을 돌렸다.

"뭐, 드래곤인 어린 가주님을 모시게 된 것은 처음이지만…… 잘 부탁하겠습니다."

차르니엘이 웃으며 손을 내밀었다. 내가 엉거주춤 손을 내밀자 몸이 불쑥 뒤로 당겨졌다.

"에이린, 저런 더러운 것엔 손대면 안 된다."

내가 당황해 차르니엘과 아빠를 번갈아 보다가 결국 내밀었던 손을 내리고 웃었다. 아빠가 하지 말라는데 하지 말아야지.

"……내가 더럽나?"

"뭐, 우락부락한 걸 보면 아무래도 애들이 좋아할 상은 아니지."

"말이 심하군. 우리 애들은 나 좋아한다."

"그야 걔네는 우락부락한 오빠 얼굴에 익숙해졌으니까 그렇겠지?"

아크레아 사파일이 말했다. 입술을 뻐끔거리던 차르니엘이 인상을 찌푸렸다.

"잘 부탁드립니다."

나는 꾸벅 고개를 숙였다. 그러자 티격태격하며 싸우던 시선들이 동시에 내게 몰렸다. 그들이 서로를 보며 피식 웃더니 고개를 끄덕였다.

"뭐, 가문을 망치지만 말라고."

"네."

내가 어떻게 할 수 있을지 모르겠지만 말이다.

"그리고 이 주변에 서 있는 사람들도 잘 봐 두는 게 좋을 거야. 우리를 가장 가까이에서 도와주는 가신이나 방계들이니까."

차르니엘의 말에 나는 천천히 주변을 보았다. 원탁에 앉은 이들을 제외하고도 가주를 보러 온 사람은 많이 있었다. 눈에 익은 사람도 있고 그렇지 못한 사람도 있었다. 원탁 주변으로 늘어선 이들을 나는 천천히 눈에 담았다. 누군지 알 재간은 없었지만 말이다.

'눈도장만 찍어 두라는 거겠지.'

정말 내가 가주가 된 모양이었다. 구렁이 담 넘듯 순식간에 말이다.

'이참에 일단 '하타르'에 대해서 말을 해 둘까?'

이만한 인원이 모이는 게 사실 쉬운 일은 아니니까.

"슬슬 그럼 파하면 될 것 같은데 어떤가? 오랜만에 아이들과 시간을 보낼 예정이라서."

"아, 나도 의상실 예약해 뒀어."

"나도 서점……."

차르니엘과 아크레아 그리고 하이엘이 연이어 말했다. 곧 자리가 파하게 될 것 같았다. 나는 고민 끝에 살짝 손을 들었다.

"저기……."

자리에서 일어나려던 사람들이 내 부름에 우뚝 움직임을 멈추고 고개를 돌렸다. 쏟아지는 시선들이 조금 버거웠다. 맹수들 사이에 둘러싸인 기분이 들었다. 이렇게 모여 있으니 왜 황제가 그런 말을 했는지 알 것 같았다.

[에탐 가문은 직계가 눈에 띄기는 하지만 방계 역시 만만찮은 무력과 힘을 가지고 있어 무시할 수 없네.]
[그들이 화가 나면 아마 작은 나라 하나가 쑥대밭이 되는 것도 어려운 일은 아닐 거야.]

정말 이 사람들이라면 그럴지도 모른다는 생각이 들었다. 저 눈빛은 사람의 본능적인 공포를 자극하는 무언가가 있었다.
'그러고 보니 드래곤은 욕심이 많아서 에탐 가문도 탐욕이 있다는 설정이었던 것 같은데…….'
사실 손에 쥔 것들만 봐도 그들이 대충 무슨 욕심을 가졌는지 알 것 같았다. 불확실한 건 넬리아 자르단과 아빠 정도였다.
"왜 불러놓고 말을 안 해?"
인내심이 가장 없는 아크레아 사파일이 먼저 불만을 토했다.
"아…….."
다른 생각하느라 잠깐 깜빡했다. 내가 불렀지 참.
"그…….."
내가 입을 열자 모두가 내게 집중했다. 수십 쌍의 시선이 닿는다. 심장이 쿵쿵 뛰었다. 이명이 들리는 것만 같았다.

*[킥킥, 쟤 봐. 벌벌 떨면서 말하네. 뭐라는 거야? 들리는 사람—?]*
*[쟤가 하는 말은 왜 다 개구라 같은지 모르겠어.]*
*[차미소! 대체 뭐라고 하는 거냐! 제대로 발표 못 해? 뭘 하는 거야! 너는 과제 평가 0점이야, 0점!]*

내가 말한다 해도 결국 아무도 믿지 않으면 어쩌지? 사실 증거가 있는 것도 아니었다. 어쩌면 소설과 다르게 이야기가 흘러갈지도 모르잖아. 괜히 설레발을 치는 게 아닐까? 그냥 다음 수업 때 힐 로즈먼트에게 증거를 받고 그 뒤에 정식으로 접근하는 게 좋지 않을까? 새하얗게 번진 온갖 생각이 머릿속을 스쳐 지나갔다. 내가 고개를 막 저으려는 때였다. 무릎 위에 올라가 있는 내 벌벌 떨리는 손등을 누군가가 커다란 손으로 덮었다. 따뜻하다 못해 뜨거울 정도의 온기에 눈이 절로 커졌다. 고개를 들어 옆을 보자 아빠가 나를 걱정스러운 시선으로 보고 있었다. 손등을 느리게 토닥거리는 손길에 천천히 진정됐다.

'괜찮아.'

이제 나는 그 집에 있지도 않고 그 세계에 있지도 않으니까. 나라고 처음부터 이랬던 건 아니다. 처음은 단순히 무슨 말을 해도 비웃거나 쓸데없는 소리를 하지 말라며 툭툭 끊기게 돼 가족 대화에 끼지 못하던 것뿐이었다. 그래서 가족 간의 대화에

끼지 않게 됐다. 무슨 말을 해도 어차피 무시당할 테니까.

어느 날 발표 도중에 실수로 말을 더듬었다. 남동생들이 나에 대한 악의적인 소문을 내고 있을 때였다. 어쩌면 작은 불행이었다. 그런 소문을 들은 학생 중 나를 못마땅하게 여긴 학생이 나와 같은 반이었던 불행. 그 아이가 대놓고 나를 비웃었다. 내가 실수로 더듬었던 말을 괴상하게 따라 하며 웃음거리로 만들었다. 남동생들의 악의적인 소문과 함께 부풀려진 작은 악의는 순식간에 학교 전체를 뒤덮었다. 내가 무슨 말을 하든 모두가 비웃었다. 고등학교 시절에는 아무렇지 않은 척 웃으며 생활하기 위해 무던히 애를 썼지만 그래도 발표는 무리였다. 대학교에 가서도 달라진 건 없었고.

나는 심호흡을 크게 하고 고개를 들었다. 아빠를 보고 있으니 어쩐지 든든해졌다. 내가 말하지 않고 새하얗게 질려 있었음에도 누구 하나 비웃지 않는다. 그저 걱정스럽고 진지한 얼굴로 나를 보고 있을 뿐이다.

'여긴 학교가 아니야.'

하물며 대한민국도 아니고 저주스러운 남동생들도 없다. 나는 마지막으로 한 번 더 크게 심호흡을 하고 눈에 힘을 주며 입을 열었다.

"만약에 물처럼 투명하게 생겼는데 단맛이 나는 음료가 있으면 절대로 마시지 마세요."

"물처럼 투명한 단맛이 나는 음료?"

"네."

"그게 뭐야. 그런 음료가 있었나? 나는 들어본 적 없는 음료인데 어디서 봤니?"

넬리아 자르단이 의아한 얼굴로 물었다.

'아직은 양지로 드러날 때는 아니니까요······.'

처음엔 아주 밑바닥부터 시작한다. 그렇게 조금씩 하층민을 공략해 자연스럽게 중독자를 늘려 가는 것이다. 나중에는 서민들의 음료로 널리 퍼지게 될 것이다. 그렇게 유명해지면 결국 귀족들 사이에도 퍼지겠지. 이상함을 눈치챘을 땐 이미 나라의 반은 기능을 멈추고 말 것이다. 물론 이번엔 황제가 눈 뜨고 당하고만 있진 않을 테지만.

'그래도 에탐 가문 내에선 피해자가 최소한인 게 좋으니까.'

원작에선 이 사건으로 에탐 가문이 황성에 등을 돌리지만 그건 에노쉬가 죽었을 때 얘기고. 이번 사태를 제대로 막으면 아마 반귀족파도, 제국을 넘보는 나라도 한 번에 견제할 수 있을 것이다.

"아직 시장에 나오진 않았어요."

"그럼?"

"그냥······ 곧 그럴 거예요."

넬리아 자르단이 쇠로 된 부채로 턱 밑을 가볍게 긁었다. 그녀는 무슨 생각을 하는지 잠시 말이 없었다.

"그건 드래곤의 혜안이니?"

"네."

일단 그런 걸로 해 두자.

"그렇군. 흠…… 정보 들은 거 있어, 하이엘?"

그녀가 고개를 돌려 물었다. 창백한 얼굴의 하이엘 에탐이 책을 끌어안은 채 잠시 고민하더니 고개를 저었다.

"아니."

"앞으로 일어날 일이라는 건가?"

"지금 돌고는 있는데 아직 많이는 아니에요. 그러니까……."

"곧 시장에 돌 거라는 말이지?"

넬리아 자르단이 자신만만하게 씩 웃었다.

"내가 책임지고 유통을 막아 보지."

"네?"

"그녀는 제국 최고 상단인 자르단 상단의 상단주란다."

내가 의아해하자 에르노 에탐이 머리 위에서 설명을 덧붙였다. 어쩐지 화려하진 않은데 값비싸 보이는 금속 장신구나 보석류가 많이 보인다고 했더니…… 넬리아 자르단의 '탐욕'이 뭔지 알 것 같았다. 그녀는 오만하게 웃으며 부채를 탁 펼쳤다.

'근데 이렇게 물어보지도 않고 바로……?'

추궁 같은 것을 당할 줄 알았는데.

"아무것도…… 묻지 않네요……?"

"응? 뭘 물어야 해?"

"이유라든가……."

넬리아 자르단이 나를 물끄러미 보더니 픽 웃음을 터뜨렸다. 무엇이 그렇게 재밌는지 한참이나 웃더니 결국은 눈 밑을 손수건으로 콕콕 눌러 닦기까지 했다.

"······넬리아 누님."

에르노 에탐의 목소리가 서늘해졌다.

"아니, 귀엽잖아. 세상에나. 이런 가주님이 세상에 어디에 있어. 아버지도, 돌아가신 할아버님도 독선 그 자체였잖아. 이유 안 물어봤다고 이렇게 울상일 필요가 있냐고."

넬리아가 나를 보더니 다시 고개를 숙이고 웃기 시작했다. 이제 조금 무서워졌다. 왜냐하면 나는 하나도 웃기지 않았기 때문이다.

"에이린, 에탐 가문 가주의 명령은 직계나 방계에겐 절대적이야. 그리고······ 아버지는 의문이라도 품으면 크리스털 재떨이를 돌려주었다."

차르니엘이 비밀 이야기를 하듯 상체를 숙이더니 작은 목소리로 속닥거렸다. 생각지도 못한 말에 내가 눈을 동그랗게 뜨자 미르엘 공작이 눈을 매섭게 치켜뜨며 차르니엘을 노려봤다.

"괘씸한 패륜 놈들. 입 안 다무느냐?"

"알겠습니다."

차르니엘이 어깨를 으쓱이며 다시 입을 다물었다.

"그래, 우리 가주님이 이렇게 불안해하시는데 물어봐야지. 그 음료가 뭔데 그러니?"

"중독성이 있는 약이에요."

"중독성이 있는……?"

"네. 처음엔 맛있는 음료 같아요. 값도 저렴하고 생각날 때마다 사서 먹어도 되는 정도예요."

내 말에 좌중이 조용해졌다. 모두가 심각한 표정으로 오로지 내 말을 경청하고 있었다. 아주 생소한 기분이었다.

"중독성이 있어서 나중에는 버릇처럼 먹게 될 거고 그렇게 유명해지면 귀족 사용인들에게까지 퍼지죠."

내 말을 듣던 넬리아의 미간이 찌푸려졌다. 고개를 돌리자 팔짱을 낀 미르엘 공작도 가만히 내 얘기를 듣고 있었다.

"그러면 귀족 사교계에 퍼지는 것도 순식간이에요."

"그렇겠구나."

아빠가 가볍게 맞장구를 쳤다. 목소리를 들으니 한층 더 안심이 됐다. 아무도 나를 무시하지 않는 것이 신기했다.

'정말 꿈같아.'

모든 것이 바라는 대로만 이뤄져서, 아니 바라던 것 이상으로 이뤄져서 솔직히 두려울 정도였다.

"사실 처음엔 그냥 음료 같고 먹지 않아도 단순히 조금 생각나는 정도라서 의심하기 힘들어요."

내 말에 차르니엘이 고개를 끄덕였다.

"근데 이 흔했던 음료가 점점 품귀 현상이 일어나면서 가격이 치솟을 거예요. 거기서 문제가 생겨요."

"먹지 못하는 사람이 생기겠군."

"네. 먹지 못하고 일주일이 지나면 금단 증세가 심해져서 발작도 일어나고 그래요."

음료가 저렴할 때는 머릿속에 떠오르면 그냥 마시면 됐지만 그게 막히는 순간 난감해지는 것이다. 미리 정보를 듣고 사재기를 해 두거나 웃돈을 주고 구매하는 것은 예삿일이고 음료가 남은 사람과 남지 않은 사람이 대립해서 폭동이 일어나거나 살인이 일어나기도 했다.

"상인들 사이로 도는 건 내가 어떻게 틀어막을 순 있겠어. 뒤쪽이라면 조금 난감할 것도 같지만."

넬리아 자르단의 말에 나는 고개를 끄덕였다. 뒤쪽은 힐 로즈먼트가 있으니 충분했다.

"그러니까 음식을 하거나 물이나 음료를 마실 때 제가 말한 것과 같으면 버려 주세요."

"알겠다."

차르니엘이 고개를 끄덕였다.

"너희도 각별히 주의하도록. 이 건에 관해선 조금 더 알아보고 대비한 뒤 다시 한번 회의를 여는 게 좋겠어."

차르니엘의 말에 미르엘 공작이 고개를 끄덕였다.

"그럼 이만 해산하지."

마지막으로 내가 고개를 끄덕이자 모두가 자리에서 일어났다.

"영원의 축복이 있으시길."

모두가 고개를 숙였다.

"수, 수고하셨습니다."

내가 바짝 긴장해서 말하자 어딘가에서 "귀여워"라는 작은 목소리가 들렸다. 인파가 순식간에 회의실을 빠져나갔다. 크루노 에탐이 가장 늦게 나를 흘겨보곤 몸을 돌렸다. 그 서늘한 눈빛을 보는 순간 떠올랐다. 크루노 에탐이 누구였는지.

나는 재빠르게 의자에서 폴짝 뛰어내렸다. 그는 추기경이라고 했다. 즉 신전 측과 연관된 사람이라는 거다. 신전 하면 떠오르는 사람이 딱 하나 있다.

'루실리온.'

크루노 에탐. 그는 신전에 귀의해 모든 것을 신에게 바친 신실한 신도였다. 신의 계시가 내려와 스스로 목에 칼을 꽂으라고 한다면 그는 순순히 그렇게 할 사람이었다. 그러나 빛 뒤엔 언제나 그림자가 있듯 신전이라고 깨끗하고 깔끔한 것만은 아니었다. 《입.양.각》 내에서 신전이 추구하는 것은 '인간 우월주의'다. 인간만이 우월하고 위대하며 신의 소리를 듣는 한 차원 위의 고등한 존재라고 생각하는 것이다. 그 때문에 신전은 인간 외의 모든 것을 경멸하고 혐오하며 열등하게 여긴다. 크루노 에탐은 바로 그 중심에 선 인물이었다. 자신에게 섞인 드래곤의 피조차 끔찍하게 여기며 그 본성을 아득히 한계까지 억누르고 본인의 탄생조차 죄악으로 여겨 참회하는 사람. 그는 대신관 후보생들의 교육관이기도 했다. 즉…….

'저 미친놈이 루실리온을 학대한다고오……!'

그리고 루실리온이 대신관을 이어받았을 때 죽기도 했다. 어떤 대신관보다 뛰어난 힘으로 각성한 루실리온을 보며…….

〈"드디어 신께서 나를 부르셨군……."〉

……이라는 말과 함께 만족스럽게 죽음을 맞이한다. 다만 루실리온은 신이라는 이름 아래에서 뇌물을 받아먹거나 그 지위를 이용해 약자를 유린하는 등의 더러운 짓거리를 일삼은 이들만을 골라 숙청했다. 크루노 에탐은 체벌에 있어 정도가 과하고 신앙심이 지나치긴 해서 신관 후보생이나 대신관 후보생을 거의 세뇌하듯 굴기는 했지만 그런 유의 더러운 짓을 한 적은 없었다. 그래서 조금 의아하긴 했다. 왜 루실리온이 그를 죽였는지. 왜냐하면 루실리온은 그 외의 다른 교육관 중에 체벌이 과하긴 했으나 신실한 사람들은 죽이지 않았거든.

'어휴, 지금 그게 알 게 뭐야.'

지금은 루실리온이 무사한지를 물어볼 때였다. 나는 복도를 도도도 뛰었다. 다행히 크루노 에탐은 그리 멀리 있지 않았다.

"세, 셋째 삼초오온!"

헉, 헉, 헉.

내 저질스러운 체력 누가 어떻게 해 줬으면. 내 부름에 크루노 에탐의 걸음이 뚝 멈췄다. 그는 아주 절제된 동작으로 천천히 몸을 돌렸다. 한쪽 팔에는 성서가 끼워져 있었다. 시선은 여전히 차갑고 건조했다. 그는 뭔가 못 들을 것을 들은 사람처럼 한쪽 눈썹을 찡그리고 있었다.

"날 부른 건가?"

"네."

"용건은?"

"그, 신전에 루실리온……이라고 있지요?"

크루노 에탑은 그 이름을 들었음에도 한층 무표정한 얼굴로 나를 보았다.

"모른다."

"신관 후보생 중에 있는데요."

무신경한 시선이 관심 없다는 듯 나를 내려다만 보았다.

"그…… 무사한지 알고 싶어서."

"신관 후보생은 어엿한 신관이 되기 전까진 신전에서 나갈 수 없는 게 규범이며 규칙이다."

"아……."

"몸과 마음을 신께 바치는 청렴한 상태가 되기 전에 바깥의 삿된 것들을 접하지 않기 위함이지."

루실리온의 이야기를 하고 있는 건가? 주어도 없고 뜬금이 없기도 해서 그가 말하고자 하는 것이 정확히 무엇인지 감이 잘 오지 않았다.

"바깥에 나갔다 온 것은 후보생이라고 할 수 없다. 다시 정결

한 상태가 될 때까지 폐관 수련에 들어가지."

지금 루실리온이 폐관 수련에 들어갔다는 말이지? 내가 당황해서 막 입을 열려는 때였다.

"다 너를 만났기 때문이다. 삿된 것에 물들어 감히 성물까지 가져다 쓴 죄는 가볍지 않다."

"루실리온은 그냥……!"

"분명히 열 살이나 됐다고 들었는데 성물을 그렇게 먹고도 몸은 제대로 크지도 않았군. 괴물이나 다름없다."

"……"

"성서에 따르면 창세에 신께선 짐승을 만들고 벌레를 만들고 최후에 그것들을 지배할 인간들을 만드셨지."

크루노 에탐의 말에 입술을 뻐끔거리던 나는 입을 꾹 다물었다.

"그리고 새까만 뱀 한 마리가 사특하게도 신을 속였지. 그것은 때로는 친구인 척, 때로는 가족인 척 굴다가 신이 그를 완전히 믿게 되었을 때 그분의 신체 일부를 집어삼켰다."

"……"

"그렇게 그 사특한 뱀은 신과 비슷한 존재가 되려고 했지. 그러나 그것은 결국 세상을 파괴하고 인간을 죽이고 자연을 망치며 애정을 갈구하다 인간에게 이용당해 결국 멸족했다."

성서에 그런 식으로 적혀 있을 줄은 몰랐는데. 크루노 에탐만의 생각이라기엔 너무 상상력이 풍부했다.

"세상 모두가 속는다고 한들 나는 속지 않는다."

"전 아무것도 속이지 않았어요."

"네가 악룡이 되지 않을 거라는 보장은 어딨지? 네가 술수를 부리고 있지 않다는 보장은? 네가 괴물이 아니라고 보장할 수 있나?"

크루노 에탐의 말에 말문이 절로 막혔다. 아무런 말도 할 수가 없었다. 딱히 맞는 말이라고 생각해서는 아니었다. 그저 적의가 가득한 시선을 마주 보고 있으니 아무런 생각을 할 수 없었을 뿐이다. 그는 신실한 자다. 스스로의 탄생조차 죄로 여겨 지금껏 자신을 체벌하며 상처를 새기며 참회하고 있는 사람.

"못 해요."

나는 담담하게 대답했다. 크루노 에탐은 내가 순순히 인정할 거라곤 생각하지 못한 듯 움직임을 뚝 멈췄다.

"역시 너는……."

"하지만 그러지 않으려고 노력할 거예요. 삼촌이 지금까지 '그 일'을 후회하며 참회하고 노력하는 것처럼요."

크루노 에탐의 얼굴이 굳었다.

"삼촌이 나쁜 건 아니라고 생각해요. 그냥 어쩔 수 없는 작은 불행이었어요."

내가 그랬듯 그에게도 작은 불행이 있었을 뿐이다. 가만히 내 눈을 들여다보던 크루노 에탐은 치부를 들킨 사람처럼 얼굴을 일그러뜨리더니 고개를 돌렸다.

"누가 사특한 뱀의 화신 아니랄까 봐 남의 마음을 읽다니. 나는 네 간사한 술수에 속지 않는다."

사납게 일갈하며 몸을 돌린 크루노 에탐은 날 상대할 가치가 없다고 생각한 사람처럼 성큼성큼 걸었다.

"크! 루! 노! 세엣째 삼초오오온!"

내가 배에 힘을 확 주며 목소리를 높였다. 복도에 쩌렁쩌렁하게 울리는 목소리에 그의 발이 살짝 삐끗했다. 그도 내 목소리엔 못 배겼는지 무표정한 표정이 깨어진 얼굴로 나를 돌아보았다.

"조만간 찾아뵐 테니까 루시 보여 주세요!"

"헛소리."

그가 작게 일갈하곤 몸을 돌려 성큼성큼 사라졌다.

'오랜만이네.'

이런 적나라한 거절. 하하. 이 세계에 온 뒤로는 거의 느끼지 못했던 느낌이라 생경하기까지 했다. 루실리온이 나 때문에 곤란한 상황에 부닥친 건 알겠다.

[다 너를 만났기 때문이다. 삿된 것에 물들어 감히 성물까지 가져다 쓴 죄는 가볍지 않다.]

[루실리온은 그냥……!]

[분명히 열 살이나 됐다고 들었는데 성물을 그렇게 먹고도 몸은 제대로 크지도 않았군. 괴물이나 다름없다.]

왜 귓가에 맴도는 그 목소리가 그렇게 아픈지 모르겠다.

'못됐다니까.'

상대가 가장 상처받을 말만을 골라서 하고 말이다.

'난 이런 말에 상처받을 정도로 무르지 않다고.'

익숙하니까. 하지만 그러는 크루노 에탐이라고 평탄한 삶을 살아온 것은 아니다. 그도 결국은 신전의 피해자였다. '인간 우월주의'를 내세우는 신전은 인간 이외의 모든 것을 경멸하고 혐오한다. 거기엔 수인과 엘프, 마물은 물론 인간이 아닌 모든 것들이 속했다. 개중에 가장 싫어하는 것은 수인이었다. 짐승인 주제에 인간처럼 걷고 말한다고 끔찍하게 여겼다. 신전은 수인을 데려가 회개하게 하고 정화한다는 명목으로 그들을 잡일꾼으로 쓰고 있다. 말이 잡일꾼이지 사실 노예였다. 신전의 수인들은 온갖 더러운 일을 도맡아 하면서 짐승만도 못한 취급을 받았다. 루실리온이 대신관이 되면서부턴 그런 일이 없어지지만…… 그러려면 루실리온이 성년이 되어야 했다. 지금 루실리온이 열네 살쯤 됐을 테니 최소 2년은 더 있어야 할 거다. 사실 성년 이후의 일이기 때문에 실제로는 수년이 더 걸릴지도 몰랐다. 어쩌면 나 때문에 더 늦춰질 수도 있다.

"에이린."

"아빠?"

"그래. 네 목소리가 저택을 쩌렁쩌렁 울리더구나."

내가 배에 힘을 주고 소리친 걸 말하는 게 분명했다. 내가 난

감함에 웃자 그가 나를 품에 안아 들었다.

"건강해서 보기 좋구나."

그가 내 등을 토닥거렸다.

"그래, 그 음침남이랑은 무슨 얘기를 했느냐."

"음침남……."

틀린 말은 아닌데 그래도 자기 형 아니던가. 에르노 에탐이 막내임에도 불구하고 왜 다들 진저리를 치는지 알 것만 같다.

'내 아빠지만 거침이 없어.'

나는 웃으며 입을 열었다.

"그냥…… 루실리온을 보게 해 달라고 했어요. 삼촌은 신전의 높은 사람이죠?"

"그렇지. 그러고 보니 네 애완동물이 보이지 않은 지 좀 된 것 같구나."

그걸 이제야 깨달았냐고. 대체 얼마나 관심이 없었던 거야. 그는 뻔뻔하게도 전혀 관심이 없었다는 표정으로 해사하게 웃었다.

"그래서 사지 중 어디를 잘라 줄까, 따님?"

"네?"

"그 새끼가 네게 막말을 퍼부었을 테니까 말이다."

그의 웃음이 한층 더 화사해졌다. 아빠가 왜 웃고 있었는지 알 것 같았다. 그는 내게 올 때부터 기분이 무척 저조했던 것이다.

"걱정은 말거라. 형제를 죽이진 않을 테니."

죽이는 것 빼고는 무엇이든 할 것 같다는 건 내 착각인가요?
내가 대답이 없자 아빠의 미소가 한층 더 짙어진 것은 예정된
일이었다.

### VIII

"아빠, 나는 언제쯤 자랄까요?"

밤이 되어 잠이 들기 직전, 나는 아빠에게 조심스럽게 물었다. 얼른 키가 크고 싶었다. 몸이 작으니 마음도 작아지는 기분이라고 해야 할까?

"드래곤은 애정을 받아야 성장할 수 있다는데 확실히 이상하긴 하구나."

에르노 에탑이 의아해하며 말했다. 헉, 뭐가 잘못되기라도 한 걸까? 나는 급히 반문했다.

"뭐가요?"

"내가 널 이렇게 생각하는데 자라지 않을 이유가 없을 테니까."

아, 네. 너무나도 당당한 말에 말문이 막힌 것도 잠시, 나는 히히 웃으며 그의 가슴팍에 파고들었다. 등을 토닥여 주는 손길이 좋았다. 몸에 닿는 온기도 좋고 팔베개를 해 준 것도 좋다.

"얼른 자라면 좋겠어요."

"그럴 거야."

그가 단언하듯 말했다. 에르노 에탐의 말은 언제나 힘이 있었다. 그 말을 가만히 듣고 있노라면 정말로 그렇게 될 것만 같았으니까.

"잘 자렴."

"아빠도 안녕히 주무세요."

내일 아침에 일어나면 훌쩍 키가 커 있으면 좋겠다. 그렇게 생각하며 잠들었다.

그랬는데…….

헉!

'정말 커졌잖아.'

몽롱한 채로 눈을 뜨자 침대 근처 거울에 불쑥 커진 내가 보였다.

'팔다리가 쑤셔…….'

누가 밤새 고무줄처럼 팔다리를 쭉쭉 늘여 놓은 느낌이었다. 그래도 불쑥 큰 키는 이제야 좀 열 살짜리처럼 보였다. 나는 침대에서 폴짝 내려와 거울 앞에 서서 이리저리 몸을 돌려 봤다.

"역시 귀엽다."

아무리 봐도 솜털이니 반죽이니 이해할 수 없는 별명들이다. 한층 짙어진 황금빛 눈동자는 아름답기는 한데 이 세상의 것 같지 않아서 살짝 기이하게도 보였다. 물끄러미 거울에 비친 나를 바라보다가 다시 침대에 걸터앉았다. 슬슬 한 가지 사실을 직시할 필요가 느껴졌던 탓이다.

'아무래도 내 능력은 '생각'이나 '염원'인 거 같은데.'

에노쉬와 지하 옥션장에 잡혔을 때도, 아버지가 아팠을 때도 나는 언제나처럼 속으로 생각하며 소원했다. 누군가 도와주기를, 아빠가 더는 아프지 않기를, 에노쉬가 건강해지기를. 마찬가지로 자기 전에도 얼른 성장하길 바랐다. 그 결과 내가 바라던 것이 이뤄졌다.

'드래곤에 대해서 알아봐야 하는 걸까?'

겨우 상상만으로 소원이 이뤄진다는 건 놀라운 일이었다.

'실험해 볼까?'

잠시 고민하던 나는 눈을 질끈 감았다. 무슨 소원을 빌지?

'목이 마르니까 물이 생겼으면 좋겠어.'

실제로도 갈증이 조금 났다. 내가 그렇게 소원을 비는 순간 쏴아아아 물소리가 들리는가 싶더니 눈앞에 커다란 물줄기가 솟아났다.

후두둑.

"어……?"

그리고 하늘로 솟아오른 물이 비처럼 내리기 시작해 방을 흠뻑 적셨다. 이건 별로 낭만적이지 않았다. 처음에만 비였지 이윽고 폭우처럼 쏟아졌다. 그래. 물이 곱게 덩어리처럼 생긴 게 아니었다. 무슨 지하수라도 터진 것처럼 그냥 바닥에서부터 물이 솟아오르기 시작했다는 거다.

"이, 이게 뭐야?!"

나는 당황해서 자리에서 벌떡 일어났다. 온몸은 이미 흠뻑 젖은 후였다.

"자, 잠깐. 그만! 그만!"

내가 허둥지둥 손을 들었다.

"그, 그만 내려!"

그 순간 솟아나던 물줄기가 그대로 뚝 멈췄다. 그러더니 순식간에 모습을 감추는 것이다.

찰박, 찰박.

카펫을 흠뻑 적시다 못해 웅덩이가 생겼다. 발이 닿는 곳마다 축축해 견딜 수가 없었다.

"아가씨!"

내가 소란 피우는 소리를 들었는지 로랑이 문을 벌컥 열고 들어왔다가 물난리가 난 방을 보고 입을 떡 벌렸다.

"미, 미안해. 이거 내가 일부러 그런 게 아니라……"

"세상에 아가씨. 어디 안 다치셨어요? 아프신 곳은요?"

로랑이 치맛자락이 젖는 것도 신경 쓰지 않고 달려와 나를 품에 안았다.

"흠뻑 젖으셨잖아요. 감기 걸리겠어요. 일단 다른 방에서 씻고 옷을 갈아입는 편이 좋겠어요."

비에 젖은 생쥐 같은 꼴인데도 그녀는 서슴없이 내게 다가왔다. 방 안의 꼴에 말문이 막혔을 텐데 묻지도 않는다. 그 새삼스러운 행동에 조금 놀라서 멍하니 있자 그녀는 연신 걱정스러운 표정으로 옆방의 욕조에 뜨거운 물을 받아 나를 넣어 주었다.

"사고를 쳤는데 화 안 내네……?"

"화요? 화를 왜 내겠어요. 원래 아이들은 호기심이 많아서 다양한 걸 경험해 보고 싶어 하잖아요. 아가씨도 그냥 그랬던 거죠?"

"……응."

그냥 내 능력이 어디까지인지 알아보고 싶었다.

"네, 뒷수습은 어른들이 할 거예요. 아가씨는 그냥 건강하고 행복하게 자라 주시면 됩니다."

로랑은 내 뺨을 두 손으로 감싸며 말했다.

"그러니까 이런 표정 하지 마세요. 속상해요."

"……응, 알겠어."

"어? 근데 아가씨 좀…… 자라셨네요?"

"일어나니까 이랬어."

로랑의 눈이 동그래졌다. 여태 안고 오면서 몰랐다는 게 더 신기한데. 100센티미터도 채 되지 못했던 다섯 살이 못해도 체감상 30센티미터는 더 컸을 텐데 말이다.

"아가씨."

로랑이 심각한 얼굴로 나를 불렀다.

"응?"

"하, 벌써부터 혼담이 들어오면 어떡하죠? 저는 아가씨 못 보내요."

그녀가 단호하게 말하며 나를 끌어안았다. 그녀의 허리춤에 작은 키링이 달랑거렸다.

'저건…… 드래곤……인가?'

아닌가? 아주 작은 날개가 달린 작은 도마뱀이다. 모양새를 보아하니 드래곤에 조금 더 가까운 것 같기도 하다.

"그 인형 뭐야?"

"네? 아앗, 이건…… 그, 그냥 인형이에요."

"나 닮았네?"

내 말에 로랑의 어깨가 흠칫 떨렸다. 솔직히 종종 비슷한 물건들이 보일 때마다 신경이 쓰였던 참이다.

"로랑이 만들었어?"

"아, 아니요……."

"그럼?"

"그게……. 으앙, 다음에 말씀드릴게요! 금방 다른 시녀 불러 드릴게요!"

로랑이 얼굴을 벌겋게 물들이며 발을 동동 구르다가 이내 우는 시늉을 하며 순식간에 욕실을 뛰쳐나갔다. 그리고 1분도 되지 않아 새 시녀가 들어왔다.

'대체 뭐람…….'

시녀들도 갑자기 커진 나를 보며 작게 탄성을 뱉었다. 그래도 미리 언질을 받은 것이 있었는지 금세 정신을 차리고 내 목욕을 도와줬다. 몸을 씻고 밖으로 나가자 침대에 앉아 있던 에르노 에탐이 자리에서 일어나 내게 다가왔다. 퐁퐁 몸에서 연기가 피어오르고 있는데도 아랑곳하지 않고 그가 나를 끌어안았다.

"방이 물바다가 됐다고 들었다."

그렇게 말하며 내 몸을 이리저리 살폈다. 시녀를 한번 보자 눈치 빠른 시녀가 재빨리 고개를 저었다.

"몸은 괜찮니? 춥진 않고?"

"네……. 죄송해요. 엉망으로 만들어서."

"괜찮다. 그게 문제는 아니니까."

에르노 에탐이 나를 품에 안으며 말했다.

"그냥…… 능력을 시험해 보려고 했을 뿐이에요."

"능력?"

"생각하면 다 이뤄져서…… 정말 그런가 해서……. 갈증이 나니까 물이 마시고 싶다고 한 것뿐인데……."

갑자기 아무것도 없는 대리석 바닥에서 물이 솟아났다. 제어되지 않은 물이 쉬지 않고 쏟아져 방은 물바다가 됐고 비싼 장식이나 집기, 침대도 전부 쓸 수 없게 됐을 것이다.

"그래. 일단 네가 다치지 않아서 다행이구나."

에르노 에탐이 이마를 맞대며 말했다.

"제어가 안 되는 모양이구나."

"……잘 모르겠어요."

"마법을 쓸 때의 기본은 상상이란다."

"상상이요?"

"그래. 바람으로 칼을 만들고 싶다면 얼마나 날카롭게 벼리고 싶은지, 무엇을 자르고 싶은지, 어떤 형태를 하고 있으면 좋겠는지를 네 생각보다도 조금 더 명확하게 생각해야 해."

나는 물을 마시고 싶다고만 생각했지 어떤 형태의 물을 마시고 싶단 생각을 하진 않았다.

'물잔에 담긴 물을 생각했어야 한다는 걸까?'

한번 다시 시험해 보고 싶지만 엄두가 나질 않았다.

"한번 해 보겠느냐?"

"하지만……."

"잘못된다면 이번엔 내가 막아 주마."

그러고 보니 에르노 에탐은 뛰어난 마법사였다. 다만 그보단 사이코적인 기질과 검을 쓰는 모습이 더 두드러져서 잊고 있었다.

"네."

나는 눈을 질끈 감고 머릿속으로 잔에 담긴 물을 떠올렸다.

'물 한 잔만…… 나는 물 한 잔만 마시고 싶어.'

"에이린."

눈을 질끈 감고 있는데 아빠의 목소리가 들렸다. 내가 혹시 뭔가를 잘못했나 싶어서 목을 움츠릴 때였다.

"눈을 떠 보렴."

커다란 손이 등을 도닥거렸다. 천천히 눈을 뜨자 눈앞에는 허공에 둥둥 뜬 물잔이 있었다.

"와……!"

내가 손을 뻗자 물잔이 가까워졌다. 꼴깍꼴깍 마셔 보니 정말 시원한 물이었다.

"내 따님은…… 아무래도 천재인 모양이야."

"네?"

"상상을 바로 해내는 건 쉽지 않은 일이거든."

그가 기특하다는 듯 내 머리를 마구 헝클였다. 그 칭찬에 입가가 헤실헤실 풀어졌다. 괜히 콧대가 쭉 올라가는 기분이었다.

"그나저나 고작 하룻밤 새에 이렇게 자라 버렸구나."

그가 나를 높이 안아 올리며 말했다.

"곤란하게 됐어."

"……왜요?"

"벌써부터 날파리가 꼬일 것 같아서 말이야."

내가 고개를 비스듬히 기울이자 그가 웃었다.

"따님."

"네."

"아빠랑 평생 살까?"

에르노 에탐이 제법 진지하게 물어 왔다.

"어…… 아뇨."

"……."

그는 내 대답에 충격을 받은 듯 잠시 굳어 있었다.

"싫어?"

"……어, 네……."

"왜지?"

"……연애도 하고 싶고 결혼도 하고 싶으니까요……?"

뚝. 어딘가에서 뭔가가 끊어지는 소리가 들렸다. 고개를 돌려 좌우를 살폈지만 딱히 그런 건 없는데 이상한 노릇이었다.

"……그래?"

"네…… 그래도 아빠가 제일 좋아요."

내 말에 에르노 에탐의 굳었던 얼굴이 살짝 풀어졌다.

"그래, 세상에 굳이 남자가 존재할 필요는 없지."

그리고 그는 어딘가 나사가 하나 빠진 표정으로 작게 중얼거렸다.

\* \* \*

"모시게 되어 영광입니다, 가주님. 에탐 가문의 그림자 '테렘'의 수장인 칸이라고 합니다."

"에탐 직속 기사단 '누아르'의 부기사단장 애쉬먼드입니다. 모시게 되어 영광입니다."

물난리 이후 아침 식사를 마치자 아빠가 어딘가를 가자고 해서 따라왔더니 연무장이었다. 널따란 연무장에는 두 부류의 사람이 나뉘어 서 있었다. 한쪽은 새까맣고 움직이기 편한 옷을 입은 암살자처럼 보이는 집단이었고 또 반대쪽은 검은색의 갑옷을 입은 기사들이었다. 두 집단 모두 한 치의 오차도 없이 열을 맞춰 나란히 서 있었는데 그 수가 상당했다.

"에탐 가문의 사병으로 오로지 가주의 명령만을 따른단다. 안면을 익혀 두면 좋을 거다."

"아······."

열 살짜리한테 군권까지 준다는 건 아니겠지······.

'그냥 눈도장만 찍어 두라는 거겠지?'

나를 보는 시선들에 호기심이 섞여 있었다. 테렘에다가 누아르라니. 둘 다 정예 중의 정예만 들어갈 수 있는 집단이었다. 에탐 가문의 사병 중에서도 상위 1퍼센트의 인재만 모아 둔 곳들 말이다.

"참고로 누아르의 단장은 그때 봤던 첫째 형님 차르니엘이란다."

"아······."

그래서 그렇게 커다란 대검을 들고 다녔구나. 나는 천천히 고개를 끄덕였다.

"테렘은 가주의 것이다. 언제나 네 곁에 있을 테니 원한다면 언제든 아무 때나 부르면 된다."

"아무 때나요?"

"그래. 길 가다가든, 어디에서든."

그 말은 24시간 365일 감시당한다는 뜻인 건가?

"네."

위험에 처할 일은 없겠다고 생각하며 나는 순순히 수긍했다.

'다만 저쪽은 내가 무척 마음에 안 드는 모양인데.'

눈빛에서 억울함이 느껴졌다. 혹시 저 사람도 아빠한테 낚여서 강제로 날 모시게 된 걸까?

"지금까지와는 다르게 앞으로 네 옆은 항상 시녀와 호위가 따라다닐 거란다."

"네에……."

"네 안전을 위해서란다."

그가 내 앞에 한쪽 무릎을 꿇곤 나긋하게 말했다.

"너는 이 에탐의 가주이며 내 딸이고 또한 살아 있는 고대의 증명이다."

"알고 있어요. 그럴게요."

"그래. 착하구나."

에르노 에탐이 내 머리를 가볍게 문질렀다.

"누아르 중에 원하는 이가 있다면 골라 보거라."

음. 딱히 없는데.

'《입.양.각》에서 눈에 띄는 인재가 있던가?'

사실 용두사망을 찍어 가는 시점에는 글을 대충 읽어서 기억이 가물가물했다.

"아빠가 골라 주세요."

아무리 생각해도 머리가 깨끗한 백지다. 나는 고개를 절레절레 저으며 말했다.

"그래? 그럼……."

에르노 에탐이 누아르의 기사들을 천천히 눈으로 훑었다.

"세 번째, 열두 번째."

에르노 에탐이 말하자 누아르에서 세 번째에 서 있던 사람과 열두 번째에 서 있던 사람이 나와 내 앞에 부복했다.

'……에르노 에탐은 기사단을 번호로 부른다더니 정말이었네.'

정말로 사사로운 정이라곤 없는 사람이다. 거기서 나만이 예외라는 게 썩 싫지만은 않았지만.

"처음 뵙겠습니다, 가주님. 이오나라고 합니다."

"아담입니다."

갈색 머리카락을 한데로 질끈 묶은 여기사와 남색 머리카락의 무뚝뚝하게 보이는 남자 기사였다.

"이 둘이 좋겠구나. 실력도 좋은 편이고 둘 다 결혼을 했으니."

"……네?"

결혼을 한 것과 내 호위기사가 되는 것 사이에 대체 무슨 상관관계가 있는데?

"결혼했으니 네게 추파를 던지지 않을 거다."

"……."

"……."

이오나와 아담이 동시에 몸을 움찔 떨었다. 주먹을 쥐고 바닥에 댄 손이 부르르 떨리는 것을 보아 뭐라고 반박하고 싶은 게 분명했다.

"아무도 안 할걸요……? 나 열 살이에요, 아빠."

억울했던 누아르 기사단이 내 말에 고개를 끄덕이고 있었다.

"하지만 귀엽잖아. 예쁘고. 이상한 취향을 가진 놈들은 열 살 짜리에게도 아무렇지 않게 혼담을 넣는다."

"여기 기사님들은 아닐 거예요……."

억울했던 누아르 기사단이 작게나마 고개를 끄덕여 동의했다. 그러나 아빠를 안심시키기엔 녹록지 않았다. 오히려 코웃음을 치는 것이다.

"따님, 그런 믿음은 순식간에 깨진단다. 나를 제외한 남자 새끼들은 아무도 믿지 말거라."

에르노 에탑의 진지한 말에 나도 잠시 말문이 막혔다. 나는 누아르 기사단을 한번 보곤 어색하게 웃어 주며 고개를 끄덕였다. 정말로 수긍한 건 아니었다. 하지만 그러지 않으면 대화가 영 끝날 것 같지 않았으니 말이다.

"그래. 일단 네가 할 건 이것뿐이구나. 오늘은 수업이 없었나?"

"네. 쉬는 날이에요. 그래서 잠깐 나갔다가 오려고요."

"어디를?"

"신전이요!"

루실리온을 만나러 가야지. 아무리 생각해도 크루노 에탑을 떠올리면 영 뒤가 꺼림칙했다. 게다가 그 꼴을 당한 게 또 나 때문이라고 하니까 가만히 있을 수가 없었다.

"따님."

가만히 나를 보던 아빠가 입을 열었다. 내가 고개를 들자 그가 말을 덧붙였다.

"신관이라고 해서 모두가 깨끗하고 청렴할 거라고 생각하면 안 된다."

아, 신전 가서 함부로 사람을 믿지 말라고 당부하려는 모양이었다. 내가 걱정하지 말라고 고개를 끄덕이려는 때였다.

"그놈들 머릿속이 더 더럽단다."

"네. 조심할게요."

"너희는 누군가 에이린에게 추파라도 던지거나 치근덕거리면 그대로 목을 베어 버리도록."

"예, 알겠습니다."

네? 갑자기 그게 무슨 말이야. 내가 화들짝 놀라 고개를 연신 저어 대자 에르노 에탐이 심각한 표정으로 나를 보았다.

"내 따님이 너무 훌륭하게 커 버려서 걱정이구나."

난 아직 다 자라지도 않았다고! 대체 정말 성년이 되면 어떡하려나 모르겠다. 결혼은 절대로 아빠 앞에서도 주눅 들지 않는 사람이랑 해야지.

'……할 수 있겠지?'

어쩐지 불안한 느낌이 등줄기를 쫙 훑었다.

"내가 같이 갈까, 에이린?"

"혼자 갈 수 있어요."

같이 갔다간 절대로 루실리온을 만나지 못할 것만 같은 강렬

한 예감이 들었다.

'일단 크루노 에탐을 찾아가야지.'

대충 크루노 에탐을 보면 어떻게 해야 할지 감이 잡힐 것이다. 차라리 지금까지 만났던 사람들보단 훨씬 상대하기 쉬울 것 같다는 생각이 들었다. 나는 어떻게든 아빠를 달래 허락을 받아냈다. 곧이어 마차가 도착했지만 아빠는 내가 신전에 가는 것이 어지간히 마음에 들지 않는 모양이었다.

"아빠, 다녀오겠습니다."

"정말 내가 안 가도 되겠니?"

"네, 이오나랑 아담이 있으니까요."

내가 마차에 올라타자 두 기사도 함께 올랐다. 에르노 에탐이 불만스러운 얼굴로 마차를 노려보았지만 다행히 마차가 부서지는 일은 없었다.

"다녀올게요."

"……조심해서 다녀오렴."

내가 강경한 태도로 다시 한번 인사를 건네자 그는 결국 하는 수 없이 내 뺨에 입을 맞추곤 인사를 건넸다.

마차가 출발했다. 이곳 오리에드 제국에는 제국민 모두가 믿는 신이 있다. 아르마(ARMA). 제국의 번영을 가져다주며 제국민의 영혼을 구원으로 이끄는 제국의 유일신으로 수도에 크게 있는 신전이 아르마 제1신전이었다. 이곳이야말로 제국 전역에 흩어진 모든 신전의 모체이자 가장 큰 신전이다.

"사람이 많군요."

"응."

"곁에서 떨어지지 말아 주십시오, 가주님."

이오나의 말에 나는 고개를 끄덕였다. 오늘이 무슨 축일이라도 되는 것인지 신전은 인산인해였다. 신도들도 바빠 보였다. 나는 느긋하게 기도하는 사람들 사이를 지나쳐 신전의 안쪽으로 향했다. 신전은 특성상 대부분의 공간을 신도에게 개방하고 있었고 덕분에 움직일 수 있는 범위는 넓었다.

"가주님, 찾으시는 분이 있으십니까?"

"응."

"어느 분을 찾으십니까?"

"셋째 삼촌!"

크루노 에탐은 루실리온이 있는 곳을 알 것이다. 루실리온이 어디에 있든 일단 외부인인 내가 들어갈 수 있는 곳은 아닐 테니 크루노 에탐을 회유하는 것이 제일 빨랐다.

"어딨으려나······."

길을 따라 걷다 보니 어느새 인적이 드문 곳까지 들어왔다.

"이런 멍청한 짐승 같은 것이! 이 성수가 대체 얼마나 귀한 것인 줄 아느냐! 네놈의 하찮은 몸뚱어리로는 갚을 수도 없는 것이다!"

짜악―!

거친 타격음에 나도 모르게 걸음이 멈췄다. 소리가 들린 곳으로 고개를 돌리자 우물 옆에서 비쩍 마른 남자 하나가 몸을 웅크린 채 발발 떨고 있었다. 그 옆에는 채찍을 든 신관이 있었고 바닥에는 은제 대야가 나뒹굴고 있었다. 그는 피죽도 제대로 얻어먹지 못한 것처럼 보이는 남자에게 연신 채찍질을 해댔다. 피가 터져 나오고 공포에 질린 남자는 귀와 꼬리가 튀어나와 있었다.

'귀와 꼬리……?'

나는 입을 떡하니 벌렸다.

'수인이잖아?'

본래 자신을 잘 제어할 수 있게 된 수인의 성체는 거의 인간과 구별할 수 없다고 한다. 웬만해선 수인화가 풀리지도 않고 수인 특유의 마력도 갈무리할 줄 알기 때문이라고 들었다.

"가주님, 저런 건 보시면 안 됩니다."

이오나가 난감한 듯 발을 동동 구르다가 실례하겠다면서 내 눈을 조심스럽게 가렸다.

"네가! 감히!"

짜악, 짜악!

연신 들리는 소리가 불쾌했다. 내가 손을 들어 가볍게 이오나의 손을 밀어내자 그녀가 난감해하면서도 손을 물렸다.

'화풀이잖아.'

저건 잘못에 대해 혼을 내는 게 아니다. 그냥 분풀이를 하는 거지. 나는 옛날부터 정말로 이유 없이 혼나는 게 싫었다. 끔찍하게도 싫어서 남이 당하는 걸 보는 것도 싫다. 속이 뒤집혀서 토가 나올 것 같다고.

"야."

나는 신관인지 괴물인지 알 수 없는 표정으로 채찍질을 하는 남자에게 다가갔다.

"야는 감히 누가……."

분을 못 이긴 듯 씩씩거리며 고개를 돌린 신관이 나를 보고 내 뒤에 선 호위기사를 보더니 팔에서 힘을 풀었다. 바닥에 몸을 웅크리고 있던 수인이 발발 떨며 조심스럽게 올려다보다가 눈을 크게 떴다.

"귀한 아가씨께선 여기 어쩐 일이십니까?"

"너무 심하잖아."

"이것은 혼날 일을 해서 혼이 난 것뿐입니다. 보십시오. 더러운 수인입니다."

그는 채찍의 끝으로 눈물범벅이 된 남자의 턱을 성의 없이 들어 보였다.

"예배당은 저쪽인데 길을 잘못 드셨다면 이만 돌아가 보시는 게 좋을 듯합니다."

"싫은데."

"예?"

"싫다고. 나 여기 볼일 있어서 왔어."

"무슨 볼일을……."

"일단…… 너 조지는 거."

그리 기분이 좋지 않았던 나는 활짝 웃으며 말했다. 중고등학교 시절 나는 분명히 따돌림당하고 비웃음을 샀으며 웃음거리가 되었지만 누구도 내게 폭력을 행사하진 않았다. 누군가에게 이유 없이 맞는 순간 그야말로 미친개가 됐으니까. 머리채가 잡히면 그놈의 머리채는 탈모가 온 것처럼 둥글게 뽑혀 나갔다.

"예……? 무슨 말씀을……."

나는 천진하게 다가가 그의 다리 밑에서 그대로 있는 힘껏 뛰어올랐다.

퍼억—!

"끄헉……!"

아야, 머리 아파. 놈의 다리 사이에 있는 소중이를 머리로 힘껏 때려 준 나는 채찍도 놓치고 제 다리 사이를 움켜쥐는 신관을 보며 웃었다.

"아담, 이오나!"

"네, 아가씨."

아담이 호칭을 달리했다. 아직 내가 가주라는 사실이 공표되지 않은 탓이 분명했다. 나는 딱히 의문을 제기하지 않고 손가락을 들어 신관을 가리키며 해맑게 입을 열었다.

"쟤가 나한테 치근덕거렸어."

"예?"

이오나가 반문하는 사이 아담은 느리게 검을 뽑았다.

"명을 받들겠습니다."

"응. 이오나는 저 사람 좀 봐 줘."

사람 하나를 둘이서 괴롭히는 건 모양새가 조금 그래서 나는 바닥에서 벌벌 떠는 수인을 가리켰다.

"죽이진 마."

아담의 검에 살기가 넘실거려 말을 덧붙이자 그가 기세를 누그러뜨렸다.

'정말 죽일 셈이었나.'

뒷감당을 어떻게 하려고. 내가 절레절레 고개를 흔드는 사이 수인은 어느새 내 발밑까지 기어와 있었다.

"와, 왕이십니까?"

"네……?"

"왕, 저희를 구원하실 왕이시지요……? 계, 계시가 있었습니다. 저희를 구원하실 수인들의 왕이 깨어나셨다고……."

무슨 계시를 받은 거야. 손발이 오그라들 것 같은 기분이 들었다. 나는 말문이 막혀서 수인의 말에 잠시 침묵했다. 조금 당황한 기색으로 그를 보자 남자는 눈물을 주륵주륵 흘리고 있었다.

"부디……."

그가 머리를 숙여 이마를 땅에 박았다.

"저, 저주스러운 인간들로부터…… 저희를 해방시켜 주십시오."

나는 입을 꾹 다물곤 인상을 찌푸렸다. 루실리온이 대신관이 되면 수인은 자유가 된다. 루실리온은 수인이 신전에 있는 꼴을 보지 못하겠다는 명목으로 그들을 전부 해방했다.

"부디 자비를……."

나는 한참을 수인을 내려다보다가 고개를 끄덕였다.

"노력할게."

루실리온이 대신관이 되면 벌어질 일이긴 하지만 조금 더 앞당길 수 있다면 상관없겠지.

"감사합니다, 감사합니다!"

그에겐 그저 희망이 필요할 뿐일 테니까.

"응."

나는 대답하며 고개를 들었다. 이미 신관을 깔끔하게 정리한 아담이 그의 뒷덜미를 붙잡고 내 앞으로 다가와 부복했다.

"명을 받들었습니다."

"눠, 눠어……! 대, 대체 모야!"

입술이 터지고 얼굴이 퉁퉁 부어 이까지 빠졌는지 줄줄 새는 발음으로 그가 물었다.

"나?"

뭐라고 말하지? 아무래도 내가 전부 뒤집어쓰기는 좀 그렇다. 그렇다고 에탑 가문의 문제라고 할 수도 없고. 짧게 고민한 나는 이내 만족스러운 결론을 냈다.

"난 크루노 추기경의 조카다!"

내가 당당히 선언했다.

"히이이익!"

"흐아악!"

그와 동시에 신관과 수인이 발작하듯 거의 동시에 기어서 내게서 멀어졌다.

"어……?"

이게 아닌데. 신관은 그렇다 쳐도 수인은 왜 저렇게 놀라는 걸까? 그는 경악이 서린 배신감 가득한 표정으로 날 보고 있었다.

"크, 크루노 추기경 각하의 조, 조카님……?"

그리고 신관은 과하게 겁에 질려 있었다. 예상했던 것과는 조금 다른 반응에 나는 잠시 말문을 잃었다. 눈동자를 도록도록 굴리자 두 사람이 기겁하며 엉덩이로 기어 뒤로 더 물러났다.

"삼촌 어딨어요?"

"그, 그분…… 그분은 지금쯤이면 아마 대신관님과 함께 고행을 행하시는 중이실 건데……."

"고행?"

내가 눈을 동그랗게 뜨며 묻자 그가 고개를 끄덕였다.

"그래서 어딨는데?"

"그게 아마 세 번째 빛의 방에 계실 겁니다."

퉁퉁 불어 터진 입술로 그가 간신히 입을 열었다. 나는 그 답답한 대답에 조금 짜증이 일었다.

"그렇게 말해도 모르는데……."

내가 난감한 기색으로 고개를 숙이자 아담이 칼자루를 붙잡았다. 그러자 신관이 화들짝 놀라 입을 열었다.

"그, 그게……! 여기서 쭉 가시면 온통 새하얀 길이 있습니다! 그 길에 들어서셔서 걷다 보면 나타나는 방 중에 세 번째 방입니다악! 제발때리지마세요!"

마지막엔 얼마나 급한지 눈을 질끈 감고 랩을 하는 수준이었다. 나는 그 이중적인 면모를 보며 인상을 찌푸렸다. 본인은 수인을 그렇게 때려 놓고선 남에겐 맞고 싶지 않아 한다는 게 웃겼다.

"저 사람 때리지 말고 돌려보내."

"네. 네, 알겠습니다. 너 당장 우리로 돌아가!"

"네, 네……."

수인이 절뚝거리며 일어나 내게 꾸벅 고개를 숙이더니 몸을 돌려 멀어졌다. 절뚝거리는 다리 상태가 멀쩡하게 보이진 않았다.

'우리…….'

다른 건 모르겠고 일단 수인은 해방시키는 편이 좋을 것 같았다.

'그러려면 일단…….'

강경파의 수장이나 마찬가지인 셋째 삼촌을 어떻게든 설득해야겠지.

"아담."

"네, 아가씨."

"쟤가 방금 나 노려봤어."

"네?! 네?! 제, 제가 언제요? 안 그랬습니다! 허어엉, 안 그랬습니다아!"

신관이 거의 경기를 일으키며 내 발밑으로 기어 왔다. 한 30대쯤 되어 보이는 남자였다. 그는 부끄럽지도 않은지 내 발치를 붙잡았다. 아무래도 정말로 맞기 싫은 모양이었다.

"그럼 삼촌 있는 데로 안내해 줘."

내 말에 그가 허겁지겁 일어나 고개를 끄덕였다. 그의 안내를 따라 도착한 곳은 정말 토 나올 정도로 새하얀 건물이었다. 모든 장식부터 시작해 기둥, 길까지 전부 새하얘서 바라보는 것만으로도 머리가 이상해질 것 같았다.

짜악, 짜악!

그리고 어딘가에서 날카로운 파열음이 들렸다. 걸어갈수록 소리가 점점 커졌다. 그리고 마침내 소리가 새어 나오고 있는 것이 분명한 방 앞에 신관이 멈춰 섰다.

'설마……'

내가 신관을 보자 그가 발발 떨며 입을 열었다.

"이, 이곳입니다. 다만 고행 중이실 땐 아무도 들어가지 않는 게 원칙인지라……."

이 안에 그 꼿꼿하고 부러지지 않을 것 같은 남자가 있다는 건가? 믿기지 않는 사실에 나는 할 말을 잃었다. 안에서는 규칙적으로 같은 소리가 나고 있었다.

"이거 아저씨도 하는 거야?"

"고행 말입니까? 아뇨. 이건 대신관님께서 특별히 지정하신

분이거나 스스로 원할 때 하는 것입니다."

"아."

"크루노 추기경님은 늘 속죄의 마음으로 삶을 살아가고 있기 때문에 대신관님께서 직접 고행을 도와주고 계십니다."

그 말에는 조금 아연해질 수밖에 없었다. 그거 누가 봐도 이상하지 않은가. 소리가 새어 나오는 방 앞에는 아무도 존재하지 않았다. 내가 아담과 이오나에게 눈짓하자 두 사람이 짧게 망설였다.

"아가씨, 저희가 처리하고 불러 드리겠다고 하면 안 되겠지요?"

이오나는 안 될 것을 뻔히 알면서도 한차례 물었다.

"응."

내 대답에 두 사람이 고개를 숙이더니 문손잡이를 잡았다.

"여, 여긴 여시면 안 됩니다! 크게 혼이 나실 겁니다."

나는 신관의 말을 모른 척하며 고개를 끄덕였다. 그러자 두 사람이 나 대신 문을 벌컥 열었다. 문이 열리는 것과 동시에 피 비린내와 함께 톡 쏘는 듯한 약초 냄새가 훅 끼쳤다. 정중앙에는 상의를 탈의한 크루노 에탑이 무릎을 꿇고 앉아 등을 꼿꼿하게 세우고 있었다. 그의 등에 있는 긴 상처에서 피가 배어 나오고 있었고 잎이 가득 달린 갈대처럼 유연한 줄기를 가득 뭉친 것이 쉴 새 없이 그의 등을 내려치고 있었다. 식물에는 다양한 종류가 있다. 어떤 식물은 때론 상처에 닿으면 끔찍한 고통을 수반하기도 했다.

문이 열리자 그의 등에 연신 잎과 가시가 가득 달린 나뭇가지를 내리치던 남자가 느리게 몸을 돌렸다. 중년의 남자는 내 기사들을 한차례 보더니 낮게 혀를 찼다. 그는 뱀처럼 가느다란 눈을 가진 사내였다. 신관이라기보단 차라리 간신배라고 하면 딱 어울릴 첫인상이었다.

"고행 중인 신관의 방에는 함부로 들어오면 안 된다는 규칙이 있었을 텐데요."

"셋째 삼초오오온!"

 나는 아무것도 모르는 아이처럼 달려가 그의 팔을 확 끌어안았다. 그래도 정신을 차리지 않기에 냉큼 그의 품 안으로 파고들어 목을 감싸며 매달렸다. 그제야 끔찍한 통증에 동공이 풀려 있던 그는 내 온기와 목소리에 퍼뜩 정신을 차린 듯 고개를 들었다.

"……너."

 그의 얼굴이 온통 식은땀으로 가득했다. 이게 고행이라니 말도 안 되는 일이다. 그냥 이건 고문이잖아.

"누가 멋대로 오랬지?"

 그가 날 밀어내며 말했다. 물론 난 필사적으로 그의 목에 대롱대롱 매달렸다.

"삼촌 보러 왔어요!"

 사실은 루실리온을 보러 온 것뿐이지만 여기선 그렇게 말하면 안 될 것 같았다.

"삼촌?"

아마도 대신관으로 보이는 뱀 같은 남자가 고개를 갸웃했다.

"꺼져라. 네가 함부로 올 곳이 아니다."

그는 고통에 미간을 찌푸리면서도 꾸역꾸역 그렇게 말했다. 나는 살짝 고소한 아몬드 향과 톡 쏘는 레몬 향이 섞인 듯한 약초 냄새에 절로 인상을 찌푸렸다. 이건 상처를 낫게 하는 약초가 아니라 상처를 오래도록 남게 하는 독초에 가까웠다. 통증이 오래 지속되고 그 상처가 긴 시간 남아 있도록 하는 질 나쁜 것이다. 갈대처럼 자라는 그 약초는 길게 자라면 1미터까지 자라고 상처에 닿으면 따끔하고 전기가 오르는 듯한 고통을 선사한다. 이 세계에선 고문할 때 사용하거나 잘 희석하고 배합해서 소독약으로 사용하는 것이었다. 당연하지만 생으로 사용하게 되면 통증 유발 외에 아무런 효과도 없었다.

"왜 우리 삼촌 때려요?"

"네가 그 에탐 가문의 입양아구나."

대신관은 퍽 흥미로운 시선으로 나를 내려다보았다. 목에 매달려 있으니 크루노 에탐의 몸이 얼마나 뜨끈뜨끈한지 알 수 있었다.

"돌아가라. 네가 올 곳이 아니다."

"싫어요."

"네 처지를 생각해라."

"응. 생각했어요."

크루노 에탐은 내게 가주로서의 처지를 생각하라고 한 모양이지만 이미 모두 생각한 뒤였다.

"모두가 나를 지켜 주니까 나는 모두를 지켜야 해요. 여긴 그런 자리잖아요."

내 말에 크루노 에탐의 동공이 미미하게 커졌다. 기껏 이 먼 세계까지 와서 생긴 가족인데 누구 하나 잃고 싶지 않았다. 뭣보다 크루노 에탐을 보고 있으니 과거의 내가 떠올랐다. 모든 걸 내 탓으로 돌렸던 내 모습이.

"그렇잖아요."

"허튼소리."

크루노 에탐이 나를 떼어 놓고 자리에서 일어났다. 나를 떼어 놓고…….

"……안 떨어지나?"

"응."

그의 목에 대롱대롱 매달린 나는 생각보다 그의 목에서 잘도 버티고 있었다. 그리고 크루노 에탐은 생각보다 근력이 있었다. 내가 떨어지질 않자 그는 결국 팔을 들어 내 엉덩이를 받쳐 주었다.

"죄송합니다. 대신관님."

"아니. 괜찮네. 자네에게 제법 귀여운 조카가 있었군. 행복하겠어."

"……그런 거 아닙니다."

"그래? 죄는 늘 그대의 곁에 있음을 잊지 말게. 자네는 타인을 밟고 오늘을 살아가고 있다네."

대신관이 비열하게 웃으며 말했다.

"……알고 있습니다."

"오늘 고행은 제대로 끝내지 못했으니 며칠 뒤에 다시 하도록 하지."

"예."

대신관은 내게 시선을 돌려 웃었다.

"추기경의 조카께서도 신전을 꾸준히 다니실 마음은 없으신지요? 태생을 바꿀 순 없으나 더러운 몸과 마음은 깨끗하게 만들 수 있습니다."

그 무례한 말에 아담이 한 걸음 앞으로 나왔다. 대신관은 여유롭게 웃으며 나를 보고 있었다.

"응. 없는데."

"그럼 부디 추기경에게는 접근하지 않는 편이 좋겠군요. 그가 타락해 버리면 곤란하니까 말입니다."

"응. 싫은데."

"……"

내가 어린애처럼 대답하자 대신관의 눈에 얼핏 짜증이 서렸다.

"에탐 가문은 교육의 수준을 높이는 게 좋겠습니다."

"응. 아닌데."

"예의의 기본조차 몰라서야……."

"그것도 아닌데? 네가 예의를 갖추지 않으니까 내가 예의를 갖추지 않는 건데."

나는 가볍게 대꾸했다. 공작의 작위는 대신관과 비슷하거나 높을지언정 결코 낮지는 않을 것이다. 그런데도 대신관은 명백히 나를 무시하고 있었다. 물론 내가 가주인 것을 모르니까 그런 것도 있겠지만.

"사특하고 더러운 존재가 우리를 홀리려고 드는군. 정신 제대로 차리게 크루노 추기경."

"……예."

그는 나를 어떻게든 떼어 내려고 했다. 그러나 그때마다 나는 고목에 붙은 매미처럼 딱 달라붙어 있었다.

"……좀 떨어져라."

"싫어요."

"좀……!"

크루노 에탐이 나를 붙잡고 끙끙거렸다. 그래도 내가 필사적으로 매달리는 걸 떼어 낼 수 없는 모양이었다.

"삼촌, 아프지 마요."

"……."

"내 탓이 아닌 걸 내 탓으로 돌리는 순간 삶은 불행해져요. 숨을 쉬는 것조차 죄스러워져서…… 사실 그렇지 않은데 정말 그런 것 같아져요."

내가 그랬다. 태어난 것이 아주 큰 죄악인 것 같았다. 그렇지 않다는 것을 알면서도 그렇게 되뇌지 않으면 견딜 수 없었던 때가 있었다. 하지만 에르노 에탐은, 아니 아빠는 내가 아무것도 아니라도 사랑해 준다고 했다. 이유가 필요하냐고 물었다. 그건 내가 진짜 부모님에게 바랐으나 마지막까지 듣지 못했던 말이다.

"……너, 종알종알 시끄럽다. 당장 돌아가라."

"내가 장담하는데 삼촌이 가족들에게 힘들다고 하면 모두 차를 내오면서 삼촌 얘기를 들어줄걸요."

그의 눈이 설핏 찌푸려졌다. 그가 누굴 떠올렸는지 알겠다. 아하, 한 사람 빼고.

"아빠 빼고요."

덧붙이자 그의 표정이 그제야 편안해졌다. 아빠가 가족들에게 무슨 취급을 당하고 있는지 대충 알 것 같았다.

"그러니까 자기 자신을 상처 입히지 마세요."

나는 그의 목에 매달린 채 눈을 감았다.

'삼촌의 몸이 다 나았으면 좋겠어.'

그렇게 염원하자 새하얀 빛무리와 함께 기적처럼 온몸에 있던 울긋불긋하던 상처가 사라지고 오래된 상흔마저 완전히 모습을 감췄다. 크루노 에탐의 눈이 커졌다. 그가 믿기지 않는 표정으로 나를 보다가 고개를 들어 대신관을 보았다.

"삼촌이 싫어하니까 오늘은 가고 내일 올게요."

"너……."

"아, 또 상처 나면 다시 치료할 거니까."

내가 그렇게 선고하며 활짝 웃자 크루노 에탐이 악동이라도 마주했다는 듯이 얼굴을 확 일그러뜨렸다.

"대신관 아저씨."

"……뭐라고?"

"삼촌 또 때리면……."

나는 히죽 웃었다. 에탐 가문이 크루노 에탐 때문에 신전에 제법 거액의 기부금을 주고 있다는 사실은 소설에서도 언급되었다.

"앞으로 기부 안 해."

"추기경의 조카께서는 오만방자하기 짝이 없군요! 겨우 아이 하나 때문에 에탐 가문이 기부금을 거둘 것이라고 생각한다면 큰 오산입니다!"

"응. 할 건데."

신전의 기부금의 반 정도를 에탐 가문에서 책임지고 있었다. 사실 에탐 가문에게는 명성 외에는 별 도움도 되지 않는 거액의 신전 기부를 왜 이렇게 하고 있는 걸까? 이유는 간단했다. 미르엘 에탐이 제 아들을 위해서 내어 주는 것이다. 외따로 신전에서 스스로를 밟아 죽이고 있을 자식을 위해서.

"허, 대체 네가 뭐기에……."

"나? 멋진 아빠를 둔 딸인데."

내가 씩 웃으며 말하자 대신관의 얼굴이 팍 굳었다. 나는 그의 표정에 만족감을 느끼며 아담과 이오나를 데리고 총총 집으로 돌아갔다. 물론 그날부터 내 지독한 신전 방문이 시작됐지만.

* * *

"대신관님, 안늉!"

얄궂게도 내가 상큼하게 인사를 하고 들어가자 대신관의 얼굴이 대놓고 찌푸려졌다.

"어? 얼굴 지금 찌푸린 거예요? 나 안 반가워요?"

"……하하, 제가요? 설마 그렇겠습니까. 어서 오십시오, 에탐 영애."

"네에. 스모어 쿠키랑 파라흐산 핫초코는 준비해 뒀어요?"

으득.

어디서 이를 가는 소리가 났다. 내가 눈을 동그랗게 뜨며 고개를 들자 대신관은 언제 그랬냐는 듯 해사하게 웃으며 내 맞은편에 앉았다.

"물론입니다."

'능구렁이네.'

하긴. 그러니 돈에 미친놈이 대신관을 하고 있지. 그는 지금 무척 애가 닳았을 것이다. 왜냐하면 에탐 가문에서 정말로 후원금을 끊겠다고 통보했거든. 정확히는 내 얘기를 전부 들은 아빠가 끊겠다고 해서 그러라고 했다. 《입.양.각》에서도 대신관은 썩 좋은 존재로 나오지 않았다. 본래 돈에 미쳤던 인간이 어쩌다가 강력한 신성력을 가지게 돼서 대신관의 자리까지 올랐다. 대신관은 귀족들에게 사생아나 몸이 불편한 아이들을 떠넘기는 곳으로 신전을 제공했다. 그들을 신관으로 키우는 것이다. 그리고 그 대가로 후원금을 받았다.

크루노 에탐이 죽고 나서 그가 크루노 에탐을 어떻게 생각하고 있었는지 나왔지. 그에게 에탐은 커다란 돈줄이었다. 대신관은 미르엘 공작이 신전에 천문학적인 금액을 후원하는 이유를 눈치챈 인간이었다. 미르엘 공작은 일찍이 집을 나간 크루노 에탐을 신경 쓰고 있었다. 맨날 입으로만 툴툴거리고 뒤에선 걱정하는 성격이 어디 가진 않았단 얘기다. 자식을 걱정하는 마음을 이용해 현재 대신관은 크루노 에탐을 더욱 신전의 구렁텅이에 빠뜨렸다. 그의 죄책감을 자극했고 가스라이팅을 했으며 그가 신전에서 결코 벗어날 수 없도록 조종했다. 실제로 루실리온의 손에 크루노 에탐이 죽음을 맞이했을 때 그는 이렇게 말했다.

〈"크루노 에탐이 얼마나 큰손인데 그렇게 죽이냔 말이다! 그건 제일 큰 돈줄이었다고! 어떻게든 붙어 있게 했어야지……!"〉

대신관은 그 뒤에 루실리온에게 죽었다. 그리고 얼마 지나지 않아 제국 전역에 반란의 불씨가 피워졌다.

"입에는 좀 맞으시는지……?"

"음, 아니. 맛없네요. 너무 달아."

나는 그가 기껏 준비한 쿠키를 대충 내던지며 말했다. 귀한 쿠키가 바닥에 나동그라졌다.

"……."

대신관이 주먹을 꽉 쥐었다.

"크루노 추기경은 신실한 마음이 지나쳐 스스로 신전을 떠나지 않겠다고 하는 겁니다. 대신관인 제가 감히 어떻게 신을 향한 그 절대적인 충성을 접고 신전을 나가라고 하겠습니까."

대신관은 거의 울 것 같은 기세로 말했다. 두 손을 모아 잡고 가식적이기 짝이 없는 목소리로 말하는 그 모습에 나는 그저 웃었다.

"응. 대신관님 말이 맞아요. 확실히 그렇지. 그러니까 삼촌은 여기 있어도 될 것 같아요."

어차피 머지않아 루실리온이 대신관 자리를 차지하면 괜찮아질 얘기니까.

"그럼……!"

그의 표정에 화색이 돌았다.

"대신 다른 걸 부탁하고 싶은데."

"다른 거라면……?"

"여기 있는 수인들 다 해방해 줄래요? 아, 수인들 가족이랑 몇 안 되긴 하지만 엘프들도."

나는 《입.양.각》의 내용을 떠올리며 덧붙였다. 그는 수인을 비롯해서 더러운 수인과 내통한 가족들도 정화가 필요하다는 등의 여러 이유를 덧붙이면서 무임금으로 그들의 노동력을 갈취했다. 수인들은 강제로 신전 소속이 되었고 그들의 가족은 신전에 인질이 있으니 별도리가 없었을 것이다. 결국 대신관은 수인 한 명으로 몇 명의 무료 노동력을 얻게 된 것이다.

"뭐……? 그게 무슨……."

"응. 그것만 해 주면 돼요. 참고로 계약서에 사인받을 거니까 그렇게 알아주시고."

크루노 에탐이야 조금씩 회유하면 그만이지만 수인에게는 시간이 없었다. 그들에겐 남대륙으로 가는 것이 가장 행복한 일이겠지. 어제 아빠한테 그 얘기를 했었다.

> [……그래서 수인을 해방하고 남대륙으로 보내 주고 싶은데 그럴 수 있을까요? 돈이나…… 지원 같은 거…….]
> 
> [따님, 그게 하고 싶니?]
> 
> [네.]
> 
> [그럼 하면 된단다.]
> 
> [……하지만.]
> 
> [가문은 네 거야. 네게 권한이 있지. 네가 그게 옳다고 생각했다면, 하면 된다.]

아빠는 내게 하고 싶은 대로 하라고 했다. 그렇다면 나는 크루노 에탐이 죽지도 않고 수인들이 불행하지도 않은 그런 미래가 보고 싶었다.

"싫으면……."

나는 느리게 눈을 내리깔았다.

"아빠가 신전의 자금줄을 80퍼센트는 끊을 수 있다고 했지……."

거짓말이었다.

"대체 뭐가 문제입니까!"

"너요."

"네?"

"아녜요. 어쨌든 들어줄 마음 있어요?"

나는 여상하게 대답했다. 자금줄은 그가 가장 예민하게 반응할 주제라 입에 올린 것뿐이다. 아빠가 대단하기는 하지만 다른 귀족들에게 기부금을 내라 말라 왈가왈부할 만큼 사교계에 열정적이었던 것은 아니었다. 협박이라면 가능할지도 모르지만 그렇게 하고 싶진 않았다. 아마 자금줄을 끊어 달라는 부탁을 하려면 아빠의 막내 누나인 아크레아 사파일에게 부탁해야 옳을 것이다. 아빠한테 듣기로는 사교계는 그녀가 꽉 잡고 있다고 했다.

'생각해 보니 대단한 집안이네.'

차르니엘 에탐은 다섯 손가락에 꼽히는 강자라고 했고 아크레아 사파일은 사교계의 여왕이랬다. 넬리아 자르단은 상업 쪽을 꽉 쥐고 있고 하이엘 에탐은 드래곤의 능력 중에서도 동물

혹은 곤충과 대화할 수 있는 능력을 각성해서 정보를 모으는 데 특출하다고 들었다. 아빠는 뭐 인성만 실종된 천재고……. 크루노 에탐은 잘 모르겠다. 스스로를 억누른다고 했으니 뭔가 능력을 가지고 있는 건 분명했다.

"아무리 그래도…… 수인을 거리에 풀어 둘 수는……."

"응. 그래서 대신관님이 걱정하지 않도록 남대륙으로 보낼 거예요. 그건 걱정 안 해도 돼요."

"아무리 그래도 지금까지 먹여 주고 입혀 주고 재워 준 것이 있는데……. 게다가 저는 갈 곳 없는 그들에게 속죄할 기회와 일자리를 준 것뿐입니다."

대신관의 개소리를 듣는 것도 조금 피곤해졌다. 슬슬 크루노 에탐에게 갈 시간이기도 했고. 나는 방긋 웃었다.

"그래서, 80퍼센트 끊어요? 전 오늘 집에 돌아가면 바로 아빠한테 말할 건데……."

사실 내가 가주라는 걸 밝히면 이 협박에 조금 더 신빙성이 더해지겠지만 아직 아빠랑 할아버지는 공식적으로 밝힐 마음이 없어 보였다.

"……하."

수인들이 신전 살림의 전반을 맡고 있을 테니 쉽게 포기할 수 없으리란 것은 알고 있다.

'아빠가 왔으면 쉽게 해결되긴 했겠지만…….'

사실 나도 간단히 해결할 수 있었다.

"나도 대신관님한테 그냥 부탁하고 싶진 않아요. 아빠가 공짜로 뭘 부탁하는 건 부끄러운 일이랬어요."

물론 그런 적은 없다.

"하지만 수인이 없어도 다른 신관분들이 있잖아요. 그리고 후원금을 지금보다 50퍼센트 더 늘려 줄게요."

"네?"

"물론 그 돈은 대신관님 혼자서 가질 수 있도록 비자금으로 조성해 줄게요."

내 말에 그가 입을 벌렸다.

"거기에 아빠가 가주인 동안은 계속 그렇게 해 달라고 할게요. 물론 계약서를 작성해도 좋아요."

대신관의 눈이 도록도록 굴러가는 소리가 들렸다. 탐욕스러운 이중 턱이 흔들거렸다. 아마 아빠가 얼마나 가주직을 오래 맡을지를 고민하고 있음이 분명했다.

"아빠는 대단하니까 할아버지만큼은 가주를 하지 않을까?"

내가 혼잣말을 하듯 중얼거리는 순간 아니나 다를까 대신관의 눈이 희번덕거렸다.

"크흠!"

그는 몇 차례 헛기침을 하더니 한숨을 내쉬며 고개를 끄덕였다.

"하는 수 없지요. 영애의 마음이 갸륵하여 신께서도 결국 두 손을 드셨습니다. 그들은 신의 축복을 받아 속죄할 순 없겠으나 따스한 영애의 품에서 구원받을 수 있을지도 모릅니다."

혓바닥에 기름칠을 했나. 좔좔 흘러나오는 말이 그야말로 청산유수다. 고개를 끄덕이는 그를 보며 나는 이오나에게 손을 내밀었다. 사실 오늘은 이미 작정하고 법률 자문을 받아서 계약서를 작성한 참이었다.

"자, 내가 약속할 내용이에요. 부족한 것은 없는지 확인해 봐요."

이미 에탐 가문의 직인까지 찍힌 계약서였다.

"네. 알겠습니다!"

그는 신이 난 채로 계약서를 살폈다. 그러곤 이상한 점을 확인하지 못한 듯 고개를 끄덕였다. 사실 내가 봐도 군더더기 없는 깔끔한 계약서였다. 법률 자문가에게 공증까지 받은 거니까. 나는 계약서에 사인을 해서 내밀었다. 그리고 다른 계약서를 그에게 내밀었다.

"자, 얼른 사인해 주세요. 대신관님이 시간을 끌어서 얼른 돌아가지 않으면 아빠가 쫓아올 테니까요."

대신관을 독촉하자 그는 빠르게 계약서를 몇 줄 읽더니 어마어마한 금액의 숫자를 보곤 히죽거리며 이내 가볍게 사인을 했다. 이오나가 그걸 냉큼 받아 챙겼다. 나도 볼일이 끝났기에 자리에서 벌떡 일어났다.

"이제 대신관님을 찾아오는 일도 없겠네요. 근데 삼촌은 자주 만나러 와도 되죠?"

"네. 물론입니다. 크루노 추기경도 가족을 만날 권리가 있으니 말입니다. 앞으론 고행도 좀 덜하도록 권해 보겠습니다."

"네. 대신관님은 생각보다 말이 잘 통하시네요."

내가 활짝 웃었다. 대신관으로선 계약서를 받아 냈으니 앞으로 크루노 에탐에게 집착할 필요도 없을 것이다. 애초에 돈이면 해결될 일이 정신적 고통으로 크루노 에탐에게 쌓였다는 것이 황당한 일이었다. 일단 생각했던 목적 두 개는 달성했다.

"가주님, 이 계약서를 작성해도 되는 걸까요?"

"응. 그거 잘 읽어 봐."

이오나에게 대답해 주며 대신관의 집무실을 나온 나는 총총 총 걸어 크루노 에탐의 집무실로 향했다. 한참을 서류를 읽어 보던 이오나가 탄성을 흘렸다.

"이건……."

"역시 나쁜 사람은 뒤통수를 맞아야 즐겁잖아."

아마 에르노 에탐이라면 이보다 더한 수를 썼겠지만 난 그 정도까진 자신이 없었다. 크루노 에탐의 집무실로 가는 길에 만난 신관들이 나를 볼 때마다 엉거주춤 인사를 건네 왔다. 내가 며칠째 신전을 휘젓고 있으니 신관들과 성기사들도 익숙해졌는지 나를 방해하거나 막지 않았다. 내가 크루노 에탐의 집무실에 서서 활짝 웃자 신관들이 망설이는 것이 보였다.

주머니에서 반짝반짝한 금화를 두 개를 꺼내 각각 하나씩 내밀자 두 신관이 못 이긴 척 문을 열어 주었다. 크루노 에탐이 문을 열지 못하게 했을 텐데 열어 주게 된다면 아마 이후에 혼이 날 테니 나를 눈감아 준 대가를 미리 준 것이다.

"삼초오오온!"

내 부름이 퍽 익숙하고 질리는 듯 크루노 에탐의 얼굴이 확 일그러졌다. 그는 한계까지 치솟은 짜증을 내리누르며 천천히 서류를 내려놓았다. 나는 뻔뻔하게 그의 집무실 소파에 앉아 발을 동동 굴렸다. 아담과 이오나가 내 뒤에 섰다.

"수업은 대체 어쩌고 매일 오는 거지? 너는 지금 작위를 물려받은 주제에 가문을 내팽개칠 셈인가?"

"아뇨. 나 열심히 하고 있어요."

"대체 뭘……."

"맨날 여기 오기 전에 대신관님이랑 면담하는걸요."

그렇게 오늘은 수인 해방과 크루노 에탐의 해방을 얻어 냈다.

"……네가 내게서 뭘 읽어 냈는진 모르겠으나 신경 쓰지 마라. 네가 신경 쓸 일이 아니니."

크루노 에탐은 오늘도 차갑게 말했다. 요즘 나는 수업이고 뭐고 일단 다 뒤로 제쳐 둔 채 매일매일 그의 집무실에 침입하고 있었으니 못마땅할 법도 했다. 그렇다고 여기 와서 뭔가를 하는 건 아니었다. 그냥 아무 말 없이 크루노 에탐이 일하는 걸 구경하다가 간식을 오독오독 먹다가 집에 돌아오는 것이 하는 일의 전부이긴 했다.

"……루시 보고 싶다."

물론 한 번씩 어필해 주는 것도 잊지 않았다.

"그는 만날 수 없다고 했을 텐데."

"삼촌은 신전이 바뀌면 좋겠다고 생각 안 해요?"

"무슨 소리지?"

"삼촌은 정말 신관이 하고 싶어요? 신관이 모두 깨끗하고 청렴한 건 아니잖아요."

어떤 면에선 크루노 에탐이 바라는 것과는 정반대의 면모가 있을 것이다. 게다가 무려 대신관이 돈에 미친 사람이 아니었던가. 크루노 에탐이 바보가 아닌 이상 대신관의 나쁜 점을 모를 리가 없었다.

"대신관 아저씨가 수인을 비롯한 타 종족들을 해방해 주겠대요."

"……뭐?"

"지금보다 50퍼센트 정도 후원금을 더 늘려 준다니까 그렇게 해 준대요."

크루노 에탐은 나를 바라보며 아무런 말이 없었다.

"삼촌이 믿고 따르는 사람은 겨우 그 정도예요. 삼촌의 시간이 아까워지는 사람."

"네가 뭘 안다고 지껄이는지 모르겠군. 신관 후보생은 만날 수 없으니 이만 돌아가라."

철벽도 이렇게 깐깐한 철벽이 있을 수가 없다. 나는 불만스럽게 뺨을 부풀렸다.

"싫어요."

"넌 정말……."

"사실 밝은 거 싫어하잖아요."

크루노 에탐의 본질은 어둠. 그가 각성한 드래곤의 능력은 끝없는 어둠이었다. 그의 힘은 본래 마물을 다루고 마물을 길들이는 것에 있었다. 그러나 어린 시절 광폭화가 찾아왔다. 크루노 에탐에겐 불운이었다. 그로 인해 처음으로 마음을 주었던 소녀를 눈앞에서 잃고 말았으니까. 그때 크루노 에탐은 겨우 열세 살이었다.

"삼촌은 스스로를 벌하고 고통스럽게 하려고 여기에 있는 거잖아요. 안즈를 위해서."

내 말이 끝나기가 무섭게 크루노 에탐이 서슬 퍼런 기색으로 나를 노려보았다. 《입.양.각》에서 죽은 크루노 에탐의 회상으로 떡밥처럼 나온 것이었는데 떠올리려니 마음이 좋지 않았다. 활자로 된 세계가 눈앞에서 살아 움직이고 있으니 어쩔 수 없이 드는 생각이 있었다. 오로지 한 사람의 행복과 지대한 성공을 위해서 활자 안에선 수많은 사람이 죽어 나간다. 상처받고 괴로워하다가 마약에 중독되어 끌리듯 여주인공의 손길에 허덕이다가 여주인공을 돋보이려고, 혹은 그 주변 인물의 잔혹성을 강조하기 위해 죽는 것이다.

한 사람을 위해 수많은 사람이 죽어 가는 건 당연한가? 활자이기 때문에 나는 그걸 무시해 왔다. 당연한 일이잖아? 소설 속에는 주인공이 있었고 주인공 이외에 모든 것은 엑스트라에 지나지 않았다.

여주인공을 위해서 아무리 많은 사람이 피를 흘려도 결국은 여주인공이 행복해지면 소설은 '해피엔딩'이다. 주인공 버프란 그런 것이다. 수백의 화살 비가 쏟아져도 병사들이 오로지 주인공을 지키기 위해 몸을 내던지고, 독가스가 주변을 채워도 여주인공은 운 좋게 살아남는.

"닥치고 나가라. 한 번만 더 그 입을 여는 순간 나는 널 가주로서 인정하지 않겠다."

"아까운 삶, 그냥 이렇게 썩혀 버릴 거면 나한테 줘요."

"……뭐?"

"내가 삼촌을 행복하게 해 줄게요. 내가 보기엔 삼촌한텐 힐링이 필요해."

이불에 돌돌돌 말아서 침대에 넣어 주고 귀여운 동물 친구들에게 둘러싸인 곳에서 달콤한 간식을 입에 쏙쏙 넣어 줄 사람이 필요했다. 그가 자학할 수 없게 만들 수 있는 사람이.

'적임자는 있는데…….'

내가 갈 수는 없는 곳이다. 아마 이 세상에서 오로지 크루노 에탐만이 갈 수 있는 곳일 거다. 사실 《입.양.각》 외전에서 2부 예고한답시고 나온 장면이라서 긴가민가하긴 했지만.

"그러니까 만나게 해 줘요, 루시."

"미치겠군. 이걸 좀 데리고 갈 마음은 없나?"

크루노 에탐은 뻔뻔하게 버티고 있는 나를 포기하고 이오나와 아담을 보았다. 두 사람은 각자 본인의 손을 뒤로 맞잡은 채 움직이지 않았다. 기사의 표본과도 같았다.

"신관 후보생은 나갈 수 없다."

"신은 존재하지 않아요, 삼촌."

"……."

그는 이제 내 불경한 말에도 기함조차 하지 않았다. 오히려 질린 표정을 할 뿐이었다.

"삼촌도 알고 있잖아요. 설령 존재한다고 한들 신은 아무것도 해 주지 않는걸요."

내가 수십, 수백 번 기도해도 아무런 일이 일어나지 않은 것처럼. 삼촌도 아마 수십, 수백 번은 더 기도하고 나보다 더 꺾였겠지.

"아무리 신관 후보생들을 청렴하고 결백하게, 어떤 더러움 없이 신앙심 높은 자로 키운다고 한들……."

"닥쳐라."

"죽은 안즈는 돌아오지 않을 거고 삼촌의 죄는 사라지지 않아요."

"닥치라고 했다!"

그가 손에 쥐고 있던 성서를 거칠게 내던졌다. 새하얀 옷을 입은 크루노 에탐의 주변으로 넘실거리는 어둠이 당장이라도 터져 나올 것같이 위협적이다.

"와, 성서 던졌다."

나는 성서 앞에 주저앉아 입가를 허물며 헤실헤실 웃었다.

"추기경 실격이네요, 셋째 삼촌."

"허……."

크루노 에탐은 '뭐 이런 놈이 다 있지?'라는 표정으로 나를 한참이나 보다가 의자에 털썩 주저앉았다.

"누가 망나니 사이코의 딸이 아니랄까 봐……."

어쩐지 아빠와 동급 취급을 받은 것 같아서 살짝 뿌듯해졌다. 내 표정을 봤는지 그가 질린 표정을 했다.

"그딴 회의에 나가는 게 아니었는데."

그의 입술 사이로 기어코 지독한 후회가 담긴 한마디가 흘러나왔다. 나는 콧노래를 부르며 다 식은 핫초코를 홀짝홀짝 마시며 웃었다. 기분이 아주아주 좋았다. 그가 이윽고 자리에서 일어났다.

"따라와. 그리고 앞으론 신전에 오지 마라."

"올 건데요."

"네 방문은 앞으로 금지할 거다."

그가 대답하며 성큼성큼 앞으로 걸어갔다. 이내 도착한 곳은 미로처럼 어지러운 신전 안에서도 한층 깊은 곳에 있는 장소였다.

"여기에 있다."

"……세상에, 애를 여기에 가둔 거예요?"

나는 공기도 통하지 않을 것처럼 보이는 단단한 철문을 보며 말했다. 게다가 투명한 장막까지 쳐져 있어서 다가가는 것도 불가능해 보였다.

"가둔 게 아니다. 놈이 스스로 들어가서 문을 걸어 잠근 거지."

"⋯⋯네?"

"원래는 그러지 않았는데 밖에 나갔다 온 뒤론 반항이 심해졌지."

크루노 에탐이 나를 흘기며 말했다.

"그는 신전에서 가져간 성물과 성석의 수만큼 채워 놓기로 약속했다. 그 약속을 지키기 위해 공석을 가지고 스스로를 감금했고."

그렇게 말한 크루노 에탐은 황금빛으로 된 결계에 둘러싸인 문을 바라보았다.

"얼마나 강력한지 몇몇 고위급 신관과 추기경이 신력을 썼어도 문을 뚫을 수 없었다."

덧붙이는 말에 잠시 나는 할 말을 잃었다. 결국 루실리온이 이렇게 된 건 나 때문이라는 거잖아?

"만나도 소용없을 거라고 했을 텐데. 어차피 이 안에서 나오지 않을 거다."

그는 바른 자세로 선 채 그렇게 말했다. 물론 그렇게 말한다고 해서 쉽게 물러날 내가 아니지만.

"루—실—리—온—!"

배에 힘을 꽉 주고 한껏 목소리를 높이자 크루노 에탐이 인상을 찌푸렸다.

"신전에서는 정숙해야 하는 거 모르나? 그리고 그렇게 불러 봐야 안에선……."

파지직—

문을 단단히 가로막고 있던 결계가 아이스크림처럼 주르륵 녹아내렸다.

"……."

"주인님."

동시에 문이 활짝 열렸다. 언제 단단히 닫혀 있었냐는 듯 아주 쉽게 열리는 문에 나도 당황하고 크루노 에탐도 당황했다.

"깨어나셨군요."

훤칠한 남정네가 불쑥 모습을 드러냈다. 나는 훌쩍 커 버린 루실리온을 보며 그야말로 입을 다물어 버렸다. 다른 사람들의 성장도 믿기지 않을 정도였지만 루실리온은 정말 눈이 부실 정도의 외모였다. 아름다운 백은발이 흔들거렸다. 휘어지는 눈동자엔 오로지 반가움만이 그득했다. 그는 곧장 내 앞에 무릎을 꿇더니 내 손등에 입을 맞추고 본인의 뺨을 가볍게 비비적거렸다.

"아, 안녕……. 루시."

"네, 주인님."

지금 루실리온이 열네 살이었던가? 5년이 지났으니 아마 그 정도가 되었을 거다. 외모에도 죄가 있다면 루실리온은 분명 사형이다.

'남자까지 홀린 죄야.'

정말 한껏 물오른 외모는 이미 바짝 약이 올라 있었다. 성년이 되면 아마 더 화사해지지 않을까?

"무사히 성장하셔서 다행입니다. 보고 싶었어요."

"……응. 일은 다 했어?"

"일? 아아, 예전에 다 끝냈습니다. 귀찮아서 그냥 나가지 않고 있었던 것뿐이에요."

"식사는?"

밥그릇 하나 지나갈 틈새가 없어 보이던데 대체 밥은 어떻게 먹은 건지 모르겠다. 딱히 마른 것처럼 보이진 않는데…….

"아, 신에 대한 믿음만 있다면 배고픔은 없습니다."

"……."

사기를 제법 훌륭하게 치는걸? 뒤쪽으로 널브러져 있는 간식과 과일들이 보였다. 내가 떨떠름하게 루실리온을 보다가 뺨을 긁적였다.

"루시."

"네?"

"여기에 사인 좀 해 주라."

루실리온은 내가 내미는 서류와 펜을 받아 들곤 글자를 하나도 읽지 않고 그대로 사인을 했다.

'정말 조심성이 없네.'

그러나 지금은 조심성이 없어서 다행이었다.

"여기도. 그리고 여기랑 여기도."

"네!"

화사하게 웃으며 그는 내가 준 서류에 유려한 사인을 마쳤다. 나는 그것을 흡족하게 보다가 이오나에게 넘겼다. 크루노 에탑이 부리부리한 눈으로 나를 노려보고 있었다.

"흠흠, 축하해! 루실리온!"

"네?"

"오늘부터 네가 신전의 대신관이야!"

"……네?"

"……뭐라고?"

내가 양팔을 벌리며 톤을 높여 말하자 루실리온도 크루노 에탑도 표정이 이상해졌다. 두 사람은 단번에 내 말을 이해하지 못한 것처럼 반문했다.

"그리고 오늘부로 삼촌은 추기경 해고야. 사유는 음…… 뭐가 좋으려나."

나는 턱을 문지르며 고민하는 척하다가 손뼉을 짝 쳤다.

"이오나, 빈칸에 성서를 던져서 신을 모독했다고 적어 줘."

"네, 아가씨."

이오나는 펜을 움직여 사각사각 빈칸에 글을 적었다. 서류가 깔끔하게 정리됐다.

"주, 주인님……? 이게 무슨 소리예요?"

루실리온이 품 안에서 종이 하나를 주섬주섬 꺼내며 물었다.

"응. 내가 대신관에게 너한테 모든 걸 양위한다고 적은 서류에 사인하게 했거든."

"예?"

"그러게 글씨를 잘 봤어야지."

대신관이 사인도 하고 신전의 도장까지 찍었으니 무를 순 없을 거다.

"그리고 네가 사인한 것 중의 하나는 새 대신관으로서 셋째 삼촌을 해고한다는 내용이었어."

어차피 인생은 다 수직 관계로 흘러가는 것 아니던가. 새 대신관이 추기경을 쫓아낸다고 하는데 누가 뭐라고 하겠는가. 루실리온도 나중에 피 흘릴 일도 없고 좋지. 나름 뿌듯함에 고개를 끄덕이고 있는데 루실리온의 울음기 섞인 목소리가 들렸다.

"전…… 곧 신관 후보를 사퇴할 예정이었는데요……."

루실리온이 믿기지 않는 표정으로 내게 사직서처럼 생긴 것을 내밀어 보였다. 그는 이직 준비 다 마쳤는데 강제로 회사 계약이 연장된 사람처럼 새하얗게 질려 있었다.

아, 망했다. 가장 먼저 든 생각은 그것이었다. 사실 나로서는 루실리온을 조금이나마 편하게 해 주려는 의도였다. 왜냐하면 굳이 연기도 하지 않고 괜히 대신관에게 더 휘둘릴 필요도 없이 대신관 직위를 얻을 수 있을 테니까.

"……."

"……."

"……."

분위기가 싸하다. 크루노 에탐도 자신이 해고당했다는 사실이 믿기지 않는지 나를 내려다보고 있었다.

"전, 주인님의 애완동물로 살려고 했는데요……."

"내가 너 먹여 살려야 해……?"

"안 되나요……?"

아니. 그건 아닌데 너무 신선해서. 보통 로맨스 판타지에 나오는 남자 주·조연이라고 하면 다들 자신이 여주인공을 먹여 살리지 못해서 안달이 아닌가. 루실리온도 여주인공의 어장 속에 있는 사람 중 하나였기 때문에 샤르네에게 뭐든 해 주지 못해서 안달이었으니까.

'아, 내가 여주인공이 아니라서 그런가?'

그렇다면 이해가 됐다.

'이제 슬슬 여주인공이랑 역하렘 남주 후보들이 만날 때가 됐는데.'

여주인공이 지금 열세 살이니까 앞으로 2년 정도 더 있어야 할지도 모르겠다.

'음, 일단 튀자.'

일은 벌여 놨으니 알아서 해결할 것이라고 믿는다. 에탐 가문으로 돌아가서 가문의 법률 전문가에게 서류를 넘기고 알아서 처리해 달라고 하면 대신관의 뒤처리까지 깔끔하게 해 주겠지.

"루시."

"네."

나는 무릎을 꿇고 앉은 그와 시선을 맞춘 채 입을 열었다.

"도와줘서 고마워. 덕분에 무사히 눈을 뜰 수 있었어. 나 잘 다녀왔어."

루실리온의 눈이 살짝 커졌다가 이내 설핏 둥그렇게 휘어졌다.

"네. 무사히 성장하셔서 정말 기뻐요."

루실리온이 손등에 입을 맞추며 자리에서 일어났다.

"주인님."

"응?"

"주인님과 만나기 전에 전 대신관과 내기했었어요."

"내기?"

아, 그때 그 골목길에서 해 줬던 말인 모양이다.

"네. 길거리에 거지처럼 있다가 누군가 저를 데리고 가면 제 승리. 그러지 않으면 패배."

생각지도 못한 말에 나는 눈을 깜빡였다.

"승리하면 자유가 되는 거였고 패배하면 순종적인 신관 후보생으로 돌아오는 거였어요."

아, 그래서 《입.양.각》 속의 루실리온은 순종적으로 굴었던 걸까? 누구도 그를 구해 주지 않아서.

"여기서 벗어난 이유가 뭔지 아세요?"

"아니?"

"⋯⋯대신관이 되기 싫어서였어요."

루실리온이 벽을 짚으며 고개를 푹 숙였다. 그 절망스러운 어조에는 옅은 장난기가 섞여 있었다.

"……오."

그런 커다란 의도가 있었을 줄이야. 나는 권력이 필요한 줄 알았지. 내가 도르륵 눈동자를 굴리자 그가 웃었다.

"그래도 절 위해 움직여 주신 거죠?"

"으응……."

정확히는 샤르네와 널 위해서지. 양심상 여주인공의 어장까지 방해할 순 없으니까 말이다.

'흠흠, 절대 그 찐한 17금의 그렇고 그런 게 보고 싶어서 그런 건 아니야.'

나는 고개를 끄덕였다. 워낙 미친놈들이 많이 나오는 소설이다 보니 집착들도 대단하고 수위도 대단…… 크흠.

"그러면 됐어요. 할게요, 대신관. 주인님께서 주신 선물이니까."

루실리온이 해사하게 웃으며 말했다.

"근데 루시."

"네?"

"이제 너도 대신관인데 그런 주인님이라는 소리는 관두는 게 좋지 않을까?"

한낱 귀족 영애에게 대신관이 주인님, 주인님 하면서 무릎을 꿇는 것이 썩 좋게 보일 것 같진 않았다.

"그럼 뭐라고 불러요?"

"그냥 에이린?"

"그러면 다른 사람이랑 똑같잖아요."

"그렇지……?"

보통은 이런 평범한 관계를 추구하니까.

"그건 싫어요."

"왜?"

"주인님한텐 특별한 존재가 되고 싶으니까요."

내가 어안이 벙벙한 표정으로 바라보고 있자 루실리온이 말을 덧붙였다.

"잊지 마세요, 주인님. 제가 제일 먼저 주인님의 특별함을 알아봤어요."

루실리온이 내 손등을 잡고 다시 입을 맞추려는 때였다. 내 몸이 허공으로 덜렁 들렸다. 루실리온의 입술이 허공을 방황하다가 천천히 허공에 들어 올려진 나를 향했다.

"셋째 삼촌?"

"어린 것들이 잘하는 짓이군. 정도를 지켜라."

말은 그렇게 했지만 크루노 에탑의 시선은 루실리온에게 향한 채였다.

"크루노 추기경께서 언제부터 그렇게 조카 사랑이 지극하셨는지 모르겠네요."

루실리온은 살짝 굽혔던 몸을 다시 펴며 말했다.

"허튼소리 말고 당장 해고를 취소하고……."

"싫네요. 저는 말 잘 듣는 애완동물이라서."

사르르 휘어진 눈동자를 보며 나는 입을 다물었다. 음, 살짝 피곤해졌어.

"삼촌, 우리도 집에 가자."

"네 방자함을 봐주는 것도 여기까지다."

"응응."

크루노 에탐의 살벌한 말에 나는 그의 목에 팔을 두르고 대롱대롱 매달리는 쪽을 선택했다. 역시 힐링에는 귀여운 아기와 동물이 최고지.

'돌아가면 애완동물을 알아봐야겠다.'

크루노 에탐이 내 뒷덜미를 잡고 떼어 내려고 했지만 나는 이제 무념무상하게 고목나무 매미처럼 잘 달라붙어 있을 수 있었다. 크루노 에탐은 생각보다…….

'근력은 좀 약하네.'

아니다. 많이 약했다. 나는 힘을 쓰느라 새빨갛게 달아오른 그의 뺨과 귓불을 보며 생각했다.

"가자, 삼촌."

나는 그의 품에 기대며 하품과 함께 말했다. 그는 몇 번이고 나를 떼어 내려다 한숨을 내쉬더니 결국 나와 함께 마차를 타게 됐다. 내 곁을 서성거리던 루실리온이 부득불 마차를 타는 곳까지 나와 배웅했다.

"사람 보내 줄게, 루실리온."

"아, 괜찮아요. 혼자 해결할 수 있어요."

루실리온이 커다란 천주머니를 내 품에 밀어 넣어 주었다.

"그리고 이건 성석이에요. 조만간 더 보낼게요."

"이걸 왜?"

이제 해츨링이 되어서 필요 없는 게 아니었나?

"주인님은 평범하지 않아서 단순히 음식물만 섭취하면 계속 허기가 질 테니 이것도 같이 드셔 보세요."

"응……."

나는 육각형 모양의 길쭉한 수정처럼 생긴 반투명한 성석을 보며 고개를 끄덕였다.

"신전은 제가 깔끔히 정리해 둘게요."

"어?"

"주인님께서 계약서를 주신 덕분에 절차상의 문제는 아마 없을 거예요."

그는 종이에 입을 쪽 맞추며 말했다. 야살스러운 눈빛에 나도 모르게 눈이 커졌다.

"다음에 봐."

"네. 신전만 정리하고 곧 찾아뵐게요."

"그만 떠들고 피곤하니까 가지."

크루노 에탐은 그사이 10년은 폭삭 늙은 표정으로 마차 문을 손수 닫았다. 어지간히 듣기 싫었던 모양이었다. 마차가 출발했다. 나는 품에 안긴 성석 더미를 내려다보며 심각한 고민에 빠져들었다.

'근데 이건 어떻게 먹는 거지?'

성석을 먹는 방법은 《입.양.각》에도 나와 있지 않았기에 아주 난감해졌다.

꼬르르륵—

성석을 물끄러미 바라보고 있으니 미칠 듯한 허기가 몰려왔다. 순간 차오르는 부끄러움에 고개를 푹 숙이자 크루노 에탑이 짧은 한숨을 내쉬었다.

"네가 이렇게까지 해서 원하는 게 뭔지 모르겠다."

"어…… 가족?"

"뭐라고……?"

"아니에요."

내뱉어 놓고 부끄러워져서 대충 말을 얼버무렸다.

'나도 할아버지 있고 아빠도 있고 삼촌도 있다!'

그렇게 어딘가에 불쑥 자랑하고 싶은 마음을 애써 꾹꾹 눌렀다. 이 나이에 영 부끄러운 일이라는 생각이 들었던 터다.

"넌 우리 어머니가 좋아하겠군."

먼 산을 바라보듯 닫힌 창문에 시선을 고정하고 있던 크루노 에탑이 입을 열었다.

"어머니면…… 할머니요?"

"그래. 아버지와 대판 싸우시고 가출 중이시지."

"가출……?"

"정확히는 5년째 이혼소송 중이다."

할머니가 있는 줄은 몰랐는데. 《입.양.각》에서는 한 번도 등장하지 않았던 인물이었다.

"어떤 분이신데요?"

"담대하시고 똑 부러지시는 분이지."

오, 이 시대의 장군감 같은 여인인 걸까?

"말을 안 들으면 일단 검집부터 치켜들고 부부싸움이라도 나는 날엔 집 안의 집기가 남아나는 게 없었지."

조금…… 거친 분이신 모양이네. 이런 가문에 들어왔으면 조금 엄할 수도 있지.

"짓궂은 남자애들 셋이 매달려도 끄떡없으셨고……."

근육……도 좀 있으신가 보네. 할머니가 정정하시면 좋지.

"사교계에선 누구도 덤비지 못했다. 심기가 조금만 불편해도 음담패설을 섞은 온갖 욕설이 튀어나왔거든."

욕은 그렇다 치고 썩 좋은 어머니는 아니었나……? 잘 듣고 있으니 칭찬과는 거리가 제법 멀게 들렸다.

"그리고……."

또 있어?!

"귀여운 순으로 사람을 차별했다."

"으잉……?"

그렇게 말하는 크루노 에탐의 눈이 얼마나 짜게 식었는지 몰랐다.

"너는 귀여우니 어머니의 사랑을 독차지할 수 있을 거다."

"……."

들으면 들을수록 만나 뵙고 싶은 분이시네.

"어머니를 만나고 싶나?"

"조금요?"

"만날 수 있을 거다."

"네에……."

"곧 소식을 들을 테니 득달같이 달려오실 거다."

무슨 소식을 말하는 걸까? 고개를 갸웃하자 크루노 에탐의 입가에 드물게 비릿한 미소가 번졌다.

"아버지의 멱살을 잡으러."

"오……."

"어머니가 가장 싫어하는 게……."

대화 도중에 저택에 도착했다. 크루노 에탐이 마뜩잖은 표정을 하면서도 나를 안아 마차에서 내렸다.

쨍그랑—!

콰앙—!

쿠웅—!

쿠구구구—!

쾅!

그 순간 차마 소리로 다 표현할 수 없는 온갖 굉음과 함께 비명과 먼지가 저택을 휩쓸며 거친 바람이 뺨을 스치고 지났다. 부서진 창문과 무너진 건물 틈 사이로 굉음만큼이나 커다란 사

자후가 뿜어져 나왔다.

"이 늙어 미친 새끼가! 대가리에 칼빵이 났으면 관으로나 들어갈 것이지, 뭐가 어쩌고저째? X이 안 서니 대가리도 안 굴러가디? 왜! 아주 손주 하나 더 낳아서 신생아에게 물려주질 그러누? 아주 쌍으로 지X들을 하는구나. 이놈아, 너는 안하무인으로 살더니 아주 뇌에 바람구멍이 생겨서는 생각이란 게 되질 않던? 되바라진 새끼! 단체로 약을 처먹어선 아주 집안 꼴을 재밌게도 만들어 두었구나. 왜? 어미가 없으니 이제 우습든?"

"……아동 학대거든."

그렇게 말하는 크루노 에탐의 얼굴은 평소보다 한층 더 창백해져 있었다.

'부부는 닮는다더니…….'

나는 고막이 터질 것 같은 목소리를 들으며 귀를 틀어막았다. 에르노 에탐이나 미르엘 에탐의 말투가 어디에서 왔나 했더니 모두 할머니의 입담에서 온 모양이었다.

"아동 학대라니……."

"아이가 아이답지 않은 것을 가장 싫어하신다."

"아……."

"그래서 예전부터 우리들의 교육 같은 걸로 많이 부딪히셨지."

크루노 에탐의 표정에 드물게 감정이 떠올랐다. 그는 나를 데리고 겁에 질린 사용인들 사이로 저택에 들어가더니 내게 고개를 까딱였다.

"가서 말려라."

"네?"

"여기서 저걸 말릴 수 있는 사람은 너밖에 없다."

저 난장판 사이로 대체 어떻게 들어가라는 건데. 내가 난감한 얼굴을 하고 있으니 크루노 에탐이 다시 말을 얹었다.

"아이에게 해를 끼치시진 않는다."

"……으음."

일부러 나를 엿 먹이려고 하는 말은 아니겠지? 나는 머뭇거리다가 조심스럽게 거의 전쟁을 방불케 하는 난장판으로 걸어갔다.

'저 사람이 할머니라고……?'

할머니라고 하기엔 너무도 정정하게만 보였다. 그녀는 외양만 보자면 30대 중반이라고 해도 이상할 것이 없어 보였다. 자식들의 나이를 생각하면 최소한 반백 살은 되었을 텐데도 불구하고 말이다. 세월에 의해 색이 조금은 빠졌으나 아름다운 금발에 빠져들 것만 같은 물빛 눈동자를 가지고 있었다.

그뿐이랴. 한 손에는 쇠로 된 기다란 지팡이를 쥔 채였다. 지팡이에 부서진 집기가 상당해 보였다. 난장판이 된 집무실 한쪽에는 카일로가 자포자기한 얼굴로 서 있었다.

"그……."

난장판인 미르엘 에탐의 집무실에 발을 들인 나는 조심스럽게 입을 열었다. 노성에 묻힌 내 목소리를 가장 먼저 들은 아빠가 내게 대번에 시선을 던졌다. 아빠의 뺨에는 작은 선혈이 있었다. 아마 난리 통에 다친 것이 분명했다. 심장이 쿵 떨어지는 기분이었다.

"할머니……?"

내 자그마한 부름이 그녀의 귀에 닿은 듯 사나운 얼굴을 하고 있던 선대 공작 부인이 고개를 홱 돌렸다. 그러더니 나를 보곤 냉큼 지팡이를 숨겼다.

"지금 날 부른 게냐?"

"……네."

날카로운 눈매가 꽤 무서웠다. 찔릴 것만 같은 기분에 고개를 끄덕이자 그녀가 눈을 가늘게 뜨곤 나를 보았다.

"다시 한번 불러 보거라."

"할머니……?"

"다시."

"하, 할머니……."

그녀가 다시금 고개를 까딱였다. 그 모습에서 어쩐지 옛날의 에르노 에탐이 떠올랐다.

"할머니……."

"그래. 왜 불렀느냐?"

할머니가 불러 보라면서요! 에르노 에탐의 사이코패스적인 기질이 어디에서 왔나 했는데 어쩌면 할머니에게서 온 것일지도 몰랐다. 내가 불만스럽게 바라보자 그녀가 껄껄 웃었다.

"요망한 것. 집안을 어떻게 다 홀려서 홀라당 가주직까지 가져갔나 했더니 확실히 그럴 만도 하구나."

그녀가 그렇게 말하며 턱을 문질렀다.

"그래. 뭘 바라느냐?"

"아빠, 다치게 하면 안 돼요."

내가 다치게 했으면 했지 남에게 다치는 꼴은 도저히 못 보겠다. 평소엔 아무렇지도 않게 잘만 피하더니 대체 왜 뺨에 피가 흐르는지 모를 일이다.

"잘못한 일에 대해서 혼을 내고 있었을 뿐이다."

"……아빠 피나잖아요."

"훈육이 거칠어지면 그럴 수도 있는 거지."

"아빠는 저 그렇게 혼내지 않는걸요."

내가 불만스럽게 웅얼거리자 그녀가 크게 웃음을 터뜨렸다. 무너진 책더미 사이에서 미르엘 에탐이 끙끙거리며 일어났다. 마치 무덤에서 좀비가 살아나는 것만 같은 조금 호러틱한 모습이었다.

"그래? 저 녀석이 말이냐? 네게 관심이 없는 게 아니고?"

"……맨날 아침에 데리러 와 줘요."

"부모라면 할 수도 있는 일이지."

코웃음을 치며 말하는 것이 어쩐지 무척 불쾌했다. 기분이 조금 가라앉았다.

"성장기 때도 5년이나 옆에 있어 줬어요."

"드래곤과 각인하면 인생이 달라진다는데 네가 아니라 누구라도 10년이든 20년이든 기다렸겠지."

"나한테 가주 자리도 줬어요."

"그거야말로 우스운 일이지. 본인들 일을 다 떠넘기는 게 아니라면 상식적으로 누가 열 살짜리에게 가주 자리를 넘기겠느냐?"

나는 주먹을 꽉 쥐었다. 울컥하는 마음에 고개를 들자 그녀는 팔짱을 낀 채 나를 내려다보고 있었다.

"아무것도 하지 않아도 된다고 했어요."

"그래. 그 말은 너는 그냥 허수아비라는 얘기겠다?"

끼워서 맞춰 보면 또 그럴싸한 말을 해 대니까 불쾌감이 스멀스멀 올라왔다.

"에이린."

숨이 벅찼다. 내가 씩씩거리고 있자 아빠가 다가와 나를 조심스레 안아 들었다.

"……아빠가 나보고 자기가 떠나라고 할 때까진 떠나지 말랬어요! 내 아빠가 하고 싶다고 했어!"

내가 비명처럼 소리를 내질렀다. 그나마 내게 있는 가족을 건드리는 것이 억울해서 눈물이 퐁퐁 솟았다. 후두둑 떨어지는 내 눈물을 보던 전 공작 부인이 당황한 듯 눈을 크게 떴다.

"그래. 알았다. 조금 짓궂은 짓을 했다. 내가 미안하……."

"아빠, 나 할머니 싫어."

"그래. 방으로 데려다주마."

"할머니도 아니야. 나쁜 사람이야. 나 저 사람 싫어."

그 순간이었다.

눈앞에 금빛 물결이 번지기 시작했다.

\* \* \*

"응. 이건 할머니도 아니야. 가족은 이런 말 안 하잖아. 그치, 아빠?"

"……그렇지."

"응응. 맞아. 나쁜 사람이야. 아빠, 나 저 사람 싫어요."

그 말이 끝나기가 무섭게 에이린의 동공이 세로로 쭉 가늘어졌다.

"아빠 다치게 한 것도 싫어. 나쁜 말 하는 것도 싫어. 응. 저 사람 싫어."

무언가 작게 중얼거리는 아이의 눈동자가 평소와는 다르게 채도가 확 올라갔다. 스스로에게 세뇌하듯 읊조리는 목소리가 사뭇 섬뜩하기까지 했다. 에이린의 눈동자가 이 세상의 것이 아닌 것처럼 반짝였다. 금빛의 마력이 에이린에게서 새어 나왔다.

"저 사람이 없어지면 되겠다."

에이린이 해사하게 웃었다. 그러나 순수한 아이의 입에서 나온 말이라고는 믿기지 않을 정도로 잔인했다.

"그렇지?"

귀엽게 눈을 접은 에이린이 고개를 돌려 선대 공작 부인을 보았다. 그 순간 그녀가 금빛의 마력에 휩싸이기 시작했다.

"이게 무슨……."

곧 그녀의 손끝이 점점 투명해졌다. 세상에서 그녀의 존재를 지워 버리겠다는 것처럼 그녀는 점점 흐릿해졌다. 모두가 반사적으로 에이린을 보았다. 아이는 여전히 에르노 에탐의 목에 안긴 채 웃고 있었다.

순수한 얼굴을 바라보던 에르노 에탐은 문득 신어(神語)로 되어 있던 문헌의 번역본을 떠올렸다.

> 〈드래곤이란, 욕망 그 자체다. 해츨링은 특히나 어린아이와 같다. 원하는 것은 가져야 직성이 풀리는 드래곤의 성미와 그걸 이룰 수 있는 능력을 갖췄는데, 그에 비해 상식과 제어력은 현저히 떨어진다. 드래곤에게 각인이 필요한 이유도 그것에 있었다. 오래전 신은 드래곤과 맹약을 맺었다. 그들은 지상의 어떤 생물보다도 강력했기에 그 위험성을 줄이고자 한 것이다. '각인'이란 그래서 생겨났다. 그러나 신은 한 가지 큰 착각을 하고 말았다. 무릇 살아 있는 것이란 욕망이 있는 법이다. 강해지고 싶은 욕망, 타인보다 더 뛰어나고 싶은 욕망, 특별해지고 싶은 욕망. 드래곤은 그것을 아주 손쉽게 이룰 수 있는 존재였다. 그리하여 한때 드래곤이란 장신구였다. 모두가 드래곤의 둥지를 파헤쳐 알을 훔쳤고 각인을 했다. 각인은

드래곤이 작고 약한 것들에게 애정을 가지고 공생하기 위해서 생겨난 것이었다. 그러나 탐욕이 생명을 지배하며 모든 것은 잘못된 방향으로 흘러가기 시작했다. 그들은 각인을 매개로 드래곤을 강제했고 명령했으며 억눌렀다. 각인은 드래곤을 보호하는 수단이었다. 폭주해 함부로 힘을 쓰는 해츨링을 억누르고 커다란 분란을 야기할 것을 대비한 수단. 해츨링은 부모를 지키기 위해서라면 무슨 짓이든 한다. 그들을 상식적으로 설득하려 하지 말라. 그들은 부모의 편안한 잠자리를 위해서 세상의 모든 밤에 활동하는 생명체를 죽일 존재이고, 부모가 왕이 되고자 한다면 황족을 전부 죽이는 악룡이 될 것이다. 해츨링의 욕망이 터져 나와 제압할 수 없으면 명령해야만 한다. 강제로 억눌러 명확히 주인을 각인시켜야만 드래곤과 비로소 공생할 수 있다.〉

유독 눈에 들어와서 몇 번이나 읽었던 문구였다. 에르노 에탐은 에이린이 폭주할 거라고 생각하지 않았다. 아이는 대단히 상식적인 면이 있었으니까.

'이런 거였군.'

상식 이전에 그저 욕망에 지배되는 것이다. 아이는 가족을 부정하는 제 어머니의 말에 화가 났고 분노했다.

"에르노, 어떻게 좀 해 보거라!"

그렇게 얻어터지면서도 그래도 아내라고 제대로 된 공격 한

번 내지르지 않던 미르엘 공작이 반투명해진 아내에게 달려가며 소리쳤다. 에르노 에탐이 본인의 목을 꼭 끌어안고 있는 아이를 보았다. 눈을 마주치면 헤실헤실 웃는 것이 그토록 사랑스러울 수가 없다. 그는 잠시 망설이다가 아이를 집무실 책상에 걸터앉게 했다.

"에이린."

"네, 아빠."

"왜 화를 내고 있는지 알 수 있을까?"

그는 썩 익숙하지 않은 짓을 하고 있다고 생각하면서도 몸을 낮추고 아이와 시선을 마주했다.

"응. 나랑 아빠가 가족이 아닌 것처럼 말하니까 싫었어요."

"그랬구나. 하지만 나는 네가 범죄자가 되는 게 더 싫단다."

"왜요?"

"범죄자가 되면 따님은 감옥에 갈 테니 함께 있을 수가 없잖니."

어머니가 죽어서 문제가 아니라 딸이 감옥에 갈까 봐 문제라는 막내아들의 말에 사위가 쥐 죽은 듯 고요해졌다.

"너는 이 어미가 죽어 가는데 그게 말이라고 하누? 내 참 인생 헛살았다 싶다."

"어머니께서 벌이신 일입니다. 아니면 부디 그대로 사라지시든가요."

에르노 에탐은 에이린을 자극하지 않기 위함인지 미소를 띤 채 부드러운 목소리로 말했다. 웃고 있는데 그게 더 섬찟했다.

선대 공작 부인이 허탈하게 숨을 뱉었다. 그 얼굴에서 공포는 읽히지 않았다.

"하지만 아빠."

"응?"

"그럼 제가 감옥도 없앨게요."

"오, 우리 따님이 아예 기사단에게 쫓기겠구나. 이번엔 나라를 없애 주려고?"

에르노 에탐의 말에 에이린이 입술을 툭 내밀었다. 나라를 없애는 건 현재 자신의 능력으로 가능하지 않음을 본능적으로 깨달은 탓이다.

"하지만……."

"따님, 누군가 죽이고 싶다면 내게 말하렴. 네가 이런 일을 할 필요는 없단다."

에르노 에탐의 말에 에이린이 입술을 달싹였다. 그러나 소리가 나오진 않았다. 아이는 혼이 난 것처럼 한껏 침울해져선 고개를 푹 숙였다. 이 상황이 그를 난감하게 하고 있음을 깨달은 탓이었다.

"죄송해요."

금빛 마력이 모습을 감추고 이내 반투명해졌던 선대 공작 부인의 몸도 원래대로 돌아왔다.

"내 따님, 고맙구나."

"네."

에이린은 대답하며 선대 공작 부인을 물끄러미 보다가 뺨을 부풀리곤 고개를 휙 돌렸다.

"아가, 내가 미안하단……."

"흥."

"아가?"

그녀는 조금 난감한 얼굴로 아이를 보았다. 에이린이 단단하게 화가 나선 에르노 에탐의 품에 얼굴을 묻고 있었던 탓이다. 한참이나 고민하던 선대 공작 부인은 장난기나 가벼움을 버리고 다시금 입을 열었다.

"미안하다, 에이린. 내가 너무 어린애 같은 짓을 했구나. 네 반응이 귀여워서 선을 넘는 짓궂은 짓을 했다. 너랑 에르노는 내가 보기엔 충분히 가족이란다."

눈을 가늘게 뜬 에이린이 선대 공작 부인을 보았다.

"나는 데반느라고 한단다."

"……."

에이린이 에르노 에탐의 가슴팍에 이마를 파묻은 채 아무도 모르게 입을 떡하니 벌렸다.

'내가 대체 방금 무슨 짓을 한 거야?'

스스로 제어할 수 없었던 행동에 수치심이 물밀듯 밀려왔다. 무슨 아이 같은 행동인지 모르겠다. 당황스러움과 부끄러움에 에이린의 눈이 발갛게 달아올랐다.

"에이린."

"네."

"이만 가서 쉴까?"

에이린이 고개를 끄덕이자 에르노 에탐은 미련 없이 발걸음을 돌렸다.

"한동안 접근하지 마십시오."

그가 말을 덧붙이곤 에이린을 안은 채 냉큼 사라졌다.

"그러게. 들를 거면 곱게 들를 것이지 오자마자 지X은 대체 왜 그리 지X랄이야?! 애 하나 울리고, 쫓아내고 잘하는 짓이오! 아주."

"나 잘못한 건 알겠는데 넌 뭘 잘했다고 입을 놀려? 미르엘 에탐."

"뭐, 뭐……! 뭐가 어떻다고 그렇소!"

"멍청하게 아들한테 뒤통수 맞아선 가주직도 뺏긴 주제에 조용히 하지."

데반느의 뼈아픈 지적에 미르엘 에탐의 입이 조가비처럼 다물렸다.

\* \* \*

선대 공작 부인과의 소란이 있고 난 후 아빠의 품에서 밥을 먹고 아빠가 읽어 주는 동화책까지 전부 듣고 나니 사위가 캄캄했다. 영 잠이 오지 않아서 아빠의 토닥거림을 받으며 자는 척을 했던 참이었다. 아빠는 내가 자는 줄 알고 나갔지만 사실 잠은 오지 않았다. 그래도 한번 잠들어 보겠다고 눈을 꼭 감고 양을 세고 있을 때였다.

"오랜만이구나, 에이린."

달빛이 쏟아져 내리는 창문 아래에 갑작스럽게 나타난 은빛 갑옷의 사내를 보며 나는 자리에서 벌떡 일어났다.

"원장님?"

"그래. 아프다는 얘기를 들었는데…… 괜찮아진 모양이군."

"……네. 아, 죄송해요. 연락도 제대로 못 드리고 약속도……."

지키지 못했다. 몇 번이고 기회가 있었는데 제대로 말을 전하지도 못했다.

"리하르트가 널 만나지 못해서 거의 눈이 돌아 있더구나."

"……아."

그러고 보니 리하르트와도 매일 편지를 쓰겠다고 했다가 중간에 뚝 끊겼겠구나. 생각지도 못하게 성장기라고 잠이 들어서 문제였다. 딱히 고의는 아니었으나 정신을 차린 뒤로도 이런저런 일로 정신이 없어서 다시 연락하지도 못했다.

'난 멍청한 걸까.'

나는 짧게 한숨을 내쉬었다. 약속을 제대로 지키지 못한 사람이 몇인지 모르겠다.

"이제 약속을 지켜 줄 수 있겠나?"

"네. 죄송해요."

고개를 끄덕인 나는 급히 펜과 종이에 뭔가를 써서 내밀었다. 마을의 이름과 찾아가야 하는 수도원의 이름 그리고 그곳에서 통용되던 알비온의 딸의 이름이었다.

"……고맙다."

"아니에요. 제가…… 늦어서 죄송해요."

나는 어설프게 웃으며 말했다. 면목이 없었다. 그가 커다란 손으로 내 머리를 헝클였다.

"괜찮다. 네 상황은 들었으니까."

"수도는 어쩐 일로 왔어요?"

"뒤늦게 어린 조카들이 가문을 꾸려 나가고 있다는 얘기를 들어서 왔다."

"……조카요?"

알비온에게 조카가 있었나? 소설에서 그런 내용은 보지 못한 것 같은데. 의아한 얼굴로 그를 보자 그가 가볍게 웃었다.

"내 아버지는 본래 귀족이다. 시찰을 나왔던 아버지가 마을에서 제일가는 미모의 어머니와 밀회를 즐겼다더구나. 흔한 이야기지. 당연히 버려졌다."

"아…… 어느 가문인데요?"

"로즈먼트."

엥? 내가 이름을 잘못 들었나? 생각지도 못한 이름에 떨떠름하게 고개를 들자 알비온은 벽에 기대어 창밖을 바라보고 있었다.

"로즈먼트요?"

"그래. 내 아버지는 오래전 죽고 하나뿐이던 이복형제도 이미 불의의 사고로 죽었더구나."

그거 아마도 댁네 조카가 저지른 일일 텐데요…….

"귀족가와는 완전히 연을 끊고 지냈었다 보니…… 아이들만 남았다는 걸 알게 된 건 몇 달밖에 되지 않았다."

뒤통수가 얼얼할 정도의 진실에 잠시 멍한 기분이 되었다.

'확실히 닮았네…….'

눈동자 색이랑 머리카락 색은 거의 흡사할 정도로 똑같았다. 다만 이 우직하고 올곧은 성격의 남자와 그 이중인격 힐 로즈먼트를 동일선상에 두고 생각하진 못했다.

"그래도 아이들은 꽤 반듯하게 커서 다행이지. 내가 도와줄 일도 없어 보여서 널 만나고 돌아갈 생각이었다."

"……아."

그렇게 말하는 알비온은 어딘가 무척 지친 얼굴이었다. 힐 로즈먼트가 무슨 도움이 필요한 사람은 아니니까 말이다.

"고아원은요……?"

"늘 똑같다. 독립한 아이들도 새로 들어온 아이들도 있지."

고개를 끄덕이자 침묵이 감돌았다. 그는 잠시 나를 물끄러미 바라보다가 벽에서 등을 뗐다.

"근데 여긴 어떻게 들어왔어요?"

"……어떻게 들어왔냐고? 글쎄, 들어온 건지 들어오게 해 준 건지 모르겠구나."

"네?"

"내가 쓸데없는 짓을 하면 목에 암기가 날아들 것 같단 얘기다."

알비온이 아무것도 없는 천장을 바라보며 말했다.

"너무 오래 머물렀군. 이만 가 보마. 잘 지내렴."

"무슨 일 있는 건 아니죠?"

"그래."

"언제 떠날 거예요?"

"오늘 바로."

그는 내가 적어 준 메모지를 팔랑거리며 대답했다. 나는 잠시 머뭇거리다 고개를 끄덕였다. 그러자 그는 순식간에 창문 너머로 뛰어내려 모습을 감췄다. 물끄러미 그 모습을 본 나는 무릎을 끌어안곤 생각에 잠겼다.

알비온은 수심이 무척 깊어 보였다. 이유는 알 만했다. 아마 힐 로즈먼트를 보고 죄책감을 느꼈을 확률이 높았다. 어린아이를 대단히 소중히 여기니 제때 돌봐 주지 못한 자신을 탓할지도 모른다. 그는 자존감이 심각히 낮아서 거의 우울증 수준이었으니까.

'힐 로즈먼트가 그 성격에 얼마나 죄책감을 자극했을 거야.'

재밌는 장난감이라도 대하듯 굴었을지도 몰랐다.

'그나저나 그 둘이 삼촌과 조카 사이였다니……'

역시 믿기질 않았다. 꼬물꼬물 이불 속에 파고들던 나는 문득 고개를 들었다.

"테렘."

"네."

작게 부르자 누군가가 위에서 툭 떨어지며 모습을 드러냈다. 순식간의 일이었다.

'정말 나타나잖아?'

조금 놀랐다. 일거수일투족을 호위한다더니 정말이었던 모양이다. 나는 아까 썼던 펜으로 종이에 또 무언가를 써서 그에게 내밀었다.

"이 주소로 가면 어떤 창고가 있어. 거기에서 알을 하나 가져와 줄 수 있어?"

"……알 말입니까?"

"응."

"알겠습니다. 거리를 보면 내일 아침까지는 돌아올 수 있을 듯합니다."

부복한 남자는 내게서 종이를 두 손으로 받아들곤 자리에서 일어났다.

'정말 아무것도 묻지 않네.'

내가 가주가 되어서 못마땅할 법도 한데 신기한 일이었다. 테렘 중 하나가 허리를 숙였다.

"다녀오겠습니다."

그가 순식간에 사라졌다. 나는 여전히 잠이 오지 않아 한참을 뒤척이다가 새벽이 다 되어 갈 때쯤 겨우 잠이 들었다.

* * *

"에이린 에탐! 당장 내 해고를 취소하라고 하지 못하나?"

"으악, 몰라요!"

크루노 에탐의 목소리에 겁먹은 나는 급히 방으로 뛰어들어 문을 걸어 잠갔다.

"아, 몰라! 삼촌 백수야. 백수라고. 그냥 백수 해!"

나는 부득불 신전에 가려고 하는 그에게 빽 소리를 질렀다. 멋지게 백수가 된 크루노 에탐의 힐링 타임은 이제 시작이었다.

《3권에 계속》